FUSION FANTASTIC STORY 

독토르　4
김준 판타지 장편 소설

초판 1쇄 찍은 날 § 2006년 4월 22일
초판 1쇄 펴낸 날 § 2006년 4월 30일

지은이 § 김준
펴낸이 § 서경석

편집장 § 문혜영
편집책임 § 최하나
편집 § 장상수

펴낸곳 § 도서출판 청어람
등록번호 § 제1081-1-89호
등록일자 § 1999. 5. 31
어람번호 § 제1-0701호

주소 § 경기도 부천시 원미구 심곡1동 350-1 남성B/D 3F (우) 420-011
전화 § 032-656-4452　팩스 § 032-656-4453
http://www.chungeoram.com
E-mail § eoram99@chollian.net

ⓒ 김준, 2005

ISBN 89-251-0090-8 04810
ISBN 89-5831-883-X (SET)

DOKTOR

Contents

28

테레사 납치 사건 1

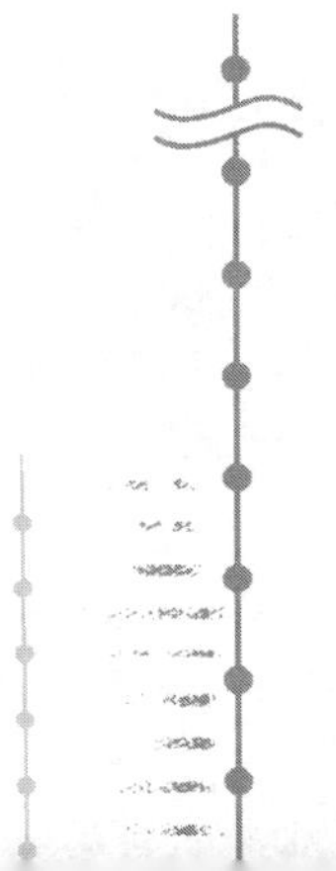

테레사
납치 사건 1

포린트의 수도 폴리스.

"흐음……."

노년의 초입에 접어들어 완숙한 인상을 자랑하는 남자가 서재의 창
밖을 바라보며 가볍게 한숨을 내쉬었다. 그가 앉아 있는 책상 앞에 난
커다란 창을 통해 언덕 위에 자리 잡은 포린트 제국의 신황궁과 주변
의 시가가 들어왔다. 잠시 바깥의 풍경을 보던 남자는 펜을 들어 책상
에 펼쳐진 서책의 빈 페이지를 채워갔다.

[지난 십년간의 변화는 그전 백 년, 아니, 이백 년간의 변화를 압축한 것과
같다 할 것이다. 이 정신없는 변화의 폭풍에 사람들은 계급과 나이에 상관없이
말려들어 갔고, 견뎌내지 못하고 적응하지 못한 이들은 사라져 가야만 했다.]

십여 페이지에 걸쳐 무엇인가를 한참 적어가던 남자는 가벼운 노크 소리에 펜을 멈추었다.

"들어와."

남자의 말에 문이 열리고, 젊은 남성이 들어섰다. 펜을 들고 있는 남자에게 목례를 한 젊은이가 입을 열었다.

"상단주 회의에 가실 시간이 되었습니다."

"알았네. 준비하지."

펜을 내려놓은 남자는 젊은이의 도움을 받아 겉옷을 걸치고는 서재를 나왔다. 현관을 나선 남자는 마차를 타고 모임이 있는 장소로 향했다. 회합 장소에 도착한 남자는 안내를 받으며 안으로 들어섰다. 모임이 있는 방에 들어서자 미리 와 있던 사람들이 자리에서 일어났다.

"오셨습니까, 바이커 단주?"

"오랜만입니다, 슐레 단주."

"오랜만입니다."

"오랜만입니다."

모임을 주최한 슐레 상단의 단주와 인사를 나눈 바이커 상단의 단주는 이미 와 있는 다른 이들과 인사를 나누고 자리에 앉았다. 포린트 제국 최대의 상단인 바이커 단주가 자리에 앉자 회의가 시작되었다. 잔을 들어 냉수 한 모금을 마신 바이커가 입을 열었다.

"그래, 슐레 단주. 갑자기 모임을 가지게 된 이유가 뭐요?"

바이커 단주의 물음에 슐레 상단 단주는 뒤에 대기하고 서 있는 남자들에게 손짓했다. 잠시 후, 그들이 길쭉한 상자 네 개를 가지고 왔다. 슐레 단주는 네 개의 상자 중 가장 짧은 상자를 열어서 내용물을 꺼냈다.

"보시다시피 이것은 우리 포린트 군이 쓰는 소총입니다. 여러분들의 상단에서도 만들어 납품하는 것이지요."

모임에 참석한 단주들은 갑자기 자국군이 사용하는 소총을 꺼내 드는 슐레 단주의 행동을 바라보기만 했다. 슐레 단주는 뒤이어 또 다른 두 자루의 소총을 꺼내 들었다. 두 자루의 소총을 테이블 위로 올려놓으며 슐레 단주는 설명을 이었다.

"지금 보여드리는 두 자루는 카마인에서 민간에 판매하는 총입니다. 자세히 보아주십시오."

고급 목재에 왁스 칠을 해서 빛을 발하는 두 자루의 총이 테이블 위로 올려지자 바이커 단주를 포함한 각 상단의 단주들은 주의 깊게 총들을 살피기 시작했다. 한참을 살피던 바이커 단주가 입을 열었다.

"우리가 만드는 것과 많이 다르구려. 이것은 화승을 쓰지 않는 것이오?"

바이커 단주의 질문에 슐레 단주가 고개를 끄덕였다.

"맞습니다. 보시다시피 화승이 달려야 할 자리에 부싯돌 점화 장치가 달려 있습니다."

"부싯돌? 점화가 잘되나?"

"몇 번 실험해 보았는데 점화 성능은 화승과 비슷합니다."

"호오!"

단주들이 가볍게 감탄사를 내뱉는 동안 슐레 단주는 설명을 이었다.

"오히려 화승식보다 운용이 쉽습니다. 화승과 화승에 불을 붙일 불씨통이 없어져 버렸으니까요. 그리고 총신을 봐주시겠습니까?"

"아까 보았소. 나선이 파여져 있더군."

바이커 단주가 대답하자 슐레 단주가 설명을 이었다.

“저들은 강선이라고 부르더군요.”

“그 강선이란 것이 무엇에 쓰는 거요?”

“탄환에 회전을 주어서 명중률을 높인다고 합니다. 화살에 달린 깃털처럼 말이지요.”

설명을 잠시 중단한 슐레 단주는 총이 들어 있던 상자에서 검지만한 길이의 종이 뭉치를 꺼내 들었다.

“그것은 무엇이오?”

“총에 장전할 탄환과 추진용 파우더가 든 종이 포장입니다. 공장에서 가장 효율적인 양으로 계량된 파우더가 탄과 함께 포장되어 나옵니다. 사용자는 이것을 구매해서 사용하는 것이지요. 물론 사용자가 별도로 파우더와 탄환을 휴대할 수 있지만 일일이 계량하여 쓰는 것보단 이렇게 쓰는 것이 더 간편하고 파우더의 질도 더 좋기 때문에 카마인의 사냥꾼들은 이 포장탄을 사용한다고 합니다.”

슐레 단주의 설명에 다른 단주들은 생각에 빠져들었다. 잠시 생각을 하던 바이커 단주가 고개를 끄덕였다.

“확실히 병사들이 매번 계량 컵을 이용해 장전하는 우리 방식보다 장전 속도가 빠르겠구려. 우리도 그런 식으로 방식을 바꿔야겠소.”

“문제가 있습니다. 여기 종이에 적힌 기호를 봐주시지요.”

슐레 단주가 들어 보인 포장탄에는 숫자와 이니셜로 조합된 약식 기호가 적혀 있었다.

“이미 특허를 받은 제품입니다. 따라서 우리가 사용하려면 특허료를 내야 한다는 것이지요. 더구나 특허권자는 패스파인더 자작입니다.”

“또 그 친구인가?!”

독토르가 거론되자마자 단주들은 탄식했다. 자신들이 상대하기에 가장 껄끄러운 존재가 거론되는 순간이었다. 독토르에 대해 저주에 가까운 말을 퍼붓던 단주들의 아우성이 가라앉자 바이커 단주가 슐레 단주에게 질문했다.

"그런데 그런 고성능의 소총을 구하기가 쉽지 않았을 터인데 어떻게 구해오셨소?"

"아, 카마인 상단 중에 패스파인더 상단에 불만이 많은 곳이 있었습니다."

"호오, 그런 상단이 있었소? 그 카마인에?"

"나중에 설명을 드리겠습니다. 마지막으로 한 가지 더 보여드릴 물건이 있습니다. 이것은 다른 상단에서 만드는 소총보다 두 배에 가까운 가격이지만 없어서 못 파는 물건이라고 합니다."

말과 함께 슐레 단주는 마지막 소총을 꺼내 들었다.

"다른 소총과 별반 다를 것이 없어 보이는데 어찌 두 배나 더 비싸다는 것이오?"

"총신을 봐주십시오. 다른 점을 발견하실 수 있을 것입니다."

슐레 단주는 돋보기를 내놓으며 말을 맺었다. 단주들은 돋보기로 세 자루의 카마인 산 소총의 총신을 꼼꼼히 살폈다. 한참을 살피던 단주들 중 바이커 단주를 빼고는 곧 몸을 뒤로 빼며 고개를 흔들었다.

"잘 모르겠소."

"나도 잘 모르겠군요."

"우리가 전문가가 아닌 이상……."

"그렇군. 다른 점이 있군."

"찾으셨습니까?"

차이점을 찾았다는 말을 듣자마자 튀어나온 슐레 단주의 말에 바이커 단주는 자신이 발견한 차이점을 이야기했다.

"이 비싼 놈의 총신은 너무나도 매끄럽군. 다른 총신들도 매끄럽지만 총신을 따라 접합한 흔적이 있는데 이것은 그게 없어."

"바로 보셨습니다. 다른 총들의 총신은 쇠 판을 말아서 총신의 형태를 잡은 다음 접합한 것인데 반해, 이 총의 총신은 하나의 철관으로 만들어져 있습니다."

"그럼 주물인가? 그럼 더 위험하지 않나?"

"주물이 아닙니다. 전혀 다른 방식이라고 합니다. 이 방식은 오로지……."

"패스파인더에만 있는 것이겠군. 그럼 이 총은 패스파인더 상단의 소총인가?"

"아닙니다. 이 총은 미스틸 상단의 제품입니다. 총신만 패스파인더 상단에 발주를 한 것이라고 합니다. 패스파인더 상단은 민간 총기 시장에 아예 진출도 하지 않았습니다."

"무슨 이유로 그리했다 하오?"

"카마인 군에 납품하는 것만으로도 벅차다고 합니다."

슐레 단주의 설명에 바이커 단주는 몸을 뒤로 젖히고는 가볍게 턱을 쓰다듬었다.

"핑계로군. 이렇게 다른 상단의 발주를 받을 정도면서 벅차다? 배가 불렀군."

"그럴 만도 하지요. 이 소총의 설계 역시 패스파인더에서 나온 것이니까요. 덕분에 이 소총을 생산, 판매하는 상단은 소정의 로열티를 패스파인더 상단에 지불한다고 합니다."

다른 상단의 단주들은 아예 배경으로 만들어 버리고 슐레와 바이커

두 상단 단주의 대화는 계속 이어져 갔다.

"흠… 카마인 군이 가지고 있다는 사실만 공표한 제식 소총도 이 정도 사양이라고 봐야 할 것 같소?"

"카마인에 있는 협력자의 말로는 그 이상이라고 합니다. 아쉽게도 얼마 전 카마인 내부에 불었던 일제 단속의 여파로 정보망이 상실되어 더 이상의 정보는 얻지 못했습니다. 제국 정보부에 있는 지인에게도 넌지시 물어보았지만 그쪽이 오히려 우리에게 도움을 요청하더군요."

"계속 카마인 놈들이 한발 앞서 맥을 끊어버리는군. 이것을 입수했다는 것만으로도 다행이라고 생각해야 하는 것이오?"

"그렇게 생각해야 할 것 같습니다. 카마인 놈들이 아주 까다롭게 관리를 해서 말입니다."

"어떻게 관리를 하기에 그런 말을 하는 것이오?"

바이커 단주의 질문에 슐레 단주는 소총의 격발부에 돋보기를 가져다 대었다. 격발부를 감싼 금속 판엔 길쭉한 네모 칸이 만들어져 있었다.

"이 네모 안에 총번을 새겨야 한다고 합니다. 그리고 이 총번은 카마인 치안대에 등록이 되지요. 총을 판 상인은 구입한 사람의 인적 사항과 총번을 관할 지역 치안대에 보고해야 하고, 구입자는 자신이 사는 곳을 관할하는 치안대에 총번을 등록해야만 합니다. 만약 이것을 어길 때에는 극형에 처해진다고 합니다. 이 총을 들고 도시에 들어갈 때에는 총과 탄약을 도시 입구에 있는 치안대 사무실에 맡겨야만 들어갈 수 있다고 합니다. 다행히 미스틸 상단 소총을 뺀 두 자루는 총번이 새겨지기 전에 빼돌릴 수 있었지만 미스틸 소총은 훔쳐야만 했습니다. 덕분에 온갖 꼼수를 다 부려야 했지요."

"고생했소이다. 그럼 실제 얼마나 잘난 놈들인지 한번 볼 수 있겠소?"

"예, 이미 황궁 근위대와 약속을 잡았습니다. 나가시지요."

슐레 단주의 말에 단주들은 주섬주섬 자리에서 일어났다.

단주들이 탄 마차는 곧 포린트 제국의 황궁으로 들어갔다. 황궁 근위대 연병장엔 이미 모든 준비가 되어 있었다. 슐레 단주와 다른 단주들이 자리를 잡자 곧 포린트 제국의 황제가 나온다는 시종의 외침이 들려왔다. 상단주들과 군 관계자들, 근위병의 예에 답례를 한 포린트 제국 황제는 자리에 앉으며 입을 열었다.

"시작하지."

"알겠습니다."

곧 네 명의 병사가 사격대로 올라오자, 슐레와 함께 조사를 했던 정보국 요원이 설명을 하기 시작했다.

"우선 우리 군의 제식 소총입니다."

포린트 군이 사용하는 화승총을 든 병사는 총을 바닥에 세우고는 옆에 차고 있던 두 개의 파우더 주머니 가운데 큰 주머니를 손에 쥐었다. 뚜껑을 이용해 파우더를 계량해 총신 속으로 흘려 넣은 뒤 다른 주머니에서 총알을 꺼내 총구로 밀어 넣었다. 꼬질대를 이용해 파우더와 탄환을 다진 병사는 화승이 연결된 지렛대를 뒤로 당겨놓고는 점화구에 소량의 파우더를 집어넣었다. 모든 과정을 끝낸 병사는 허리에 찬 불씨 통을 들어 화승에 불을 붙이고는 50m정도 떨어진 표적을 겨냥하여 방아쇠를 당겼다.

타앙!

"명중!"

감적관의 명중 통보가 들리자, 카마인 산 소총을 든 병사 셋이 사격대 위로 올라왔다. 옆에 서 있던 정보국 요원이 황제에게 설명을 하기 시작했다. 문제의 종이 패키지를 손에 든 요원이 입을 열었다.

"이 안에 필요한만큼의 파우더와 탄환이 들어 있습니다. 사수는 이 종이의 밑면을 뜯어 파우더를 안으로 넣은 후에 포장지와 함께 탄환을 안으로 밀어 넣습니다."

요원의 설명처럼 병사들은 패키지의 밑면을 뜯어 파우더를 흘려 넣고는 종이 포장에 싸인 그대로 탄환을 밀어 넣었다. 약간의 힘을 주어 탄환 장전을 끝낸 병사들은 방아쇠 위의 계두를 뒤로 젖히고 그 앞에 놓인 부싯돌 뚜껑을 열고는 소량의 점화약을 넣었다. 뚜껑을 다시 닫은 병사들은 어깨에 소총을 견착하고는 150m정도 떨어진 표적을 겨누어 방아쇠를 당겼다.

타타탕!

"전탄 명중!"

감적관의 보고를 뒤로하고 사격을 끝낸 병사들은 황제에게 예를 취하고는 사격대를 내려갔다. 짧은 시범을 본 황제는 옆에 서 있는 군 장성들을 돌아보았다.

"어떻게 생각하오?"

"우리 군도 저 소총으로 장비를 해야 합니다."

"그렇소? 짐이 보기엔 화승이 부싯돌로 바뀌었다는 것 이외엔 별다를 것이 없어 보이오만?"

"그렇지가 않습니다. 우리 총은 저 50m가 자신할 수 있는 거리의 최대치라면 저 소총은 150m가 평균적인 유효 사거리입니다. 무서운 것은 정밀총열이라 불리는 패스파인더 제 총신을 장비한 소총의 경우 200m까지 유효 사거리에 들어갑니다. 간단히 말해, 카마인 군은 우리 군보다 적어도 세 배는 먼 거리에서 우리에게 총화를 퍼부을 수 있다는 소리입니다."

황제의 의견에 반론을 제기한 장군의 뒤를 이어 또 다른 장군이 말을 이었다.

"이 종이 패키지 또한 걸작입니다. 단순히 적당량의 파우더와 탄환을 함께 포장한 것이 아닙니다. 이것을 이용해 탄환 장전 시의 쓸데없는 시간을 줄일 수가 있습니다."

"호오!"

장성들의 설명을 들은 황제가 호기심을 보이기 시작하자 또 다른 장성이 앞으로 나섰다.

"전 이 강선이란 것을 조사해 보았습니다. 이 강선으로 탄환에 회전을 주어 총의 명중률을 높인다는 것은 이미 입수했습니다만, 그러기 위해서는 탄환이 총신에 완벽하게 밀착해야 합니다. 문제는 그럴 경우, 장전하기가 힘이 듭니다. 아군 소총에 비슷하게 적용을 해봤더니 장전을 하기 위해 망치질까지 해야만 했습니다. 그런데 이 종이를 이용해 탄환을 감쌀 경우 약간 작은 탄환을 이용해 좀 더 수월히 장전할 수 있었고, 종이가 보충재 역할을 해서 탄환이 총신에 완벽하게 밀착됩니다."

"게다가 이 포장지를 살펴보면 전부 다 기름 아니면 초를 잔뜩 먹여 놓았습니다. 덕분에 습기에도 강하고, 장전 시에도 도움을 주게 되어 있습니다. 대규모 탄약 저장고에는 방습 마법을 걸어 습도를 유지한다고 하지만, 일반 사병들이 파우더를 건조하게 유지하는 것에는 상당한 애로 사항이 있었던 것을 생각하면 매우 효율적인 방법입니다."

"흐음……."

장성들의 보고를 들으며 포린트의 황제는 생각에 빠져들었다. 한참을 생각하던 황제가 장성들에게 질문했다.

"그러니까 귀관들은 이 소총이 우리에게 꼭 필요하다는 것이오?"

"그렇습니다!"

"또 돈 들어가는 소리만 나오는군. 알겠소. 짐이 재무 경에게 이야기해 놓겠으니 예산과 생산 계획을 올리시오."

"알겠습니다, 폐하!"

"그건 그렇고… 슐레 단주라고 했나?"

"미천한 상인인 슐레 상단의 단주 마쿠스 슐레가 대 포린트 제국의 황제를 뵈옵니다!"

황제의 지목에 슐레 단주는 곧장 예를 취했다. 가볍게 손을 들어 답례를 한 황제는 슐레 단주를 내려다보았다.

"그래, 그대가 이번에 아주 큰 역할을 했다고 들었소. 그대의 충성심은 내 잊지 않을 것이오. 그건 그렇고, 짐에게까지 이름이 알려진 다른 상단들도 와 있는 것을 보니 그대가 알린 것이오?"

"그렇습니다. 아무래도 카마인, 특히 패스파인더 상단을 상대로는 제 혼자 힘으로는 무리이기 때문에 패스파인더와 관련해서는 모두 함께하기로 상단들이 약조를 맺었사옵니다."

"그렇지. 잘한 일이오."

슐레 단주에 대해 칭찬을 하면서도 황제는 패스파인더 상단에 대한 적개심을 감추지 않았다. 포린트 제국에 만성적인 무역 적자를 주는 장본인이 카마인, 그것도 패스파인더 상단이었다. 포린트 제국이 중저가 제품을 만들어 근처 국가들을 상대로 돈을 벌어도 그 돈은 고스란히 카마인과 패스파인더로 흘러들어 가고 있었다. 그들은 포린트에 더 고급이며 고가의 제품을 팔아 돈을 벌었고, 포린트가 필요로 하는 생산 기계들을 팔고, 그것을 운용할 포린트의 기술자들을 가르치면서 돈을 긁어가고 있었다.

'결론은 크레티스의 제안에 응해야 하는 것인가? 전쟁으로 모든 것을 해결해야 하는 것인가? 망할 놈들!'

이를 갈던 황제가 자리에서 일어섰다.

"이만 마칩시다. 여러분 모두 각자 성심껏 일해주기 바라오."

"알겠습니다, 폐하."

처음의 회합 장소로 돌아온 단주들은 두 번째 회의를 하기 시작했다. 단주들이 다 자리에 앉자 슐레 단주가 입을 열었다.

"우선 입수한 소총의 설계도와 총열에 강선을 파는 기계의 설계도는 집사가 나눠 드릴 것입니다. 우리는 제일 큰 문제를 해결할 방도를 찾아보아야 합니다."

"제일 큰 문제라면?"

"패스파인더 상단이지요."

"일개 상단이지만 그 경제력은 대륙 전체의 40%를 좌지우지하는 거대 상단이오. 답이 있소이까?"

슐레 단주의 발언에 다른 단주들은 난상토론을 벌이기 시작했다. 하지만 도저히 상대가 안 되는 적수였기에 별 뾰족한 방안이 나오지 않고 있었다.

한참의 난상토론이 별 결과물을 내놓지 못하자 슐레 단주가 끼어들었다.

"패스파인더 상단에도 약점은 있습니다. 그 규모는 지독히도 크지만 정작 핵심은 매우 작습니다. 독토르 폰 패스파인더 자작과 그의 여동생 테레사 패스파인더, 그리고 일단의 드워프와 엘프, 인간들입니다. 더 좁게 생각하면 패스파인더 남매, 특히 여동생 테레사 패스파인더가 모든 키를 잡고 있습니다."

"그것은 유명한 사실 아닙니까? 천하의 패스파인더 자작도 마누라가 아닌 여동생에게 잡혀 산다는 것은 말이오."

"장안의 유명한 우스갯소리입니다만 진짜 중요한 점을 생각하셔야 합니다. 테레사 패스파인더가 없으면 패스파인더 자작은 그저 신기한 발명만 해대는 인간일 따름입니다. 좀 돈을 만지긴 했겠지만 이 정도로 큰 부를 손에 쥐지는 못했을 위인이란 것이지요. 여동생인 테레사 패스파인더가 있었기에, 그녀가 주의 깊게 시장을 보아가며 필요한 상품만을 만들게 했기 때문에 패스파인더 상단이 저리도 커진 것입니다. 즉, 그녀만 없다면 저 패스파인더는 사상누각이란 것이지요."

"즉, 패스파인더의 핵심은 그 여동생에게 있다는 것인데, 그것은 다 알고 있소이다. 그렇다면 어떻게 해야 한단 말이오?"

"그것은 이미 다들 아시리라 믿습니다만?"

슐레 단주의 반문에 단주들은 입을 굳게 다물었다. 바이커 단주가 다른 단주들을 대표해 입을 열었다.

"정공법이 아니라 사도(邪道)인 것은 아시오?"

"알고 있습니다. 하지만 우리에게 그것 외에는 달리 방법이 없습니다."

"하지만 그녀의 거처는 영주관이오. 경계가 삼엄하기로 유명한 패스파인더 성에서도 가장 삼엄한 곳이오. 어떻게 들어간다는 것이오?"

"물론 밖에서 안으로 들어가기는 힘듭니다. 하지만 밖으로 나오면 잡기는 편하지요."

"무슨 소리요?"

바이커 단주의 질문에 슐레 단주는 품에서 한 통의 편지를 꺼내 들었다.

"카마인 제국 소속 상단들에 돌린 공문 사본입니다. 한 달 뒤 수도에서 정부와 상인 간의 총회가 있다는 것입니다."

"거기에 온다는 것이오?"

"그렇습니다. 주최자가 패스파인더 상단이니 빠질 리가 없지요."

"안건이 무엇이오?"

"국가 공인 표준을 제도화하자고 합니다."

"표준?"

"예. 이미 길이와 무게, 부피 같은 것은 대륙 전체가 동일한 기준을 사용한 지 400년이 지났습니다만, 이번에 그들이 내건 것은 현재 공산품에 적용될 표준을 만들자는 것이지요."

"왜 그런 짓을?"

"저도 모르지요."

"좌우지간 그들이 벌이는 일을 보다 보면 결과를 보기 전까지는 알 수가 없다는 것이 가장 큰 문제구려. 이거 하늘에서 뚝 떨어진 인간들도 아니고… 도무지 우리 생각으로는 감조차 잡기 힘드니……."

바이커의 물음에 슐레는 어깨를 으쓱하고는 대답했다.

둘의 대화를 듣던 다른 단주가 둘의 대화에 끼어들었다.

"지금 그것이 문제가 아니지 않습니까? 테레사 패스파인더의 처리가 우선입니다. 카마인의 수도 역시 경비가 만만치 않습니다. 그것은 어떻게 해결할 것입니까?”

“다행히 카마인 내부에 협력자를 구할 수 있었습니다. 수도에서 국경까지는 그들이 담당하기로 했습니다.”

“그럼 우리가 할 일은?”

“국경을 지나서의 문제와 협력자들에게 비용을 지불하는 것입니다.”

“그들이 요청하는 비용은 얼마요?”

“5만 골드입니다.”

“5만?!”

슐레 단주가 말한 금액을 들은 단주들은 경악했다. 슐레 단주는 그런 그들을 설득했다.

“많기는 하지만 파급 효과를 생각하면 그 이상의 효과를 거둘 수 있습니다.”

한참 동안 설왕설래가 이어진 뒤, 회합에 참석한 단주들은 들어갈 공작금을 분담하기로 결론을 내렸다. 한참 동안 이어지던 회의가 끝나고, 단주들은 하나둘 자리를 떠나기 시작했다.

마지막으로 자리를 나서던 바이커 단주가 걸음을 멈추고는 슐레 단주를 돌아보았다.

“그런데… 내 생각으로는 카마인에서 일을 벌이겠다고 한 이들과 그 총번을 새기지 않은 소총을 건네준 이들이 동일한 이들이란 느낌이 드는군. 맞소?”

“맞습니다.”

슐레의 인정에 바이커는 짐짓 놀랍다는 표정을 지었다.

“호오~ 카마인 내에 아직도 그런 자들이 남아 있었소? 다들 패스파인더에 빌붙어 사는 줄 알았소만.”

"예전에 기구 사건을 일으켰던 상단이 보기 좋게 공중분해가 된 이후로 거의가 멸종된 것은 사실입니다만 아직 상당수 존재합니다. 패스파인더의 급속한 성장으로 어찌 손쓸 틈도 없이 기득권을 잃어버린 상단과 귀족들이 많았으니 말입니다."

"그렇군. 알겠소. 자금은 일주일 이내에 지급될 것이오. 좋은 결과를 기다리겠소."

"살펴 가십시오."

슐레 단주의 간단한 환송을 받으며 바이커 단주는 자신의 상단 본부로 돌아갔다.

마차 속에서 바이커 단주는 자신만의 생각 속으로 빠져들었다.

'흐음… 저 패스파인더에서 이번엔 또 무슨 일을 벌이려는 것이지? 도대체가 저들의 행보가 어디로 향하는지 알 수가 없구나. 뜬금없는 일이라고 비웃다가도 막상 그것과 연관된 결과를 보면 항시 한발 앞서가는 것들 뿐이니…… . 진짜 어디 하늘에서라도 뚝 떨어진 인간들인가?'

포린트 제국에서 그런 음모가 벌어지는 동안에도 독토르와 테레사는 끊임없이 발명과 기각의 줄다리기를 벌이고 있었다.

"도대체가 왜 안 된다는 거야?"

"이제 겨우 비행선과 증기 철도가 돌아다니는 시대에 지대지 유도탄이 말이 된다고 보십니까? 진공관도 못 만드는 이들한테 첨단 CPU를 만들라고 하는 것이 말이 된다고 보십니까?"

"군에서 소요 제기가 있었잖아!"

"군에서 원한 것은 쁘띠 브레이커의 능력 강화형입니다. 왜곡은 안 됩니다!"

"어차피 가야 할 길이야! 좀 빨리 가는 것뿐이야!"

"이제 겨우 일어서는 아기를 억지로 뛰게 만들어보십시오! 애 골병만 들 뿐입니다!"

한참 동안 갑론을박을 벌였지만 결국 독토르의 패배로 끝이 났다. 백기를 든 독토르는 푸념을 했다.

"어느 양반 글을 보면 제아무리 잘난 컴퓨터라도 주인 말에 껌뻑 죽던데 어째 내 컴퓨터는 주인을 갈구지 못해 안달이냐. 애고, 내 팔자야."

독토르의 푸념에 곧장 테레사의 반격이 이어졌다.

"헐리우드 영화를 보면 컴퓨터가 다 쥐고 흔들던데, 어째 내 사용자는 말도 안 되는 걸로 내 회로를 과열시키는지……. 제 신세도 참 박복합니다."

푸념에서까지 한 방 먹은 독토르는 완전히 입을 다물고 말았다.

[재기동 12,504일. 확 조교 시켜 버릴까?]

[히든의 비밀 기록. 본 기록의 열람은 현 선장의 사후 차기 선장이 열람권을 가진다.

비밀 기록 No.498. 테레사 네가 지금까지 한 것은 조교가 아니라 앙탈이냐? 테레사의 인격 형성 프로그램에 버그가 있는지 조사에 들어간다.]

다음날 밤, 패스파인더 호 내부에 설치된 비밀 공간에서 아르고스의 보고를 확인하던 테레사는 포린트 제국에서 벌어진 일이 기록된 보고서를 읽고 있었다. 죽 보고서를 읽어가던 테레사는 '하늘에서 떨어진' 이라는 문장을 읽고는 피식 웃었다.

"선장님 국가 속어처럼 이 양반, 돗자리 깔고 나앉아도 되겠군. 하늘에서 떨어진 것은 맞으니까. 우선 보고는 해야겠군."

다음날 오전 테레사는 독토르에게 문제의 보고서를 올렸다. 보고서를 읽은 독토르는 서류를 내려놓고는 테레사를 쳐다보았다.

"너, 이번에 빠지는 것이 낫지 않을까?"

"말 막히면 도끼자루부터 휘두르시는 분을 믿고 말입니까?"

"위험하잖아?"

"어차피 이 몸은 터미널입니다. 저들이 본체인 저를 알 리도 없고, 본체를 안다 해도 저 큰 것을 통째로 들고 갈 방법이 있습니까?"

"그렇긴 하다만⋯ 이거 골치 아프군. 아르고스의 존재는 황제나 공작들도 모르는 기밀 중의 기밀. 우리가 가진 몇 안 되는 비장의 무기인데⋯ 결론은 알면서도 당해줘야 한다는 것인가?"

"그 수밖에 없지요. 지금도 틈만 나면 감사다 뭐다 하면서 내려오는 상황입니다. 아르고스의 존재가 드러나면 곧장 반역으로 몰리겠죠. 아, 모든 것, 특히 아르고스를 얌전히 국가에 상납하는 것으로 끝날 수도 있겠군요."

"물갈이가 너무 빨리 됐어."

"신진 관료들의 상당수가 우리 영지의 교육 기관 출신이긴 합니다만, 정작 상층부와 하부를 연결하는 중간이 우리와 친하지 않으니까요. 물갈이가 너무 빨리 된 것이 아니라 좀 늦는 편이지요. 그러므로 이번 기회를 이용해야만 합니다."

"테레사 넌 참 사악한 것 같아."

"어느 분 덕분에요. 예전엔 순백의 CPU였답니다."

"끄응……."

"그럼 전 예상되는 사태에 대비하기 위해 약간의 작업을 하겠습니다."

언제나 대화의 끝은 독토르의 항복으로 마무리 지어졌고, 테레사의 연승 행진은 또다시 갱신되었다.

"포린트에서 연락입니다. 협조하겠답니다. 자금은 일주일 뒤에 왈강을 이용해 올 예정입니다."

완벽하게 외부와 차단된 방 안에서 한 남자가 자신의 앞에 앉아 있는 여인에게 긴급 사안을 보고했다.

서류를 살피던 여자는 잠시 행동을 멈춰 남자에게 주의를 기울이더니 곧 입을 열었다.

"수고했어요. 그럼 계획대로 준비를 해주세요."

"알겠습니다."

남자는 대답을 하고는 조심스럽게 밖으로 나갔다.

여자는 책상에서 일어나 창으로 걸어갔다. 여자가 있는 공간과 외부를 차단하던 검은색의 커튼을 걷자 그녀의 눈앞에 불야성을 이룬 황도 바이스란트와 황궁이 들어왔다. 커튼을 움켜쥔 여인의 작은 손이 바들바들 떨리며 원독에 가득 찬 독백이 흘러나왔다.

"다 부숴 버릴 것이야. 내 아버지의 꿈을 짓밟은 원수들을 다 불태워 죽여 버릴 것이야. 내 핏줄에 흐르는 위쿤 가의 피에 전부를 걸고."

그렇게 중얼거리던 여인이 몸을 휙 돌리자 잠시 밖과 연결되었던 작은 공간은 커튼이 닫힘과 동시에 고립되고 말았다.

총회를 위해 바이스란트로 떠나야 하는 날이 되자 독토르 가족과 테레사, 그리고 드워프 장로들과 마법 아카데미의 교수진들, 엘프 장로들이 준비를 하기 시작했다. 독토르 가족과 테레사를 제외한 다른 이들은 모조리 비행선으로 이동하기에 여유가 있었지만, 패스파인더 호를 이용하는 독토르 가족은 분주히 준비하고 있었다.

하인들과 하녀들이 짐 나르는 것을 보던 라인이 독토르에게 물었다.

"그냥 비행선을 타지 그러나?"

"패스파인더 호를 실을 수 있음과 동시에 비슷한 정도의 안전도를 확보할 수 있다면 고려해 보겠습니다."

독토르의 대답에 라인은 까맣게 잊고 있던 사실을 기억해 냈다.

"그렇군. 매번 휠체어의 테레사만 보다 보니 내가 잊었어. 확실히 패스파인더를 실어도 까딱없을 놈이라면… 차라리 비행 전함을 만드는 것이 낫겠군."

서류를 들여다보던 독토르는 멈칫하더니 눈을 빛내기 시작했다.

"비행 전함이라……. 그거 좋은데요? 한번 연구해 봐야겠군요."

갑자기 불타오르는 독토르를 보면서 라인은 식은땀을 흘리기 시작했다.

"생각도 하지 말게. 만약에 하려거든 절대 내가 말했다고 테레사에게 말하지 말게. 부탁일세."

"크크크크……."

라인이 진화를 위해 애를 썼지만 독토르는 특유의 기괴한 웃음을 흘리며 상상의 나래를 펴고 있었다.

포기를 한 라인이 몸을 돌린 순간 자신을 노려보는 테레사를 발견했
다.

"헉!"

"다 들었습니다. 라인님 부서에서 올라온 기획안과 예산 지원 요청
서는 특.히. 세.심.하.게. 정.성.을. 다.해. 꼼.꼼.히. 살.펴.보.겠.습.
니.다."

"어버버버……."

한 자 한 자 힘주어 말하는 테레사에게 라인은 뭐라 말을 하려 했지
만 자신을 노려보는 테레사의 눈길에 눌려 힘없이 사라졌다.

눈빛 하나로 라인을 날려 버린 테레사는 휠체어를 몰아 아직도 상상
의 바닷속에서 헤엄을 치고 있는 독토르에게로 향했다.

"오라버니!"

"크크… 헉! 왔냐?"

"예."

상상의 바다에서 놀던 독토르는 테레사의 외침이 들리자마자 서둘
러 현실로 돌아왔다. 패스파인더로 가기 위해 테레사의 휠체어 손잡이
를 잡아가던 독토르는 테레사를 빤히 보다가 조용히 물었다.

"좀 바뀌었네? 다른 모델이야?"

"전투용으로 튜닝한 돌입니다. 예전에 한번 보셨을 겁니다."

테레사의 말에 독토르는 자신의 기억을 더듬었다. 잠시 기억을 더듬
던 독토르는 손뼉을 쳤다.

"아, 그 보라순이?"

"보……."

난데없는 독토르의 말에 휠체어에 앉은 테레사가 휘청했다. 자신을 노려보는 테레사의 눈초리에 독토르는 설명을 이었다.

"보라돌이는 남성이잖아. 그러니까 보라순이 맞지. 틀려?"

"핑크와 보라를 구분 못하시다니, 색맹이십니까?"

"그 어두운 밤에 그것까지 일일이 구분하리? 그리고 핑크나 보라나 사촌 아냐?"

"네~ 네~ 어련하시겠습니까."

테레사는 완전히 포기 모드로 들어가 버렸고, 테레사의 휠체어를 밀면서 독토르는 자신의 추억을 이야기했다.

"아, 색맹 하니까 생각나는 것이 있다. 우리 형 친구가 말이지, 신검에서 히트 쳤잖아. 색맹 구분하러 들어가서 검사표 보고 하는 말이 '목 잘린 시체요~'. 덕분에 재검에 삼검, 정신 감정까지 갔었지."

"그래서 면제되셨습니까?"

"아니, 현역으로 빵이 치다 왔지."

"쯧쯧쯧."

'카마인 제국 행정부와 제국 상단 전체 회의'가 열리는 당일 카마인 제국의 황도 바이스란트의 황궁 옆에 만들어진 대회의장에는 제국에서 알아주는 상인과 관료, 기술자들이 몰려들고 있었다. 1층에 설치된 테이블과 단상에는 회의에 직접 참가하는 사람들이 자리를 잡았고, 단상에는 회의를 제안한 독토르와 테레사, 율리안 황태자와 세 공작을 포함한 고위 관료들이 자리를 잡기 시작했다.

황제를 대신해 율리안 황태자가 축사를 하고, 뒤를 이어 여러 사람들의 치사가 이어졌다. 지루하지만 빠질 수 없는 행사 과정이 지나고 드디어 본론으로 들어가자 이해 당사자들의 눈이 강하게 빛나기 시작했다.

"…따라서 본 제국에서 생산되는 모든 공산품과 그것을 구성하는 부품에 대한 모든 표준을 지금 당장 만들어야 한다고 주장하는 바입니다."

단상에 선 독토르가 제국 표준을 만들어야 함을 주장하자 아래쪽 테이블에 앉아 있던 사람들의 손이 여기저기서 올라가기 시작했다.

"거기, 말씀하십시오!"

회의를 진행하는 사회자가 지목하자 지목을 받은 남자가 자리에서 일어났다. 그는 단상 위에 앉은 이들과 자신과 같이 앉아 있는 이들을 향해 몸을 돌리며 자신의 주장을 폈다.

"지금까지 우리는 표준이 없어도 잘만 만들어왔소! 그런데 왜 갑자기 표준을 만들어야 한다는 것이오?"

남자의 주장에 회의에 참석한 대다수의 사람들이 고개를 끄덕였다. 그에 대한 설명을 하기 위해 테레사가 휠체어를 밀고 앞으로 나왔다.

"지금 말씀하신 분은 어느 상단 소속이시지요?"

"발키리 상단의 미하일 쿠젠이요."

"아, 발키리 상단의 영업 담당 총책이신 쿠젠 씨군요. 발키리 상단의 주 거래 지역이 제국의 동북쪽 다섯 개 영지지요?"

"맞소."

카마인 내부에서 나름대로 힘을 쓰는 100여 개 상단 중에서 따지자면 밑에서부터 세는 것이 더욱 빠른 발키리 상단의 정보를 순식간에 풀어낸 테레사의 질문에 쿠젠은 떨떠름한 표정으로 대답했다.

미하일의 대답을 듣자 테레사는 다시금 질문을 이어갔다.

"그럼, 쿠젠 씨. 발키리 상단의 주 생산품은 민간용 엽총인데 말입니다. 나름대로 뛰어난 성능을 인정받는 귀 상단의 소총이 왜 다섯 개 영지를 못 벗어날까요?"

"그것은……."

"아, 그리고 거기, 넬슨 상단의 단주님이신 발리안 넬슨 단주님. 귀 상단에서 만드는 증기 양수기가 그 엄청난 호평에도 불구하고 다른 지역에서 판매가 저조한가요?"

쿠네의 옆에 앉아 있다가 테레사의 난데없는 지적을 받은 넬슨은 난처한 표정을 지으며 입을 열었다.

"그것이… 다른 곳에서 고장이 나면 수리하기가……."

"바로 그겁니다!"

말을 제대로 하지 못하는 넬슨의 말을 끊으며 테레사가 강하게 소리쳤다.

테레사의 손짓에 행사 진행 요원들이 작은 탁자 위에 나사들을 죽 올려놓았다. 탁자 위에 올려진 나사들은 마법 장치를 통해 단상 뒤편에 크게 투영되었다. 영상을 배경으로 테레사의 설명이 이어졌다.

"이 나사들은 모두 동일한 지름 3mm, 길이 1cm의 나사입니다. 그런데 넬슨 씨, 이 나사들에서 이상한 점이 안 보이십니까?"

"나사 머리의 크기가 다 제각각이군요."

"다른 점은 안 보이십니까?"

"모르겠소."

"감사합니다, 넬슨 씨. 그럼 쿠젠 씨, 또 다른 점은 못 찾으셨습니까?"

테레사의 물음에 쿠젠은 영상을 자세히 관찰하고는 대답했다.

"나사 머리가 크기만 다른 것이 아니라 다 제각각이군요. 둥근 머리도 있고 납작 머리도 있고……. 이것이 무슨 상관이 있다는 것이오?"

쿠젠의 질문에 테레사는 가볍게 뜸을 들이며 참석자들의 주의를 모았다.

참석자들의 주의가 최대한 집중되자 테레사는 입을 열었다.

"아주 큰 상관이 있습니다. 이 나사들은 현재 제국 최대 히트 상품인 엽총에 들어가는 부품들입니다. 그것도 모두 동일한 위치인 격발부와 총신의 결합부에 들어가는 나사들입니다. 본 패스파인더 상단에서 설계도와 스펙 리스트를 내보낼 때, 지름 3mm, 길이 1cm라는 조항만을 줬을 때의 결과물들입니다. 우선 가장 크게 눈에 보이는 나사 머리의 크기와 모양이 문제가 아니라 이 나사들에서 크나큰 문제가 나타나고 있습니다. 그것이 바로 표준을 정해야 하는 필요성을 증명하는 것입니다. 이 정도면 아실 텐데요?"

테레사의 질문에 엽총이 주 상품인 쿠젠이 큰 목소리로 외쳤다.

"모르겠소! 말장난은 그만 합시다!"

잔뜩 흥분해 외치는 쿠젠의 반응에도 테레사는 침착하게 설명을 이었다.

"말장난이 아닙니다, 쿠젠 씨. 방금 전 두 분이 보신 것도 큰 차이지만 더욱 큰 점은 저 나사들의 몸체에 새겨진 나삿등에 있습니다."

"나삿등?"

"그렇습니다. 이 나사들은 동일한 지름과 길이, 같은 곳에 사용됨에도 불구하고 나삿등의 개수가 적은 것은 열 개, 많은 것은 열다섯 개까지 차이가 납니다. 이것이 뜻하는 것이 무엇인지 아시겠습니까, 쿠젠 씨?"

테레사의 질문에 쿠젠은 고개를 저었다. 다른 참석자들도 대부분 비슷한 반응을 보이는 것을 확인한 테레사는 서서히 본론으로 들어갔다.

"나사에 새겨진 나삿등의 개수가 다 다르다는 것은 그 나사가 들어갈 몸체에 새겨진 나삿등도 역시 다 다르다는 것입니다. 똑같은 설계도와 똑같은 스펙을 가지고 만들어진 엽총의 생산지가 어디냐에 따라 다른 부품을 쓴다는 것이 우습지 않으십니까? 이것이 지금 우리 제국 상단들이 발전하는 것을 막고 있습니다. 만약에 발키리 상단의 엽총을 다른 지역의 사람이 구매해 갔다고 생각해 보지요. 구매자가 사용 중에 고장이 나서 수선을 한다고 가정할 때, 자기가 사는 곳에서 파는 나사가 단지 나삿등의 개수와 모양이 다르다는 이유로 사용을 하지 못한다는 것을 알았을 때, 그 사람이 나중에 다시 귀 상단의 엽총이나 물건을 구매할까요? 아니면 귀 상단에서 그 부품을 소비자가 사는 지역까지 보내줄 것입니까? 뭐, 해당 지역에 귀 상단의 동일한 제품을 구매한 자가 많을 경우를 빼고 단 한 사람, 혹은 두 사람의 소비자에게, 그것도 중요 부품이 아닌 나사 하나를 보낼 수 있습니까? 아니면 전국 각지에 있는 엽총 수리소에서 거대 상단만이 아닌 극히 작은 상단의 나사까지 다 준비를 하고 있어야 할까요? 언제 올지 모르는 손님을 위해서?"

테레사의 질문에 쿠젠은 한참 생각을 하더니 백기를 들었다.

"그럴 가능성은 없지요. 부품가보다 운송비와 재고 유지비가 더 들어가는 일이니 말이오."

쿠젠의 대답을 이용해 테레사는 표준을 만들어야 하는 이유를 설명했다.

"이것이 바로 표준을 만들어야 하는 이유입니다. 지금 제국의 모든 상단은 자신의 상단에서 만들어지는 상품의 품질과 가격으로 경쟁할 때입니다만, 가장 기초적인 구성품이 호환이 안 된다는 이유로 발이 묶여 있습니다. 또 하나 예를 들어볼까요? 저희 상단에서 조사한 바에 따르면 넬슨 상단의 증기 양수기는 매우 뛰어난 품질을 가지고 있고, 사용자들의 호응도 좋은 것으로 알고 있습니다. 하지만 넬슨 상단의 양수기는 넬슨 상단의 주요 거점인 서남부 네 개 영지를 벗어나서는 소비자들의 평가가 달라집니다. 생산지에서 멀어질수록 '상품은 좋으나 부품을 구하기 힘이 든다. 한번 수리를 맡기면 고쳐서 오기까지 시간이 너무 오래 걸린다'는 평가입니다. 넬슨 씨, 귀 상단의 양수기에서 가장 많은 수리 요청이 들어오는 부품이 무엇입니까?"

"증기 기관의 축과 크랭크를 연결할 때 쓰는 볼트와 너트, 핀이오."

"그럼 그 문제를 해결하기 위해 어떻게 하시지요?"

"구매자가 많은 곳마다 부품 창고를 만들어놓았소."

"창고 유지비가 만만치 않겠군요."

"솔직히… 그렇소."

회의 참석자들이 테레사와 넬슨의 대화를 주의 깊게 듣고 있는 가운데 테레사는 설명을 이었다.

"여기 계신 여러 상단의 상당수는 자신들만의 양수기를 제품으로 만들어 판매하고 계실 것입니다. 기관용 물탱크나 실린더, 기타 중요 구동부는 각 상단의 핵심 부품인만큼 전문성과 독창성을 가지고 있겠지만 겨우 연결 핀 하나의 수급 문제로 제품의 판매가 감소하거나 추가적인 지출이 생긴다는 것이 말이 된다고 보십니까?"

테레사의 말을 들으며 회의 참석자들은 생각에 빠져들었다. 상단의 단주들과 고위 간부들이 의견을 교환하느라 웅성거리는 가운데 또 다른 참석자가 손을 들었다.

"하지만 우리가 만드는 제품은 우리의 자존심과 기술의 총집합인 예술품과 같은 존재이오. 각기 다른 물건에 들어가는 부품을 획일적으로 통일시켜 버린다면 무엇으로 경쟁을 하란 말이오?"

"문과 문틀을 연결하는 경첩에 들어가는 나사도 독창적인 산물입니까? 상자의 몸체와 뚜껑을 연결하는 경첩도 독창적인 것입니까? 제가 말씀드린 요지는 가장 기초적이고 일반적인 부품과 재료의 표준과 등급을 정하자는 소리입니다. 모든 상단에서 똑같은 물건을 만들어 파는 것이 아니라 말입니다."

테레사의 답변이 끝나자마자 다른 참석자가 손을 들었다.

"하지만 그렇게 표준을 만든다면 기존의 모든 부품의 주물 틀이나 금형을 다 바꾸어야 하오. 그 비용이 만만치 않은데, 표준의 제정이 그 비용을 상쇄시킬 수 있다고 보오?"

"물론 초기 자금이 많이 들 수 있습니다. 하지만 표준이 없음으로 인해 들어갈 각종 유지 비용과 물류 비용, 그리고 시장 확대로 벌어들일 수 있는 수익을 따진다면 상쇄하고도 남을 것입니다."

"하지만 규모가 큰 상단이라면 그 투자 비용을 감당할 수 있지만 우리처럼 작은 상단이라면 그 자금을 감당할 여력이 없소. 우리 같은 작은 상단들은 죽으라는 소리요!"

"왜 나사나 기타 작은 부품까지 모두 다 한 상단 내에서 만들어야 한다고 보십니까? 표준화가 된다면 전국 어디서나 같은 규격의 부품들을 사실 수 있습니다. 그로 인해 절감될 수 있는 비용은 생각 안 해보셨습니까? 반대로 우수한 품질의 부품을 만들어내면 그것도 하나의 상품이란 생각 안 해보셨습니까?"

　뒤쪽에 앉아 있는 것으로 봐서 소규모 영세 상단의 단주나 간부로 보이는 이가 외친 항변에 대한 테레사의 답변이 이어지자 회의에 참석했던 모든 이들의 눈이 강하게 번쩍였다. 부품 시장이라는 새롭지만 매우 매혹적인 시장이 발견된 것이다.

　그런 가운데 또 다른 참석자가 손을 들었다.

　"좋은 생각이긴 하오만 그렇게 표준을 만들어 나간다면 패스파인더 상단만 득이 되는 것 아니오? 패스파인더 상단이 가진 힘이란 것은 알 만한 사람은 다 아는 것이니 말이오."

　"이 표준을 만들어갈 때 가장 중요하게 참고할 것은 시장에서의 지배력입니다. 물론 말씀하신 대로 본 상단이 큰 이득을 볼 수도 있습니다만 득을 보는 분들도 계실 것입니다. 예를 들어볼까요? 이젠 제국 내에서 없는 곳을 찾기 힘든 텔레라이터의 경우, 자판의 배열이나 크기 등을 따졌을 때 미네 상단의 제품이 가장 호응이 좋고 또한 가장 큰 매상을 기록하고 있습니다. 이럴 경우, 미네 상단의 제품 구성이 표준으로 자리 잡을 것입니다. 그럼 우리 상단의 텔레라이터들도 모두 그 표준을 따라야겠지요."

　"하지만, 그럼 우리 상단의 강점이 사라지게 되오! 모두가 같은 자판을 가진다면 우리가 무엇을 강점으로 삼아 물건을 판단 말이오!"

　"좀 더 좋은 상품을 만들어야겠지요. 소비자들은 더 좋은 제품을 살 테니 말입니다."

　미네 상단의 단주가 반발을 하고 일어섰지만 테레사의 답변에 힘없이 자리에 앉았다.

　회의 참석자들이 의견을 나누느라 소란스러운 가운데 진행을 주재하는 간사가 단상에 섰다.

"이번 안건에 대한 찬반 토론은 보름 후에 있을 예정입니다. 그때까지 의결권을 가지신 분들은 결론을 정해주시기 바랍니다. 이만 회의를 마칩니다."

간사가 폐회를 알린 가운데 회의장에 들어와 있던 모든 이들은 밖으로 걸음을 옮기며 서로의 의견을 나누었다. 특히 각 지역의 소식지와 언론사에 기사를 보내는 기자들은 기사를 보내기 위해 자신들의 사무소나 통신 대행 사무소로 달려갔다.

회의장 밖으로 몰려 나가는 사람들 가운데는 바이커 단주와 슐레 단주도 끼어 있었다.

"미치겠군. 한 방 먹었어."

바이커 단주의 혼잣말에 슐레 단주도 고개를 끄덕였다.

"맞습니다. 우리도 표준을 시급히 정해야 합니다."

"이미 늦었소이다, 슐레 단주. 시기도 늦었고, 그럴 힘도 없소이다."

"무슨 소리입니까?"

"대륙의 경제를 쥐고 흔드는 카마인이 만든 표준이오. 우리 포린트나 크레티스를 뺀 기타 중소 국가들의 시장은 생산 시장부터 소비 시장까지 카마인이 장악을 하거나 해나가고 있는 상황이오. 그런데 우리가 표준을 만든들 어디까지 효용이 있겠소? 그냥 자기 만족이지. 만약 카마인의 표준이 정해진다면, 아니, 정해지겠지. 그럼 우리는 그 표준을 들여다 적용시키는 것이 더욱 빠를 것이오."

"허……."

바이커 단주의 설명에 슐레 단주는 탄식을 했다. 바이커 단주는 튼튼한 경호 아래 황궁으로 들어가는 패스파인더 상단의 마차를 바라보면서 입을 열었다.

"그 협력자에게 연락을 해 다시 한 번 확인하는 것이 좋겠소. 우선적으로 테레사 패스파인더의 신변을 안전하게 확보해서 넘길 것. 만약 그것이 불가능할 경우 제거할 것. 우리 손에 들어오면 좋겠지만 그렇지 못할 경우에는 없애는 것이 우리에게 이익이오."

"알겠습니다."

29

테레사 납치 사건 2

마가리타가 제국의 공주인 덕에 독토르 일행의 거처는 황궁으로 정해졌다. 황제와 황태자, 공작들과 고위 관료들을 상대로 설명회와 토론회가 이어지는 것과 동시에 독토르와 테레사는 자신들을 찾아오는 상단주들과 귀족들을 상대해야만 했다.

"아직은 조용하네?"

"황궁까지 밀고 들어올 간 큰 인간들은 없겠지요."

"그럼 우리가 나가야 하나?"

"정확히는 저이지요."

"흐음……."

외손자에 폭 빠진 황제 덕분에 마가리타는 본궁에서 나올 생각을 하지 못하고 있었고, 그것을 이용해 독토르와 테레사는 자신들의 일을 처리해 나가고 있었다. 일진광풍처럼 몰아닥친 방문객들을 처리한 독토르와 테레사는 가볍게 휴식을 취하며 납치에 대해 이야기를 나누었다.
탁자 위로 찻잔을 내려놓은 독토르는 너무나도 여유를 부리는 테레사
를 쳐다봤다.

"그런데 누가 납치범인지 알아냈어?"

"아직입니다. 대략 두 군데로 범위는 좁혔습니다만 결정적인 물증이
없습니다."

"기준은?"

"우선 총기를 자체 제작할 수 있으며 수도에 거점이 있는 곳, 그 다
음엔 자본의 출처가 불명확한 곳, 그리고 포린트 상단과 직, 간접적인
연결이 강한 곳입니다."

테레사의 답변에 독토르는 손가락을 꼽으며 반론을 폈다.

"음… 내가 알기로 엽총을 자체 생산하는 상단은 큰 곳은 열두 개,
공방 수준의 업체까지 하면 쉰일곱 개에… 수도에 거점이 있는 상단은
약 여든아홉 개에 포린트와 연관이면 우리 상단 포함해서 아흔 개가
넘어."

"가장 큰 판단 기준이 있지요. 자본의 투명성. 가장 최신의 자료를
보면 한 달 전까지를 기준으로 신생 상단 포함, 카마인 제국에는 320
개의 상단이 있습니다. 물론 그중에는 일개 영지에서 구멍가게 수준인
상단도 있고, 장인 하나, 직공 둘의 공방 수준인 제조 업체도 있습니다
만, 정확하게 다섯 개의 상단이 자본의 출처가 불분명합니다. 그 상단
에서 출자나 분가 형식으로 파생된 사업체도 스물네 개입니다만 다른
기준까지 규합해 최대의 교집합을 뽑아보면 두 개가 남습니다. 포린트
로 넘어간 총번 없는 엽총을 입수하면 부품의 구성을 통해 어느 상단
인지 가장 확실하게 판단할 수 있습니다만……."

“그게 가능하면 만화지. CSI도 그렇게는 못할 거다.”

“가능은 합니다만 시간이 없었습니다. 총 전체가 아니라 나사 하나만 있으면 되는 일이니까요. 표준화가 되지 않은 상태가 주는 이점이랄까요.”

“…….”

벙찐 얼굴로 독토르가 자신을 바라봄에도 불구하고 테레사는 무표정한 얼굴로 찻잔에 담긴 차를 음미했다. 그런 테레사를 본 독토르가 입맛을 다셨다.

“라인 촌장님만 아니라 나도 네가 어떤 존재라는 것을 깜빡했군. 그러면 준비는 다 된 거냐?”

“휠체어와 이 신체 곳곳에 장비를 숨겨두었습니다. 이젠 덫을 놓기만 하면 되는 것이지요.”

“그럼 언제 실행할 거냐?”

“표결이 끝난 이후입니다. 그때면 황도를 벗어나는 상단들로 인해 출입 통제가 포화에 이를 때입니다. 만약 제가 납치범이라면 그때를 노릴 것입니다. 패스파인더 상단이 황도를 떠나기 전날이 D—day인 것이죠.”

“어떻게 황궁을 빠져나갈 것이지?”

“언제나 영지의 성과 황궁에만 갇혀 있던 연약한 미인이 영지로 돌아가기 전날 시장 구경을 나선다. 매력적이지 않습니까?”

“그러다 납치범보다 백마 탄 왕자를 만나는 것 아냐?”

“팔자 한번 고쳐 보지요, 뭐.”

“율리안 황태자가 통곡을 하겠군.”

“이미 차버린 사람은 범위 밖입니다.”

‘왜 이러냐~ 안 그랬잖아~’ 란 표정을 적나라하게 지어 보이는 독토르의 얼굴을 보면서 테레사는 마침표를 찍었다.

“요즘 ‘문화’ 데이터에 있는 로맨스 소설을 읽어보았는데 나름대로 재미있더군요.”

한편, 패스파인더 호에서는 히든이 맹렬한 속도로 테레사가 읽은 로맨스 소설의 목록을 찾아서 성향을 조사하고 있었다.

길다면 길고 짧다면 짧은 보름이 지나서 대회의장에는 또다시 상단의 단주들과 정부 관료들이 모여들었다. 의결권을 가진 이들은 자신들의 이해 득실에 따라 격렬한 찬반 토론을 벌였다.

“표준화는 불필요한 일입니다!”

“쓸데없는 비용을 줄일 수 있는 길이오!”

“생산용 주물과 금형을 만드는 데 들어가는 비용을 감당할 수 없습니다!”

“소모성 부품들은 외부에서 구할 수 있는 일이오!”

“시장에 대혼란이 올 것입니다!”

“어차피 시장에선 경쟁을 벌여야 하는 것이오! 강자가 모든 것을 갖는다! 이것이 상인의 생존 법칙이란 것을 잊은 것이오!”

큰 목소리로 갑론을박을 하는 시간이 지나가고, 단상에 오른 간사는 표결을 할 시간을 알렸다.

“이제 의결권을 가지신 분들은 기표소에서 기표를 하신 후에 중앙에 놓인 투명 상자에 투표지를 넣어주시기 바랍니다.”

간사의 말에 독토르를 위시해 의결권을 가진 단주들과 관료들이 줄을 지어 기표소로 들어갔다. 의결권을 가진 이들이 기표를 마치고 투표함에 투표지를 다 넣자 모든 이들이 다 보는 가운데 개표에 들어갔다. 의결권을 행사한 이들은 자신들의 이해에 따라 찬성과 반대를 뜻하는 숫자의 추이를 보면서 일회일비의 표정을 지었다. 마침내 모든 투표 용지의 개표가 끝나고 검산까지 끝나자 간사가 결과를 확인했다.

"의결권을 가진 320명 가운데 찬성 260명, 반대 35명, 기권 25명입니다. 이로써 '제국 공산품 표준'에 대한 안건이 통과되었음을 알립니다."

짝짝짝!

회의장에 있던 모든 이들은 결과가 발표되자 모두 박수를 쳤다. 반대를 했던 이들 역시 표정은 떨떠름했지만 결과에 승복하는 자세를 보여주었다. 회의의 폐막을 알리자 기자들은 또다시 부리나케 달리기 시작했다.

회의가 성공적으로 끝났음에도 황도 바이스란트는 여전히 북적거렸다. 먼 지방에서 온 상인들은 돌아가기 전에 필요한 상품들을 좀 더 싸게 사기 위해서, 또 자신들의 신상품이나 특산품을 홍보하기 위해 열심히 발품을 팔고 다녔고, 그들의 가족과 구경을 하기 위해 온 이들이 푸는 돈으로 인해 황도의 시장은 활기가 넘쳐흘렀다. 밤에는 유력 상인들과 귀족들의 집이나 대형 식당에서 연회가 벌어지고 있었다. 그러는 동안에도 음모는 때를 기다리고 있었다.

"아직 때가 안 되었습니까?"

"죄송합니다. 목표가 여전히 황궁에서 꼼짝도 안 하고 있습니다."

어둠에 잠긴 골방에서 남자의 보고를 받던 여인이 짜증을 부렸다.

"무슨 수를 쓰세요! 목표가 참석할 만한 대형 연회가 앞으로 세 건밖

에 남지 않았습니다! 아시겠어요? 우리가 노릴 기회도 세 번밖에 안 남
았다는 소리입니다!"

"노력하겠습니다!"

"나가봐요!"

여자의 질책에 남자는 급히 방을 나섰다. 방에 홀로 남은 여인은 애
꿎은 종이만 구기며 분을 삭였다.

"슬슬 움직여야 할 때 아닌가?"

"조금 더 애를 태우는 것이 좋지 않을까요?"

독토르는 카마인 제국 정부의 산적한 일들을 처리하면서 테레사와
대화를 나누었다. 짧은 대화를 하면서 독토르는 앞에 쌓인 서류의 양
에 한숨을 쉬며 이 서류를 넘겨받을 때를 회상했다.

"아니, 유능한 이들이 모였다고 소문난 카마인 제국 행정부가 왜 매번 일
이 밀려서 도움을 요청하는 것입니까?"

독토르의 항변에 산처럼 서류가 쌓인 운반용 수레를 방으로 밀어 넣는 것
을 감독하던 노이만 공작이 짧게 대답했다.

"용량 초과."

"전 상인입니다. 남들이 보기엔 이권에 개입하는 부정으로 볼 수도 있습
니다."

독토르의 마지막 항변에 노이만 공작이 대답했다.

"그전에 자네는 제국에 충성을 맹세한 귀족이고 황제의 사위일세. 의무를
이행해야지?"

"이상하게 말이 되네요."

"그럼 부탁하네."

한숨 덜었다는 표정으로 노이만 공작은 휘파람을 불면서 사라졌다.

그런 소동 속에서 둘은 열심히 서류를 처리하기 시작했다. 밖에서
대기하고 있는 행정부 관료들은 둘―정확히는 절대 다수를 테레사가 처리
했지만―의 업무 처리 능력을 보면서 혀를 내두르고 있었다. 서류를 읽
고 사인을 날리는 일을 계속하며 독토르는 질문을 했다.

"차라리 연회에 참석하는 것이 낫지 않을까? 저쪽이 지레 포기할 수
도 있어."

"저들도 챙긴 돈이 있으니까 절대 포기하지 못할 것입니다. 정 안되
면 패스파인더 호를 습격할 수도 있습니다. 함부로 연회에 참석했다간
의도하지 않은 피해자를 양산할 수 있습니다."

"그럼 아예 패스파인더 호를 습격하게 만들어볼까?"

"본거지를 찾아야 하지 않겠습니까? 황도를 벗어나서 습격해 오면
잡아봤자 피라미들입니다."

"그래서 결론은?"

"모레부터 움직일 것입니다."

"알았어."

다음날 패스파인더 상단 주최의 대연회가 마지막으로 열렸다. 예전
에 독토르가 수도에 마련한 집을 대대적으로 증, 개축해 사용하는 패스
파인더 상단의 황도 지부에 들어선 이들은 간결하면서도 아름다운 내
부에 감탄하면서 연회를 즐겼다. 상단이 주최하는 연회에는 거의 참석
하지 않던 공작들까지 참석한 것과 황궁 근위대까지 동원된 경비는 연

회에 참석한 이들 사이에서 한참 동안 화제의 중심이 되었다. 패스파
인더 상단의 연회를 끝으로 황도에서의 대규모 행사는 끝이 났고, 지방
에 거점을 둔 상인과 귀족들은 귀향을 준비하기 시작했다. 황도를 출
입하는 곳에 만들어진 검문소들이 다시금 바빠지기 시작하자 테레사가
드디어 작전을 벌이기 시작했다.

“떴습니다! 표적이 황궁을 나섰답니다!”
예의 어두운 골방에선 오랜만에 기쁨의 탄성이 터져 나왔다. 항상
굳어 있던 여인의 얼굴에 화색이 돌았다.
“드디어 나왔습니까? 혼자입니까?”
“세 명의 근위병이 붙었습니다만 또 다른 호위는 없는 것으로 파악
되었습니다. 현재 시장에 있다고 합니다.”
“시장에?”
“그렇습니다. 추적조에서 올라온 보고에 의하면 매우 밝은 모습으로
시장을 구경하기 바쁘다고 합니다.”
“흐음…….”
남자의 보고에 여인은 턱을 괴고 생각에 빠져들었다.
‘천하의 패스파인더 상단 최고 간부가 시장에 와? 무엇을 구경한다
는 것이지?’
난데없는 돌출 행동에 고민하던 여인은 테레사에 대한 정보를 다시
한 번 기억하고는 나름대로 납득을 했다.
‘그렇군. 갑갑했겠지. 나도 그랬으니까. 거기에 호위도 세 명이
라……. 나름대로 신경을 쓰긴 썼군.’
생각을 마친 여인은 명령을 내렸다.

“작전을 실행하세요.”
“알겠습니다.”

　자신의 행적을 환하게 드러낸 채 시장을 활보하던 테레사는 가볍게 주위를 돌아보았다. 아무것도 아닌 듯 가볍게 주위를 둘러본 테레사는 고개를 숙이며 미소를 지었다.
　“선장님, 시작되었습니다. 준비하시기 바랍니다.”
　“준비랄 것이 뭐 있냐? 납치나 잘 당해.”
　“…….”
　독토르와 짧은 통신을 끝낸 테레사는 여전히 미소를 지으며 시장을 활보했다. 그러는 동안에 그녀의 휠체어를 밀며 호위하는 기사들은 점점 표정이 구겨져 갔다.
　‘무슨 놈의 병약 미녀가 이리도 체력이 좋아! 벌써 몇 시간째야!!’
　‘자고로 여자하고 같이 시장에 가지 말라더니……. 그냥 대충 아무거나 사지 구경만 하냐!’
　‘무슨 놈의 휠체어가 이리도 무거워! 여자가 무거운 거야, 휠체어가 무거운 거야? 교대할 시간 멀었나?’
　“잠깐 저쪽으로 가지요.”
　“예, 알겠습니다.”
　속으로 그렇게 온갖 불평을 털어놓으면서도 호위를 맡은 근위기사들은 테레사의 말이 떨어지자마자 군소리없이 휠체어를 몰았다. 테레사 일행이 그렇게 한 모퉁이를 돌아서자 그곳에는 테레사를 기다리고 있던 불청객들이 그들을 막아섰다.
　“꼼짝 마!”

여러 크기의 도검을 꼬나 든 불청객들이 앞을 가로막자 호위를 맡은 기사들은 순식간의 테레사의 앞을 막았다. 6연발 리볼버가 들어 있는 홀스터에 손을 얹으며 기사들이 눈을 부라렸다.

"뭐냐? 꺼져!"

"흥!"

기사들의 엄포에도 불구하고 불청객들은 코웃음을 치며 달려들었다. 기사들이 홀스터에서 리볼버를 꺼내 드는 순간 총성이 터져 나왔다.

탕! 타탕! 타타탕!

"크윽! 끅!"

기사들의 주의가 앞을 막고 있는 불청객들에게 집중되어 있는 것을 이용한 저격으로 테레사의 앞을 막고 있던 기사 둘이 비명과 함께 땅에 쓰러졌다. 앞을 막던 기사 둘이 쓰러지고 적들이 달려오자 기사는 휠체어를 급히 돌렸다.

"패스파인더 양, 죄송합니다! 꽉 잡으십시오!"

기사는 휠체어의 손잡이를 잡고는 있는 힘껏 달리기 시작했다. 기사가 등을 노출하자 다시금 총성이 터졌다.

탕! 탕!

"크윽!"

끝까지 자신을 지키기 위해 애를 쓰다 땅에 쓰러지는 기사를 본 테레사는 조용히 중얼거렸다.

"미안합니다."

작게 중얼거린 테레사는 표정과 목소리를 완전히 바꾸고는 다가오는 불청객들을 쳐다보았다.

"무, 무슨 일입니까?"

"따라와 보면 알아!"

불청객들 중의 한 명이 그렇게 외치며 테레사의 팔을 잡아끌었다.

"꺄악!"

남자의 우악스런 손길에 테레사는 비명을 지르며 힘없이 땅에 굴렀다. 그 광경을 보던 남자들의 리더가 손짓했다.

"야, 저 바퀴 의자에 실어라. 그게 더 빠르겠다."

"그냥 들고 가는 것이 낫지 않을까요?"

"네가 업고 갈래?"

"바퀴가 빠르겠지요."

"그럼 뭐 해? 빨리 움직여! 총소리까지 났으니 치안대에서 개 떼처럼 몰려올 거다! 튀어!"

리더의 말처럼 근처에서 총성을 듣고 숨어 있던 사람들이 조금씩 그들을 살피는 광경이 보이기 시작했다. 저 멀리서 치안대원의 호루라기 소리까지 들려오자 남자들은 휠체어를 밀며 쏜살같이 달리기 시작했다.

테레사가 의문의 집단에게 납치되었다는 소식은 즉시 황도를 발칵 뒤집었다.

"큰일이네."

"저도 들었습니다."

문을 절반쯤 부수고 들어선 공작들의 외침에 독토르는 잔뜩 굳은 목소리로 대답했다. 공작들 역시 굳은 얼굴로 의자에 앉았다.

"어찌할 것인가?"

"우선 테레사의 휠체어에 부착해 놓은 마법 추적 장치를 이용해 위치를 추적 중입니다. 상단과 영지 소속의 마법사들이 동원되었으니까 금방 답이 올 것입니다."

"아, 우리도 외곽으로 나가는 모든 입구를 다 차단했네. 모든 마차와 수레를 다 검사하고 있지."

"감사합니다."

"무슨 소릴. 만약 이번 사건이 잘못된다면 비슷한 범행이 계속 이어질 것이네. 안 그래도 이 수도엔 인질 값어치가 큰 사람들이 많이 살고 있으니 말일세."

공작들을 대표해 노이만 공작과 독토르가 이야기를 나누는 동안에도 바깥에서는 사건을 해결하기 위해 사람들이 동분서주하고 있었다.

쾅!

시종들이 애써서 고쳐 달아놓은 문이 또다시 부서지며 이번엔 황태자 율리안이 들이닥쳤다.

"들었습니다! 테레사 양이 납치되었다는 것이 사실입니까?"

"사실입니다."

독토르의 대답에 율리안은 손에 들고 있던 장갑을 바닥에 내던졌다.

"이런! 젠장! 빌어먹을!"

한참을 씩씩대던 율리안은 호흡을 진정시키며 독토르를 쳐다봤다.

"이럴 줄 알았으면 몰트케 후작님의 수련을 중지하고서라도 제가 나섰어야 하는 것인데……."

"아닙니다. 저들은 총기를 썼다고 합니다. 오히려 태자 마마가 안 계신 것이 다행이었습니다."

"그럼요, 그럼요."

독토르의 말에 공작들 역시 고개를 끄덕였다. 그러는 동안 수색을 나간 마법사들과 통신을 하던 마법사가 안으로 들어왔다.

"놓쳤습니다."

"뭐라?!"

보고를 듣고 다른 사람들이 반응하기도 전에 율리안이 마법사의 멱살을 쥐고는 으르렁거렸다.

"무슨 소린지 자세히 설명하라! 안 그러면 살지도 죽지도 못하게 만들어주마!"

"손을 놔줘야 말을 할 것 아닙니까? 손을 놓으시지요."

율리안에게 멱살이 잡혀 캑캑거리는 마법사의 얼굴을 본 티거 공작이 서둘러 끼어들었다. 마법사와 자신의 사이에 끼어든 티거 공작을 본 율리안이 뭐라 입을 열려 했으나 티거 공작의 얼굴을 보고는 조용히 손을 풀었다. 티거 공작은 율리안을 향해 벙긋거리며 인상을 썼다.

'애 잡겠다. 안 내려놓을래?'

율리안이 손을 풀자 풀려난 마법사는 잔기침을 몇 번 하고는 보고했다.

"휠체어에 달린 추적 장치를 쫓아 추적을 하던 도중 이것을 발견했습니다."

마법사는 품에서 물건 하나를 꺼내 들었다.

"자작님도 보면 아시겠지만 이것은 휠체어에 달려 있던 추적기입니다."

독토르는 마법사가 건네준 물건을 받고는 주의 깊게 살폈다. 매끄럽게 잘려 나간 단면을 확인한 독토르는 공작들에게 마법사가 찾아온 물건을 건넸다.

"테레사의 휠체어 손잡이입니다. 속에 마법진을 새긴 후에 통짜로 만들어낸 놈인데 아주 깨끗하게 잘려 나갔군요. 강철과 미스릴을 섞어 만든 것인데 이렇게 잘려 나간 것을 보니 납치범들 사이에 실력 좋은 놈이 있나봅니다. 추적기만 제거한 것을 보니 마법사까지 속해 있군요."

"그렇다면?"

중간에 끼어든 율리안의 물음에 다인 공작이 입을 열었다.

"어리버리 잔돈푼이나 노리는 싸구려는 아니란 소리지. 어디서 발견되었나?"

"시 북부 유흥가 골목이었습니다. 지금 그쪽으로 치안대원이 집중되고 있습니다."

마법사의 보고에 독토르가 공작들에게 건의했다.

"우선 시 전체의 출입구를 막고 검문 검색에 총력을 기울여야 합니다. 보시다시피 이것은 품에 넣을 정도의 크기입니다. 마법사와 솜씨 좋은 검사까지 있을 정도라면 머리 좋은 놈도 있을 것입니다."

"함정이란 소리인가? 오히려 우리가 그렇게 생각하길 원하는 것일 수도 있지 않나?"

"그렇기 때문에 검문 검색을 강화해야 하는 것입니다. 잘못하면 저들의 뒤만 쫓다가 길을 다 열어줄 수 있습니다. 나갈 길을 막고 모든 방향에서 좁혀 들어가야 합니다."

"그러다 잘못하면 인질이 위험할 수도 있네."

"테레사의 생사는 차후의 문제입니다. 최우선 과제는 앞으로 다시는 이런 일이 없도록 확실한 예제를 만들어야만 하는 것입니다."

"자네, 참으로 무서운 사람이구먼."

"지킬 것이 많으니까요."

독토르의 답변에 공작들과 율리안은 질린 표정이 되었다. 그런 가운데 독토르는 마법사에게 명령을 내렸다.

"나가서 내 말 그대로를 적어서 전단을 뿌리도록 '내 여동생 테레사가 납치당했다. 아직 몸값 요구는 없지만 본인은 아래와 같이 알린다. 테레사를 납치한 자들을 알거나 장소를 아는 자들이 본인에게 그 정보를 알릴 경우 2만 골드를 상금으로 주겠다. 독토르 폰 패스파인더 자작'. 알았나?"

"알겠습니다."

마법사는 독토르가 말한 내용을 다시 한 번 반추한 다음 곧장 밖으로 뛰어나갔다. 독토르는 공작들과 율리안을 돌아보며 입을 열었다.

"이로써 두 가지를 노릴 수 있겠지요. 하나는 시민들의 열화와 같은 참여이고, 다른 하나는……."

"조직의 내분인가?"

"정답입니다."

공작들과 율리안이 돌아가자 독토르는 패스파인더 호로 들어가서 출입구를 차단시켰다. 함교로 들어선 독토르는 전면 모니터를 보면서 입을 열었다.

"이거야 원, 연기하는 것도 힘들다. 이럴 땐 내가 가다지마 마야라도 되었으면 해."

"보라색 장미라도 드리고 싶을 정도로 잘하시던데요. 그건 그렇고, 선장님이 그렇게 매정하신 분인 줄 몰랐습니다."

"그럼 거기서 눈물 찍, 콧물 찍 하고 있어야겠냐? 싸나이란 임팩트가 있어야 하는 법!"

“그래서 헐리우드 영화에 나오는 대사를 표절하십니까?”

“시끄러워요! 시끄러워요!”

“뭐, 여기서 저작권 갖고 따질 인간은 없겠지만 궁금한 것은 2만 골드를 어디서 만드실 것입니까?”

“가계부 네가 쓰잖아. 네가 알아서 해. 그것보다 뭐 건진 것 있냐?”

“납치된 지 이제 겨우 네 시간째입니다. 벌써부터 악당 두목이 다 나오면 재미가 없지요. 영화도 안 보셨습니까?”

“건지는 대로 알려줘. 그건 그렇고, 다친 데는 없냐?”

“본체는 여기 있는데요.”

“쓰~”

“돌의 경우 이상 없습니다. 탐지기도 잘 돌아가고 있습니다.”

“이상한 짓 하려는 놈들은 없었고?”

“아지트로 보이는 곳에 끌려들어 올 때 묘하게 ‘하아~ 하아~’ 하고 숨을 몰아쉬는 놈들 다섯 명을 감지했지만 아직은 이상 없습니다.”

“알았어. 그럼 나도 미리 준비를 좀 해볼까?”

테레사의 상황 보고를 들은 독토르는 장비실로 걸음을 옮겼다. 싸이블레이드와 통신기, 강화복을 꺼내 든 독토르는 각 장비의 충전 상태를 확인하고는 주섬주섬 강화복을 입기 시작했다. 강화복을 입으며 약간 가쁜 숨을 내쉬는 독토르를 본 테레사가 한마디 했다.

“89일간 연구 핑계로 훈련을 안 하신 영향이 바로 나오는군요. 운동하세요.”

모니터에 뜬 훈련 계획을 본 독토르는 비명을 질렀다.

“날 잡아라! 이게 운동 계획이냐, 아니면 운동을 가장한 살인 계획이냐?”

“싸나이는 임팩트라면서요?”

“어떻게 되었습니까?”
“무사히 포획했습니다.”
“추적은 잘 처리했나요?”
“말씀하신 대로 추적기가 붙어 있었습니다. 그래서 제거한 추적기를 이용해 교란 작전을 벌였습니다.”
예의 그 어두운 밀실에서 납치범들의 리더는 맞은편 책상 뒤에 앉아 있는 여인에게 보고했다. 리더의 보고에 여인은 만족의 미소를 지었다. 여인이 입을 열려는 순간 노크 소리가 들렸다.
“들어와요.”
여인의 말에 항상 여인에게 보고를 하던 남자가 들어왔다.
“패스파인더 자작의 첫 번째 반응입니다.”
남자는 말과 함께 한 장의 전단지를 내밀었다. 전단지를 죽 읽은 여인은 손가락으로 책상을 두드렸다.
“확실히 이 남자는 무서운 남자군. 우리를 사냥하겠다는 것인가? 스코르체니 단장, 소모품들의 처리는 확실하게 했나요?”
“예, 교란 작전이 끝나자마자 처리했습니다.”
“아직 승기는 우리에게 있군요. 그럼 보르타 집사는 포린트의 너구리들과 협상을 잘해봐요.”
“알겠습니다.”

“급히 보고할 것이 있습니다.”
“뭔가?”

사건 발생 사흘째. 임시로 마련된 '테레사 패스파인더 납치 사건 수사본부'. 여기저기서 올라오는 탐문 수사 보고서와 기타 주민 신고 관련 보고서를 읽으며 인상을 북북 긁던 황도 치안총국 부총감 아인츠는 난데없이 급보를 알리는 치안대 요원을 보면서 인상을 구겼다.

"오늘 오전 시내 북부, 일명 '장미 거리'에서 시체들이 발견되었습니다."

"시체? 살인 사건이라면 담당 부서에 넘기면 될 일 아닌가? 아, '시체들'이라고 했으니 좀 규모가 커지겠지만 여기는 납치 사건을 수사하는 곳일세."

"그 시체들 중의 한 구가 납치 사건 발생 직후 사건을 목격한 주민이 말한 납치범들 중의 한 명과 인상착의가 일치합니다."

"응?"

아인츠는 얼굴을 굳히며 보고자의 손에 들린 서류를 빼앗듯이 손에 쥐었다. 보고서를 꼼꼼히 읽은 아인츠는 보고서를 내려놓았다.

"그러니까… 확실하게 신원까지 확인된 것은 이 한 놈뿐이고 다른 놈들은 지금도 조사 중이라는 소리군. 패스파인더 자작이 상금을 내건 직후 들어온 시민 제보와 대조는 잘하고 있나?"

"네, 앞으로 한 시간 이내에 결과를 확인할 수 있습니다."

대답을 들은 아인츠는 서류를 내려놓으며 한숨을 쉬었다.

"아, 아마 비슷한 내용일 거야. 이놈처럼 뒷골목에서 걸렁걸렁 침 좀 뱉던 놈들이겠지. 한 방 먹었군. 꼬리를 잘라 버렸어. 하아~ 일이 점점 꼬이네~"

피곤한지 뒷목을 주무르며 한숨을 쉬는 아인츠에게 또 다른 치안대 요원이 달려왔다.

"총감님께서 오시랍니다. 황태자 전하께서 오셨습니다."

"뭐냐? 아예 여기에 살림을 차려라! 젠장!"

사건이 벌어지자마자 득달같이 달려와 닦달을 해대는 황태자를 떠올린 아인츠는 이를 갈며 자리에서 일어났다.

"뭐 좀 건졌냐?"

"조만간 입질이 올 것 같습니다."

밖에선 난리가 났음에도 불구하고 패스파인더 호의 함교에서는 독토르와 테레사가 태평하게 대화를 나누었다. '납치로 인한 충격'을 핑계로 패스파인더에 짱 박힌 독토르는 간간이 올라오는 보고를 받을 때를 제외하곤 패스파인더 호에서 나갈 생각을 하지 않고 있었다. 스파르타식 집중 수련을 끝내고 가볍게 샤워를 마친 독토르는 테레사의 보고에 가볍게 혀를 찼다.

"쯧, 이러다가 날 새겠다. 그냥 칠까?"

"낚시의 기본은 기다림입니다. 그건 그렇고, 이제 슬슬 밖으로 나가시지요."

"왜? 드디어 잡았냐?"

"아니요. 여기서 조금만 더 계셨다간 상당한 바가지가 예상되기 때문입니다."

"쯧, 예전엔 안 그랬는데⋯⋯. 역시 결혼하면 변하는 걸까?"

독토르는 가볍게 푸념을 하고는 자리에서 일어났다.

사건 발생 닷새째. 마가리타와 아들이 있는 별궁에서 조용히 업무 처리와 수사의 경과만을 보고받던 독토르의 귀에 테레사의 목소리가 들려왔다.

"물었습니다."

"잠시 바람 좀 쐬고 오겠네."

"알겠습니다."

외출을 알린 독토르는 패스파인더 호로 돌아왔다. 함교로 들어서자 테레사는 중앙 모니터에 돌이 촬영한 영상을 출력했다.

"이들이 이번 사건의 지휘부 같습니다. 왼쪽 두 명은 포린트 제국의 No.1, 2인 바이커 상단과 슐레 상단의 단주입니다. 그리고 이들 앞에 서 있는 이 남자가 이번 사건을 일으킨 집단의 지휘부입니다."

"포린트 쪽은 넘어가고, 이 남자에 대한 정보를 알 수 있어?"

"황도에 있던 마이크로 머신의 수명이 다하기 전까지 수집한 정보에 합치하는 인물은 없습니다. 적어도 제왕투 전에는 황도에 없었거나 중요한 위치에 있지 않았던 인물이란 소리입니다. 또한 더욱 중요한 점은 대화와 여타 행동에서 나타나는 반응으로 보아 이 남자가 최종 결재권자가 아니라는 분석 결과가 나온다는 점입니다."

"그럼 이 남자도 꼬리란 소리냐?"

"꼬리는 아니지만 그렇다고 머리 한복판은 아니라는 것이지요."

"그건 그렇고, 인질을 앞에 두고 참 험악하게도 대화를 나누고 있군. 이 친구들, 기본이 안 되어 있네."

테레사의 보고를 들으며 영상을 보던 독토르는 문제의 인물들이 나누는 대화를 들으며 혀를 찼다. 포린트의 인물들은 테레사를 포린트로 빼돌리기를 주장하고 있었고, 납치 조직의 남자는 여러 난점을 들어 테레사를 죽이기를 주장하고 있었다. 양측의 대화에서 나타나는 감정의 기복과 작은 행동 등을 통해 심리를 분석하던 테레사가 곧 데이터를 출력했다.

"일종의 연기라고 보시는 것이 좋을 것 같습니다. 포린트는 저렇게 주장하면서 제가 저들에게 의지하게 만들 생각입니다. 일종의 '스톡홀름 신드롬' 을 이용할 생각이지요. 남자는 반대로 좀 더 유리한 조건을 얻어낼 생각이고 말입니다. 아무래도 남자는 포린트의 작품으로 만들 생각을 하고 있는 것 같습니다."

"자기네는 쏙 빠지고?"

"그렇지요. 아무래도 자신들의 거점이 제국이니 말입니다. 거기에 납치한 쪽은 제가 살아 있기를 바라지 않는 것 같군요."

"포린트에 넘겨주고 돈 챙기고, 날름 신고해서 부수입 올리고. 이런 시나리오냐? 무슨 유주얼 서스펙트냐? 영화 찍니?"

"이왕이면 다홍치마겠죠."

"알았어. 그럼 결론이 나오는 대로, 아니면 네가 행동을 벌이기 30분 전에 알려줘."

"알겠습니다."

용건이 끝난 독토르는 다시 황궁으로 돌아갔다.

"계속 말하지만 살아 있는 테레사 패스파인더를 원한다면 황도에서 나가는 것은 여러분들이 맡아주셔야 합니다!"

"무슨 소리요? 이번 일은 당신들이 책임지고 한다고 벌인 일이잖소!"

"상황이 변했다는 사실을 이해해 주시기 바랍니다!"

테레사가 납치되어 감금된 건물 3층에선 보르타와 포린트의 두 상단주 사이에 격론이 벌어지고 있었다. 대화는 계속 평행선을 그리며 언성만 높아지고 있었다. 마침내 바이커가 최종 제안을 내놓았다.

“좋소. 왈 강에 있는 선착장까지만 운송해 주시오. 그 다음은 우리가 책임지리다.”

“검문소를 통과하기엔 타국의 상단인 당신네들이 더욱 유리한 것 아니오?”

“잘못되면 국제 문제가 되오. 그리고 당신들의 끈이라면 통과는 가능할 것 같은데?”

서로 한 방씩 주고받은 양측은 입을 다물고 서로를 바라봤다. 한참 입을 다물고 생각을 하던 보르타가 최종 제안을 내놓았다.

“좋소. 그럼 우리가 왈 강까지는 나르겠소. 하지만 어쩔 수 없는 경우 테레사 패스파인더의 생명은 없소.”

보르타의 최종 제안을 들은 바이커와 슐레는 둘만의 의견을 조율하더니 결론을 내리고는 보르타를 돌아보았다.

“수락하겠소.”

“그럼 이틀 후에 보내겠습니다.”

“좀 더 빨리는 안 되겠소?”

“끈을 써야 하는 일이기 때문에 어쩔 수가 없습니다.”

“좋소.”

합의를 본 양측은 자리에서 일어나 악수를 교환했다. 바이커와 슐레가 탄 마차가 멀리 사라지는 것을 본 보르타는 벽에 달린 촛대를 움직였다.

스르릉.

작은 소리와 함께 모습을 드러낸 통로로 보르타가 모습을 감추고, 벽은 원래의 모습으로 감쪽같이 돌아왔다.

한편, 지하에 있는 비밀 감옥에 갇힌 돌은 얌전히 휠체어에 앉아 있었다. 창백한 얼굴과 힘없이 늘어진 자세로 휠체어에 앉아 있었지만 돌의 청각 기능은 최대로 유지된 채 외부의 동정을 감시하고 있었다. 보르타와 포린트 상인들 간의 의견이 합쳐진 다음날 밤 드디어 기회가 왔다.

"내일 아침이란다."

"그래?"

테레사가 갇힌 비밀 감옥을 경비하는 남자들과 교대를 하기 위해 온 두 남자는 교대를 하면서 지금까지 자리를 지키던 남자들에게 말을 걸었다. 교대를 한 남자들은 가볍게 몸을 풀고는 위로 올라갔다.

"수고해."

"알았어."

교대를 한 남자들이 완전히 위로 사라지자 새로 온 남자 중의 한 명이 옆에 서 있는 남자의 옆구리를 콕콕 찔렀다.

"왜?"

"어때?"

"뭐가?"

상대의 질문에 남자는 엄지손가락으로 뒤를 가리켰다. 남자가 가리킨 방향을 흘낏 본 상대가 되물었다.

"뒤에 아무것도 없는데 뭘?"

"멍청아, 저 방에 있는 여자 말이야."

"아~"

상대는 그제야 이해를 한 듯 고개를 끄덕이고는 주위를 살피며 물었다.

"임마, 괜히 손댔다가 탈나면 어쩌려고 그래?"

"괜찮아, 괜찮아. 너도 대충 소식 들었잖아. 저쪽에서 원하는 것은 저 여자 머리지 몸이 아니잖아? 어차피 죽을 때까지 빛 보긴 힘들 여자니까 재미 좀 보자는 거지."

"그래도……."

"야, 임마. 매번 장미 거리 뒷골목의 퇴물하고만 놀긴 그렇잖아. 얼마나 좋은 기회냐?"

남자의 설득에 상대편도 조금씩 설득되는 표정을 짓기 시작했다. 잠시 고민을 하던 상대는 마침내 결론을 내렸다.

"좋아. 하자."

'기회를 만들어주는군.'

두 남자의 대화를 듣던 테레사는 기회가 왔음을 깨닫고는 독토르에게 통신을 날렸다.

"*선장님, 시작합니다.*"

잠시 후, 비밀 감옥의 문이 열리고 남자들이 묘한 미소를 지으며 들어섰다.

"무, 무슨 일인가요?"

떨리는 목소리로 테레사가 묻자 남자들은 피식 웃으며 대답했다.

"뭐, 서로 재미나 좀 보자는 거지."

"그런……."

주춤거리며 테레사가 뒤로 물러서는 동안 남자들은 그런 그녀를 압박하며 바지춤에 손을 댔다. 남자들이 검이 묶인 허리띠를 풀어 옆으로 던지는 순간 테레사의 눈이 빛났다.

"컥!"

순간적으로 달려든 테레사의 양손에 각각 목이 졸린 남자들은 테레사의 손을 풀기 위해 용을 썼지만 높이 들린 테레사의 손에 매달려 버둥거릴 뿐이었다.

뿌득!

뼈가 부러지는 소리가 났고, 두 남자는 힘없이 축 늘어졌다. 양손에 들린 남자들을 한쪽 벽으로 던져 버린 테레사는 조용히 드레스를 벗고는 휠체어 안에서 강화복을 꺼내 들었다. 강화복을 걸친 테레사는 헬멧을 쓰기 위해 들어올리다 피식 웃었다.

"진짜 어두운 데서 보니 보라색이군. 이래서 보라순이인가?"

헬멧까지 써서 얼굴을 완전히 가리고 벗어놓은 드레스를 뒤춤에 달린 보조 가방에 넣은 테레사가 비밀 감옥을 벗어나는 순간 독토르가 보낸 메시지가 들어왔다.

"5분 후 출발한다."

독토르의 메시지를 확인한 테레사는 밖으로 걸음을 옮겼다.

한편, 테레사의 메시지를 확인한 독토르는 급히 밖으로 달리기 시작했다.

"무슨 일입니까?"

밖에 서 있던 기사가 다급히 따라붙으며 이유를 묻자 독토르가 급한 목소리로 대답을 했다.

"이런 멍청한! 테레사의 위치를 찾을 또 다른 장비가 있다는 것을 깜빡했네!"

"예?!"

"치안대에 알리시게! 내가 준비하고 나가는 대로 출발할 수 있도록!"

“알겠습니다!”

독토르의 외침을 들은 기사는 급히 반대쪽으로 달리기 시작했다. 전력으로 달려 패스파인더 호에 도착한 독토르는 다급히 장비실로 달려 들어 갔다. 강화복과 싸이 블레이드, 권총까지 장착한 독토르는 다른 모델의 PDA를 손에 들고 밖으로 달려나가며 외쳤다.

“시작했냐?!”

“시작했습니다. 저는 외부로 나가 곧장 꼭대기로 올라가겠습니다.”

“알았어! 그럼 나는 밖을 흔들지!”

강화복을 통해 강화된 근력을 이용한 독토르가 빠른 속도로 황궁 입구로 달려나왔을 때, 그곳에는 이미 치안대 소속 타격대가 말을 타고 대기하고 있었다. 말에 오른 독토르는 옆에 있던 타격대 대장에게 외쳤다.

“따라오시게!”

“알겠습니다! 가자!”

독토르는 박차를 가해 말을 달리기 시작했고, 타격대 대장의 손짓에 타격대는 급히 말을 달려 독토르의 뒤를 따르기 시작했다.

한편, 지하 비밀 감옥에서 빠져나온 테레사는 독토르가 도착할 시간이 되자 빠르게 움직이기 시작했다.

“누구… 컥!”

서걱!

지하로 내려가던 입구를 지키던 남자 둘이 테레사의 일검에 목이 달아났고, 테레사는 창밖으로 몸을 날렸다.

와장창! 챙그랑!

“무슨 일이야?!”

자신들의 방이나 식당에서 휴식을 취하던 남자들은 난데없는 소음에 복도로 튀어나왔다. 지하로 내려가는 입구를 지키던 남자들이 죽어 있는 것을 본 남자가 급히 외쳤다.

"비상종을 울려!"

와장창!

"3층이다!"

땡땡땡!

또다시 유리창 깨지는 소리가 들리고, 3층을 지키던 사람들의 외침에 1층으로 달려 내려오던 남자들은 급히 위로 올라가기 시작했다. 그와 동시에 저택 안은 비상을 알리는 종소리가 가득 차기 시작했다. 그 순간, 독토르가 들이쳤다.

"달려! 달려!"

말에 박차를 가하며 독토르는 PDA에 뜨는 방향 지시를 계속 주시했다. 5분여를 더 달린 독토르는 마침내 왈 강의 선착장으로 가는 길에 위치한 주택가로 접어들었다. 미로와 같이 얽힌 길을 내달린 독토르는 마침내 목표 지점에 도착했다.

"여기다!"

말에서 내린 독토르는 싸이 블레이드와 권총을 뽑아 들고는 안으로 내달렸다. 그의 뒤를 쫓아온 타격대 대원들도 칼과 리볼버를 손에 쥐고는 안으로 달려들었다.

"치안국이다!"

"막아!"

"잡아라!"

챙! 챙!

탕! 탕! 타탕!

"으악!"

"컥!"

테레사가 잡혀 있던 저택에선 순식간에 실내전이 벌어지기 시작했다. 검술과 사격 실력은 타격대가 훨씬 뛰어났지만 저택의 구조를 환하게 외우고 있던 상대에 의해 상황은 혼란으로 빠져들었다. 여기저기서 총성과 칼이 부딪치는 소리, 사람들이 지르는 비명으로 어둠에 잠겨 있던 주택가는 집집마다 불이 환하게 밝혀지기 시작했다.

3층으로 뛰어든 테레사는 앞으로 내달리며 자신의 길을 막아서는 이들을 거침없이 베어 나갔다.

'재진입하기 전에 살핀 열영상으로 볼 때 사람들의 배치는 지하와 이곳을 방어하기 위해 배치되어 있었다. 목표는 끝에서 두 번째 방!'

서걱!

"끄아악!"

실내에는 어울리지 않는 대형 도끼를 들고 덤비는 남자를 베어버린 테레사가 다시 앞으로 달리자 이번에는 또 다른 남자가 그 앞을 막았다. 테레사는 주저없이 싸이 블레이드를 앞으로 내질렀다. 하지만 이번 상대는 옆으로 피하며 역습을 걸었다.

챙강!

'좀 전과는 다르다! 이자는 제대로 배운 자다!'

급히 속도를 줄이며 역습을 막은 테레사는 자신의 앞을 막은 남자를 관찰했다. 그 남자와 뒤에 서 있는 다섯 명을 본 테레사는 우선 앞을 막아선 남자에게 달려들며 싸이 블레이드를 날렸다.

"어딜!"

남자가 옆으로 비켜서는 순간 테레사는 순간적으로 몸을 회전시키며 홀스터에서 PDW를 꺼내 들었다.

퓨퓨퓨퓨퓨퓨!

소음기가 장착되어 있었고 자동으로 이미 조정되어 있던 PDW는 순식간에 탄환을 토해냈고, 제일 전면에서 막아서던 남자들을 비롯해 문 앞을 막고 있던 남자들은 순식간에 벌집이 되어 쓰러졌다. 바닥으로 떨어지던 싸이 블레이드를 왼손으로 잡은 테레사는 그대로 목표로 잡은 방의 문을 걷어찼다.

쾅!

"누구냐!"

닫힌 문의 안쪽에서는 벽난로에 서류를 집어넣어 소각시키려던 보르타가 그 자세로 굳은 채 당황한 표정으로 고함을 쳤다. 테레사는 재빨리 주변을 살피고는 보르타에게 다가갔다.

'주변에 숨은 자 없음!'

한 손엔 처음 보는 피스톨을 들고 다른 손에는 빛나는 싸이 블레이들 들고 다가서는 테레사를 보면서 보르타는 이를 악물었다. 모종의 결심을 한 보르타는 서류를 테레사에게 집어 던지며 창을 향해 몸을 날리려 했다.

"어딜!"

보르타의 시도는 테레사에 의해 저지당했다. 빠르게 달려든 테레사의 손에 목이 잡힌 보르타는 허공에서 필사적으로 팔다리만을 허우적거렸다.

"아직 물어볼 것이 많은데 어딜 그렇게 급히 가시려 하나?"

"무, 무슨……?"

다스 베이더의 목소리처럼 변조해 흘러나오는 테레사의 목소리에 보르타는 힘겹게 입을 열었다.

"자네의 뒤."

"말할 수 없다."

"그럴 줄 알았어."

"윽!"

보르타는 갑자기 자신의 목을 찌르는 따끔한 느낌에 짧은 비명을 질렀다. 액체 상태의 이물질이 자신의 몸으로 들어오는 것과 동시에 보르타는 자신의 의식이 희미해지는 것을 느꼈다. 오른손에 장치된 특수 주사기로 자백제를 투여한 테레사가 입을 열었다.

"우선 네 뒤가 누군지 말해라. 지금 어디에 있지? 그리고 몰래 총을 생산하는 곳에 대해 말하라."

"내, 내가 모시는 분은…….."

한바탕의 격전을 벌이고 3층에 도착한 독토르는 눈앞에 벌집이 되어 쓰러져 있는 시체들을 보고는 테레사가 이곳에 왔음을 직감했다. 안쪽으로 달리며 독토르는 테레사를 불렀다.

"어디냐?"

"배후가 있는 거점으로 이동하고 있습니다. 선장님의 진행 방향 우측에 있는 끝에서 두 번째 방에 이곳 책임자가 있습니다. 거기에 이곳의 책임자와 기밀 서류들이 있습니다. 또한 여기서 두 블록 떨어진 곳에 총기 밀제조 공장이 있습니다. 적당히 처리하고 진압하십시오."

“알았다.”

테레사의 보고를 들은 독토르는 서둘러 문제의 방으로 들어갔다. 방에 들어선 독토르는 입가에 침을 흘리며 멍한 표정으로 벽에 기대앉아 있는 보르타와 여기저기 흩어진 서류들을 발견했다. 보르타의 상태를 본 독토르는 테레사를 호출했다.

“어떻게 한 거냐?”

“자백제를 썼습니다.”

“탐사선에 별 걸 다 싣고 다니는구나.”

“여기서 합성한 겁니다. 화학식은 아니까요.”

“잘났다. 그럼 난 여기 뒤처리를 하마. 잘해라.”

“알았습니다.”

짧은 대화를 끝낸 독토르는 서둘러 흩어진 서류를 주워 모았다. 모은 서류를 확인하던 독토르는 한 장의 서류를 따로 빼놓았다. 잠시 후, 타격대 대장이 숨을 헐떡이며 들어섰다.

“진압은 끝났습니다. 소문으로만 들었던 자작님의 실력은 정말 대단하시군요.”

속으로는 소문 이상이란 평가를 하던 타격대장은 벽에 기대앉은 보르타를 보고는 독토르를 쳐다보았다.

“선객이 있었던 모양이오.”

“선객?”

독토르는 깨져 나간 창문을 가리켰다. 타격대 대장이 깨진 창으로 다가가 밖을 살피는 동안 지하로 내려갔던 타격대에서 전령이 달려왔다.

“없습니다!”

“뭐라?”

“휠체어만 있습니다.”

“뭐라?!”

전령의 보고를 받은 타격대 대장은 기겁하면서 복도로 나가려 했다. 그런 그를 붙잡으며 독토르가 한 장의 서류를 내밀었다.

“뭡니까?”

“불법 총기 제조에 관한 서류요. 지금 이 난리가 났으니 이쪽부터 처리해야 할 것이오.”

“하지만!”

타격대 대장은 뭐라 반발하려 했지만 독토르는 심각한 표정으로 대장을 말렸다.

“지금 중요한 것은 내 동생의 안위보다 이 밀조 공장들이오. 밀조 총들이 불온한 조직으로 흘러들어 간다면 그것은 나중에 더욱 큰 후환을 불러올 것이오. 때를 놓치면 아니 되오.”

“자작님…….”

타격대 대장은 완벽하게 감동받은 얼굴로 독토르를 쳐다보았다. 자기 가족의 안위보다 국가의 안위를 더욱 중히 여기는 모습을 본 대장은 진심으로 그를 존경하기 시작했다.

‘이분이야말로 진정한 충신이시다!’

“알겠습니다. 즉시 병력을 정비하겠습니다!”

“지원도 요청하시게.”

“알겠습니다. 가자!”

타격대 대장은 완전히 사기충천해 밖으로 내달렸다. 근처에 있던 서류 가방에 서류를 쓸어 담던 독토르의 귀에 테레사의 목소리가 들렸다.

“오라버니~ 동생보다 다른 것이 우선이란 말이옵니까?”

"시꺼! 빨리 진짜 보스나 족쳐!"

"나중에 보라색 장미나 한 다발 보내드리지요."

독토르와 농담 따먹기를 하면서도 테레사는 지붕들을 타 넘으며 빠른 속도로 목표를 향해 달리고 있었다. 최단 경로로 이동하기 위해 지붕과 지붕을 타 넘고, 길과 길 사이를 뛰어넘으며 테레사는 목표 지점을 향해 맹렬히 달렸다. 10여 분을 달린 테레사의 눈에 납치범들의 진짜 본부가 들어오기 시작했다. 테레사는 열상 장치를 이용해 건물을 스캔했다.

'목표는 3층! 4층을 통해 진입한다!'

진입 경로를 확인한 테레사는 허공을 날았다.

와장창!

"무슨 소리야?!"

4층의 유리가 깨지는 소리가 들리자 이미 비상 사태로 잔뜩 긴장해 있던 저택 내부의 사병들이 움직이기 시작했다. 사병들은 두 패로 나뉘어 3층과 4층으로 움직이기 시작했다. 4층으로 올라가는 계단 입구에서 테레사와 사병들이 충돌하기 시작했다.

챙! 채챙!

"으악! 큭!"

'이자들! 기사단급이다!'

자신을 막아서는 사병들의 수준이 보통이 아닌 것을 파악한 테레사는 급히 작전을 변경했다. 테레사는 재빨리 밖으로 통하는 창으로 몸을 날렸다.

와장창!

“쫓아라!”

와장창! 챙그랑!

사병들은 급히 아래로 달리기 시작했다. 아직 2층에 있던 병사들은 창을 깨고는 밖으로 뛰어내려 테레사를 추적하려 했다. 순식간에 마당으로 뛰어나온 사병들은 주위를 살폈다.

“없다!”

“어디냐?!”

“저기다! 3층!”

사병들의 눈에 3층의 1호실로 몸을 날리는 테레사가 들어왔다.

와장창!

유리창을 깨고 안으로 들어온 테레사는 한 바퀴 몸을 굴리며 PDW를 꺼내 들었다,

퓨퓨퓨 !

“끄윽!”

문과 창을 지키던 사병들이 짧은 비명을 흘리며 바닥에 쓰러졌다. 책상 뒤에 버티고 앉은 여인을 제외한 방 안의 인물들을 모두 제거한 것을 확인한 테레사는 양손에 쥐고 있던 PDW를 홀스터에 집어넣고는 책장을 넘겨 방문을 막았다.

쾅쾅쾅!

간발의 차이로 문을 막은 테레사는 자신을 노려보고 있는 여인을 쳐다봤다.

“책상 위로 양손을 올려놓으시기를. 방아쇠를 당기기 전에 목이 먼저 달아날 거야.”

테레사의 말에 여인은 양손을 책상 위로 올려놓았다.

“넌 누구냐?”

“여기사 엑스(X)로 하지, 에리나 위쿤 양. 위쿤 후작의 2녀, 처음 보는군.”

“어떻게 나를?”

“글쎄올시다. 업무상 비밀이라서.”

픗!

대화를 나누던 테레사는 왼손으로 PDW를 뽑아 창을 향해 쐈다. 창을 넘어 안으로 들어오려던 사병 하나가 이마에 구멍이 난 채 빨랫줄에 걸린 걸레마냥 창틀에 걸렸다가 밖으로 떨어졌다.

“자, 이야기를 나누어볼까?”

“그럼 좀 더 가까이 오시지.”

“아, 난 함정에 빠지기 싫어서.”

“쳇!”

책상 앞에 만들어놓은 함정으로 테레사를 유인하려던 시도가 실패하자 에리나는 이를 갈았다.

쾅쾅쾅!

“엑스트라들이 시끄럽군.”

퓨퓨퓨퓨퓨퓨픗!

퍼퍼퍼퍼퍽!

“아아악!”

책장으로 가로막힌 문을 열기 위해 사병들이 문에 부딪치자 테레사는 차갑게 중얼거리고는 책장을 향해 PDW의 방아쇠를 당겼다. 탄환은 책장과 문을 뚫고 문밖에 서 있던 사병들을 벌집으로 만들었다. 그러는 동안에도 테레사의 시선은 에리나에게로 고정되어 있었다.

“어디까지 이야기했지? 아, 이제 시작이었군. 듣고 싶은 것이 많은데 진술한 대화를 나눠보자고.”

“할까 보냐!”

에리나는 말과 동시에 발로 바닥에 있는 단추를 눌렀다. 그 순간 에리나와 의자가 동시에 밑으로 떨어져 내렸다. 잠시 후, 밖에 있던 사병들 사이에서 외침이 터졌다.

“탈출한다!”

“퇴각!”

“지침 3번! 지침 3번!”

우당탕! 쿠당!

슈우~ 팡!

복도에 있던 사병들이 서둘러 밖으로 빠져나가는 소음이 들렸고, 지붕에서 한 발의 폭죽이 하늘로 솟아올랐다. 그러는 가운데 테레사는 미동도 하지 않고 에리나가 사라진 빈 구멍을 바라봤다.

“이번에는 놓아 주지. 내가 필요로 하는 것은 네가 아니거든?”

테레사는 책상으로 걸어가 책상에 놓인 서류들을 살폈다.

“월척이네.”

사병들까지 빠져나가 조용해진 저택을 빠져나오는 테레사의 귀에 총격전의 소음이 들려왔다. 테레사는 독토르를 호출했다.

“건졌습니다.”

“*그러냐? 여기 좀 바쁘다. 조금 있다 보자.*”

“알겠습니다.”

한편, 총기 밀조 현장에 들이닥친 독토르와 타격대는 나지막한 담을 경계로 공장을 지키는 이들과 총격전을 벌이고 있었다. 마당에는 이미 차갑게 식어버린 타격대원과 말의 시체가 여기저기 널려 있었고, 다른 건물들 사이엔 부상을 입은 타격대원들이 응급치료를 받고 있었다. 마당 한쪽 작은 분수대 뒤엔 타격대 대장과 독토르가 라이플을 들고 지휘를 하고 있었다.

탕! 찡! 찡! 탕! 탕!

독토르와 타격대 대장은 분수대를 의지해 건물을 향해 방아쇠를 당겼다. 교대로 발사와 재장전을 하면서 독토르는 타격대 대장에게 물었다.

"지원대는 언제 온다고 했나?"

"곧 온다고 했습니다!"

찡! 찡!

둘을 노린 총탄이 분수대를 맞추자 둘은 몸을 분수대 그림자로 숨겼다.

"머신라이플도 온다고 했소?"

"예! 조금만 더 버텨라!"

독토르의 질문에 대답하면서 타격대 대장은 자신들과 마찬가지로 마당 여기저기와 담 너머에서 사격을 하는 대원들을 독려했다. 방아쇠를 당기고 탄환을 재장전하면서 독토르는 투덜거렸다.

"뭔 놈들이 저리도 빨리 쏘는 거야! 저놈들은 팔이 서너 개는 되는 거야?"

"빨리빨리 장전해!"

탕! 탕! 탕!

건물 안에서는 바깥과 마찬가지로 급박한 상황이 벌어지고 있었다. 일단의 남자들이 창문을 통해 자신들을 공격해 오는 타격대를 향해 총격을 퍼붓고 있었다. 그런 남자들의 뒤에는 다른 남자들이 부지런히 총을 재장전하고 있었다. 앞에 선 사람이 방아쇠를 당기고 총을 뒤로 넘기자 뒤에 있던 남자가 재빨리 장전된 총을 앞으로 넘겼다. 넘겨 받은 총을 뒤에 있던 사람들이 재장전하는 동안 앞에 선 남자들은 열심히 방아쇠를 당겼다. 밖의 상황을 살피던 남자 하나가 고함을 쳤다.

"적들이 더 몰려왔다!"

"젠장!"

공장에서 버티던 남자들의 눈에 100여 명의 치안국 대원들이 몇 대의 마차와 함께 달려오는 것이 들어왔다.

"목표는 저 건물이다! 고개조차 들지 못하게 해!"

"알겠습니다!"

주택의 정문을 막아선 두 대의 마차에서 포장이 벗겨지고 튼튼한 강철 방호판으로 전면을 가린 개틀링이 모습을 드러냈다. 지휘관의 명령을 들은 사수들은 건물을 향해 방아쇠를 당겼다.

타타타타타타타타타타타타타타탕!

마차 한 대에 두 문씩 장착되어 총 네 문인 개틀링이 건물의 전면을 쓸어버리는 동안 타격대 대원들과 증원병들은 재빨리 담을 넘어 안으로 달리기 시작했다.

"달려! 달려!"

"와아아아!"

"으악!"

　그렇게 달리던 이들 중에 불운한 몇은 반격을 받아 쓰러졌지만 많은 병사들이 건물 바로 앞까지 도착하는 데 성공했다. 곧 창과 문을 통해 병사들은 안으로 들어갔고, 밀조 공장 안에서 또다시 실내전이 벌어지기 시작했다.

　한 시간 가까이 벌어진 실내전이 종료되고, 밀조 공장은 치안국에 의해 진압되었다. 치안국 대원들이 타고 온 마차에는 다치고 죽은 치안대원들이 실리고 있었다. 소식을 듣고 서둘러 달려온 황도 치안총국 총감은 마차에 실리는 부상자들과 시체를 보면서 혀를 찼다.
　"예상보다 손실이 크군."
　"초반 진입 과정과 그 후 일제 돌격에서 발생한 손실입니다. 지원 사격을 강하게 했는데도 손실이 발생했습니다."
　타격대 대장은 총감의 말에 굳은 얼굴로 대답했다. 대장의 보고에 총감은 고개를 끄덕였다.
　"이번이 총기를 사용한 대규모 교전의 첫 실전이었으니까……. 전선의 군인도 아닌 치안 유지를 담당하는 치안국에서 사상 최초의 총격전을 기록했다는 것이 모순이긴 하지만 말일세."
　그렇게 자평을 하면서 총감은 치안대원을 붙잡고 일일이 인터뷰를 하는 군 장교들을 쳐다봤다.
　'우리 애들이 무슨 실험 재료인 줄 아나!'
　못마땅한 표정으로 그 광경을 보던 총감은 안쪽으로 걸음을 옮겼다. 마당에는 저항을 하다 사살된 밀조 조직의 조직원들 시체가 죽 눕혀져 있었다.
　"생존자는?"

"다섯입니다만 다들 중상을 입고 있어서 오락가락합니다."

타격대 대장의 보고에 총감은 뒤따르던 부총감에게 명령을 내렸다.

"죽을 때 죽더라도 아는 것은 다 토해내고 죽게 만들어. 이 정도 규모라면 단순한 범죄 조직이 아니라 반란 조직이라고 봐도 무방할 정도다. 반역자들에게 보여줄 자비란 없다."

"알겠습니다."

"자작은?"

"안에 있습니다."

"동생은 못 찾았다며?"

"그렇습니다."

"쯧."

가볍게 혀를 차며 총감과 치안국 간부들은 안으로 걸음을 옮겼다. 안에는 총기를 제조하기 위한 기계들과 각종 부속품이 가득 자리를 잡고 있었다.

"이거이거, 황도 안에 이런 시설이 있었음에도 모르고 있었다니!"

총감은 눈앞의 광경을 보면서 한탄했다. 그의 귀에는 그를 향해 쏟아지는 비난이 들리는 듯했고, 눈앞에 사형대가 보이는 듯했다. 억지로 걸음을 옮기는 그에게 한 뭉치의 서류를 가지고 밖으로 나오는 독토르의 모습이 보였다. 총감을 확인한 독토르는 급히 달려갔다.

"총감! 어서 황궁으로 가야 하오!"

"예?!"

"시간을 다투는 일이오!"

"알겠습니다!"

독토르의 채근에 총감은 영문도 모르고 독토르와 함께 밖으로 걸음을 옮겼다. 다급히 말에 올라타는 독토르와 총감의 귀에 총성이 들려왔다.

"뭐야?!"

"납치범들이 있던 곳입니다!"

"알아봐!"

"예!"

총감의 명령에 타격대 대원 하나가 급히 말을 몰아 사라졌다. 총감은 독토르를 돌아보았다.

"조금만 더 기다려 주시겠습니까? 무슨 일이 일어났는지를 확인하는 것이 우선인 것 같습니다."

"알겠소. 여보게, 불 좀 비춰주게."

총감의 말에 동의를 한 독토르는 그 자리에 앉아 서류를 정리했다. 독토르의 서류 정리가 거의 끝나갈 무렵 총성을 조사하러 갔던 타격대 대원이 돌아왔다.

"무슨 일인가?"

"건물 밖으로 호송하던 납치범들의 두목이 저격당했습니다. 두목은 즉사, 저격범은 수색 중입니다."

"허!"

"잔당이 있었나 봅니다. 수색은 다른 이들에게 맡기고 우린 지금 즉시 황궁으로 가야 합니다."

독토르의 채근에 총감은 말에 올랐다. 열 명의 호위대가 앞뒤로 호위하는 가운데 독토르와 총감은 갑자기 벌어진 총격전으로 환하게 밝혀진 시가를 지나 황궁으로 달렸다. 한참을 달리던 독토르가 갑자기 말을 세웠다.

"잠깐!!"

"무슨 일입니까?"

거침없이 달리던 말을 세우느라 일행은 있는 기술, 없는 기술 다 부려야 했다. 가까스로 말을 세운 일행을 대표해 총감이 되물었을 때, 독토르는 대답도 없이 말에서 뛰어내려 눈앞에 보이는 골목으로 달려갔다. 총감들은 그제야 골목 입구 쪽에 누군가가 벽에 기대어 주저앉아 있는 것을 발견했다.

"설마!"

"테레사!"

난데없이 뛰쳐나간 독토르로 인해 황궁은 불야성을 이루고 있었다. 위로는 황제에서부터 아래로는 마구간의 마부까지 노심초사하는 가운데 테레사를 앞에 태운 독토르와 총감 일행이 폭풍처럼 황궁으로 들어섰다.

"아가씨!"

"패스파인더 양!"

테레사를 발견한 마가리타가 비명을 지르며 달려왔고, 그보다 빨리 율리안 황태자가 테레사에게 달려들었다. 맹렬하게 달려드는 율리안을 막아선 독토르가 시종에게 외쳤다.

"공작님들에게 빨리 오라고 전하라! 급한 일이다!"

"자작! 치료가 먼저요!"

"동생이 급히 할 말이 있답니다!"

율리안의 외침에 독토르는 바로 맞받아치고는 집무실로 달려들어갔다. 곧 이어 황태자와 공작들이 독토르의 집무실로 달려들어 왔다. 공작들은 집무실로 들어서자마자 기절하기 일보 직전의 테레사가 의자에 앉아 있는 것을 발견하고는 독토르를 노려보았다.

"많이 다친 것 같은데 어찌 이곳으로 데려온 것인가!"

"제가 그렇게 해달라고 했습니다."

독토르를 대신해 대답을 한 테레사는 품에 꼭 껴안고 있던 서류 가방을 책상 위로 올려놓았다.

"이것을 봐주십시오. 저를 납치한 자들과 연결된 이들입니다."

"이것을 어떻게 구했나?"

"저를 구해주신 분이 있었습니다. 그분이 주신 것입니다."

"응?"

테레사의 대답에 황태자와 공작들은 독토르를 쳐다보았다. 독토르는 테레사의 말을 이어 부연 설명을 했다.

"선객이 있었습니다. 저와 타격대가 도착했을 때에는 휠체어밖에 없더군요."

"흐음……."

"저를 구해주신 분이 저를 데리고 납치범들의 본거지로 향했습니다. 그리고는 저 서류를 가져다 주셨습니다. 전투를 벌이는 동안에 수뇌를 놓쳤다고 말하고는 대신 이것을 주셨습니다. 꼭……."

"테레사!"

말을 채 잇지 못하고 테레사는 의식을 잃었고, 독토르는 급히 테레사를 안아 들고 패스파인더로 달렸다. 공작들과 황태자는 그 뒤를 따라 황궁이란 사실도 무시하고 복도를 질주했다. 패스파인더 호로 도착한 독토르는 급히 패스파인더 호 안으로 들어섰고, 다른 이들이 따라 들어서려는 순간 문이 닫혔다.

쾅쾅쾅!

"이보게! 이게 뭐 하는 것인가!"

"문을 여시게!"

"자작! 문을 여시오!"

밖에서 공작과 율리안이 문을 두들기며 그렇게 외쳤지만, 패스파인더 호 안으로 들어선 독토르는 표정을 풀며 입을 열었다.

"이제 그만 내려오지?"

그의 말에 눈을 감고 축 늘어져 있던 테레사의 눈이 번쩍 떠졌다. 독토르의 품에서 벗어난 테레사는 드레스의 먼지를 툭툭 치고는 자세를 바로 했다.

"보라색 장미는 네가 받아야겠다."

"과찬의 말씀입니다. 제3 의무실에 준비가 되어 있습니다. 관객들을 그쪽으로 안내하시면 됩니다."

"그러면 좋인 거냐?"

"1막이 끝난 것이지요."

"알았어. 그럼 자세한 보고는 좀 있다 받지."

"알았습니다."

테레사가 돌 보관실로 사라지자 잠시 뜸을 들인 독토르는 패스파인더 호의 출입문을 열었다.

"자네, 왜 문을 닫은 것인가?"

"왜 문을 닫은 것이오?"

사람들의 비난에 독토르는 고개를 숙이며 대답했다.

"그럴 수밖에 없었습니다. 치료를 위해선 시간이 없었습니다."

"황궁엔 어의도 있소! 그들에게 명을 내리기만 하면 될 일을!"

"제 여동생의 체질을 아시지 않습니까?"

독토르의 말에 일행이 입을 다물자 마가리타가 조심스럽게 물었다.

“아가씨는 어때요?”

“모르겠어요. 우선 급한 대로 처치를 하긴 했지만······.”

“봐도 될까요?”

마가리타의 물음에 독토르는 말없이 제3 의무실로 그녀를 안내했다. 마가리타의 뒤를 따라 율리안과 공작들도 의무실로 향했다.

쉬익!

의무실의 문이 열리자 마가리타는 급히 몸을 돌려 율리안과 공작들에게 명령을 내렸다.

“신사 여러분들은 들어오실 수 없습니다.”

“무슨······.”

율리안과 공작들이 반발하려 했지만 마가리타는 문을 닫아걸고는 의무실 안으로 들어섰다. 의무실 안의 커다란 유리로 된 욕조에 발가벗은 테레사가 잠겨 있었다. 그 앞에는 급히 벗긴 드레스가 엉망으로 뒹굴고 있었다. 눈물까지 글썽이는 마가리타의 귀로 독토르의 말이 들려왔다.

“테레사를 치료하기 위해 만들어진 약 속에 우선 넣었는데 의식을 차리려면 며칠 더 있어야 할 것 같아요.”

눈물이 그렁거리는 눈을 한 마가리타는 조용히 드레스를 치우며 밖으로 나갔다. 밖에서 기다리고 있는 율리안과 공작들을 본 마가리타는 눈물을 닦으며 다짐을 받았다.

“꼭 범인을 잡아야 합니다. 무슨 일이 있어도 말입니다!”

“알겠습니다, 공주님.”

“알았다.”

독토르와 테레사가 가져온 서류들로 인해 황도가, 크게는 제국 전체가 뒤집어지기 시작했다. 총기 밀조 공장에서 나온 서류에는 타국과의 밀무역과 관련된 시간표와 제국 내의 불만 세력을 규합해 반란을 꾸미려는 계획이 발견되었고, 테레사가 갇혀 있던 장소와 비밀 세력의 본거지로 밝혀진 나임 상단에서 가져온 서류에서는 그들과 연계된 중앙과 지방의 관리들 목록이 튀어나왔다. 뇌물 수뢰와 부정이라는 죄목 외에 반란 혐의까지 겹쳐진 관리들은 연일 여기저기서 체포당했고, 제국 각지의 신문과 소식지에는 연일 특종이라는 부제 아래 관련 소식을 가득 채워 실리기 시작했다.

한편, 추가적인 물증 확보를 위해 나임 상단의 본부 건물로 온 독토르는 에리나가 탈출한 비밀 통로를 보며 휘파람을 불었다.

"비밀 기지에 비밀 통로라……. 그것도 수직으로 내려가는 통로. 밑에는 마차가 대기하고 있는 것 같다고 했지? 이 건물을 설계한 사람이 누군지는 몰라도 비밀 기지의 로망을 아는 사람이네."

물증 확보는 다른 사람에게 넘기고 건물 자체를 살피느라 정신없는 독토르의 반응에 패스파인더 호의 중앙 모니터에 한줄기 문장이 출력되었다.

[로망은 쥐뿔이. 히든, 나도 욕 좀 하고 살자! 스트레스는 CPU의 적! 몰라?]

한편 그렇게 벌어진 대대적인 검거 열풍과 그에 이어진 감사 열풍에서 다른 상단과도 알게 모르게 연결된 관리들이 적발되었고, 많은 관리들과 상단주들이 뇌물 수뢰와 부정, 세금 포탈, 밀무역 혐의로 검거되어 들어갔다. 제국을 몰아치는 태풍을 보면서 테레사와 독토르는 태평하게 대화를 이어갔다.

"참나, 결국은 뭐야? 나하고 상단을 못 잡아먹어서 안달이었던 관리들의 태반은 알게 모르게 구린 구석이 있었던 거네?"

"그렇게 된 것이죠. 덕분에 물갈이는 잘될 것 같습니다."

"한 번 더 납치되는 것이 어떨까? 그럼 확 갈릴 것 같은데……."

"사절입니다."

패스파인더 호의 함교에서 관계 서류를 보던 독토르는 한심하단 표정을 지으며 입을 열었다. 납치 사건을 한 번 더 벌이자는 의견을 단번에 기각해 버리는 테레사의 반응에 피식 웃은 독토르는 몇 장의 서류를 더 살피다 질문했다.

"그런데 포린트에서 온 두 남자는 어떻게 되었어?"

"사건이 있던 날 밤 본국으로 돌아갔습니다."

"아깝네."

"서류 몇 장으로는 잡아넣기 힘들죠. 조작이라고 우기면 그뿐이니까. 현행범으로 잡기 전엔 무리가 있습니다."

"그때 잡았어야 했나?"

"병약 미녀 테레사가 실은 헤라클레스였다고 소문 내고 싶으십니까?"

"쯧."

테레사의 답변에 독토르는 가볍게 혀를 찼다. 의무실에서 떠나지를 않는 마가리타를 확인한 테레사가 독토르에게 물었다.

"그런데 공주님은 어떻게 하실 것입니까?"

"고민이야. 대략 난감한 상황."

"그런데 자기 부인까지 감쪽같이 속여넘기시다니, 안 찔리십니까?"

"어쩔 수가 없잖아? 끝까지 밀고 나갈 수밖에. 이 참에 직종 전환이라도 할까? 사기꾼도 적성에 맞는 것 같은데 말이야."

"……."

"슬슬 돌아갈 준비를 하자."

"알겠습니다."

"아, 깜빡했다. 이 가슴속에 한이 만땅인 여자. 어떻게 할 거야?"

"우선 아르고스에게 인상착의는 보냈습니다. 곧 종적이 잡힐 것입니다."

"알았어. 그런데 안 잡을 거야?"

"우리가 아는 놈이 설치고 다니는 것을 관리하는 것이 더욱 편하지 않겠습니까? 불평 분자나 반국가 조직이 한 번도 없던 시대는 없었으니 말입니다."

"……."

이틀 뒤 테레시는 의식을 차렸고, 돌아가고 싶다는 그녀의 간청에 의해 독토르 일가는 영지로 돌아갔다.

황도 바이스란트가 눈에 들어오는 고갯마루에 있는 작은 숲. 말에 올라탄 에리나가 황도를 노려보고 있었다. 그녀의 뒤에서 스코르체니가 다가와 보고를 했다.

"대다수는 무사히 탈출을 했습니다."

"탈출 못한 사람들은?"

"최하위 세포들입니다."

"간부들은?"

"한 명만 빼고는 다 탈출했습니다."

"누구죠?"

"보르타입니다."

스코르체니의 보고를 들은 에리나가 한숨을 내쉬었다.

"집사… 처리는?"

"제거했습니다."

"하아~"

스코르체니의 보고에 에리나는 다시금 한숨을 쉬었다. 잠시 울적한 표정을 짓던 에리나는 예의 차가운 표정으로 돌아왔다.

"우리도 가지요. 처음에 들어갔던 자금은 이미 다 회수한 상태이니 처음부터 시작한다고 생각하지요."

"알겠습니다."

바이스란트를 등에 지고 길을 가던 에리나는 몸을 돌려 황도를 다시금 노려보았다.

"반드시 돌아온다. 반드시!"

한편, 패스파인더 영지로 돌아온 독토르를 반긴 것은 산처럼 쌓인 서류들이었다.

"뭐냐, 이거?"

엄청난 물량에 치인 독토르가 비명을 지르자 몇 건의 두툼한 서류를 추가로 가져다 놓던 아인이 대답했다.

"뭐긴 뭐냐? 서류지."

"그런데 뭐가 이리 많아?"

"한 달 하고도 열흘이나 놀았으면서 이 정도는 예상하지 않았어?"

아인의 짧은 답변에 독토르는 망연자실한 표정을 지었다. 며칠 동안 저녁 늦게까지 서류를 처리하느라 파김치가 된 독토르는 테레사를 찾아갔다.

"슬슬 일하지?"

"어머나~ 저 환자입니다. 황도에서 가까스로 의식을 차린 여자가 영지에 오자마자 쌩쌩히 돌아다니는 것이 말이 되나요? 적어도 한 달은 누워 있어야지요."

"그럼 내가 여기로 일 갖고 올게."

"어머나~ 매일같이 여기로 엄청난 일을 갖고 와 다 처리하신다고요? 그럼 누가 일을 하는지 다 알 걸요? 비양심적인 오라비가 병석에 누운 여동생을 부려먹는다고 사람들이 뭐라 할 걸요?"

"너, 이거 노린 거지?"

"어머나~ 누가 들으면 진짜인 줄 알겠네요. 단지 우연일 뿐입니다, 우연이요~"

"끄으으……."

테레사의 답변에 독토르는 뒷목을 부여잡고 밖으로 나갔다. 다음날부터 드워프와 마법사들, 그리고 상단의 고급 간부들까지 영주관으로 모여들어 서류를 처리하기 시작했지만 정작 그들의 자리에서 처리해야 할 안건까지 밀리면서 일은 점점 더 난맥상을 보이기 시작했다. 오랜만에 '기절 수칙'이 다시 등장할 정도의 격무였지만 일은 점점 밀려만 갔다.

[재기동 12,552일. 마이야 히~ 마이야 하~ 마이야 히~ 마이야 하하~

역시 휴식은 좋은 것이야.]

[히든의 비밀 기록. 본 기록의 열람은 현 선장의 사후 차기 선장이 열람권을 가진다.
비밀 기록 No.499. 이게 지금 노래 부를 일이니? 그리고 불러도 꼭 그런 옛날 노래를 불러야 해? 선장을 보필한다는 기본 업무 수칙도 잊은 거냐? 너 때문에 착한 컴퓨터들이 도매로 욕먹는 거야!!]

그날 밤, 완전히 파김치가 되어버린 독토르 부부는 침실로 비척비척 걸음을 옮겼다. 마가리타를 먼저 침실로 보낸 독토르는 서재로 들어갔다. 책꽂이 한쪽에 있는 상자를 연 독토르는 그 안에 들어 있는 일기장을 꺼내어 책상 위에 폈다. 빈 페이지에 날짜를 기록한 독토르는 단 한 줄만을 적어 넣었다.

[반드시 인터넷 깔고 만다!]

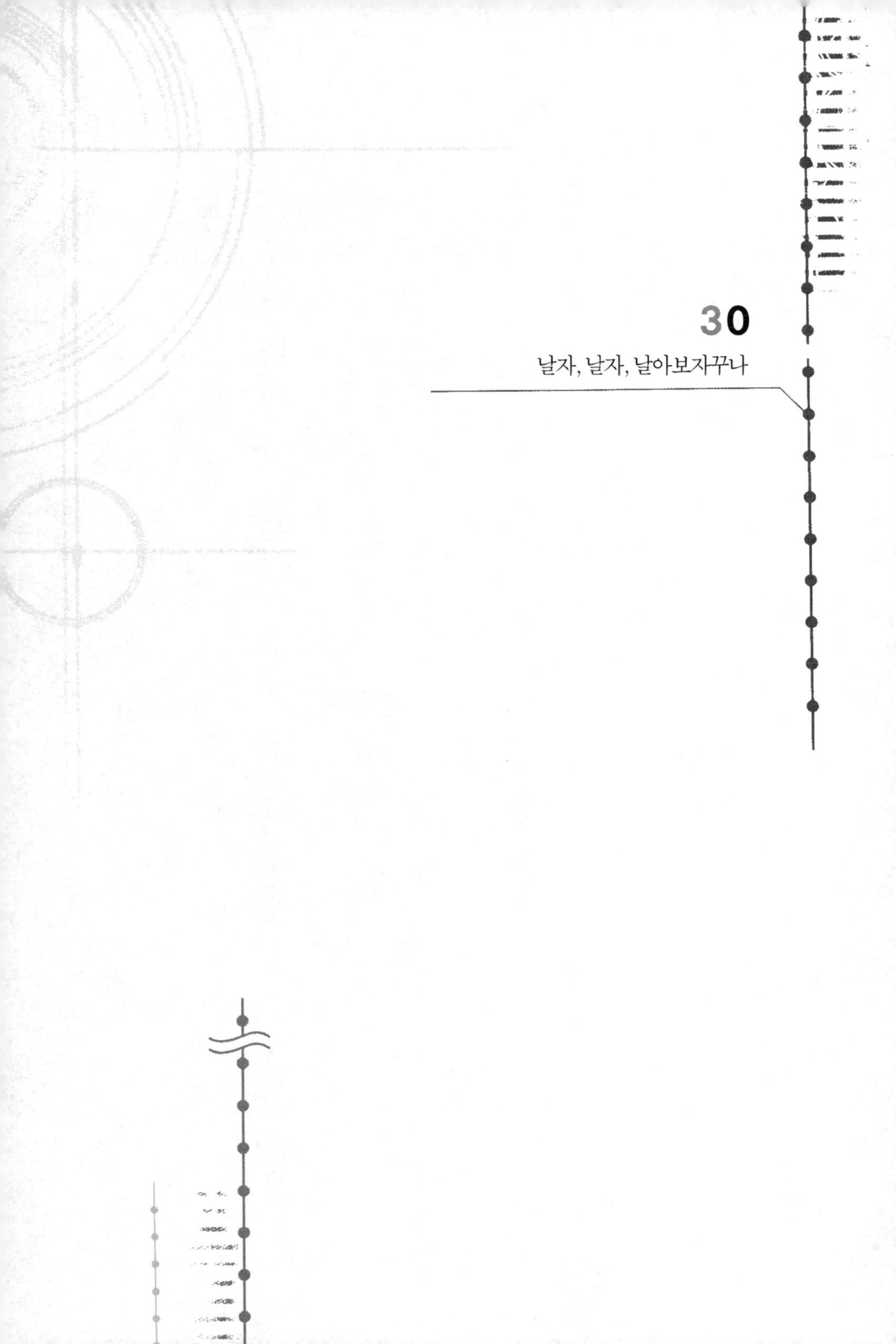

30

날자, 날자, 날아보자꾸나

근 한 달을 앓아누웠다 자리에서 일어난 테레사가 업무에 복귀하자 작게는 패스파인더 영지, 크게는 그와 연계된 제국의 각 지역이 가까스로 제자리를 찾아 돌아가기 시작했다. 테레사의 와병으로 인해 한바탕 홍역을 치른 패스파인더 영지에서는 특이한 상황이 벌어지기 시작했다.

"도대체 테레사만 밖으로 나가면 왜 이리 많이 달라붙는거?"

군에서 요구한 무기나 기타 동력 기관의 시연을 관람하기 위해 테레사가 외출할 때마다 항상 두 자릿수의 드워프, 엘프, 마법사, 병사들이 테레사 주위를 둘러싸고 호위를 하기 시작했다. 졸지에 구석탱이 찬밥으로 밀려난 독토르가 항변을 하자 옆에 있던 쯔바이가 대답했다.

"안 그러다 또 앓아누우면 그땐 네가 일 다 할래?"

"……."

독토르가 아무 말도 못하고 입만 벙긋거리자 쯔바이는 재빨리 메모지에 무엇인가를 적어 독토르에게 넘겼다.

[테레사의 정체를 아는 소수는 더 죽을 맛이다. 어떻게 하냐? 애초에 그렇게 시작된 일, 그냥 죄 지은 놈이 벌받는다고 생각해.]

문장을 읽은 독토르가 씁쓸한 표정으로 고개를 끄덕이자 쯔바이는 잽싸게 메모지를 찢어 입 안에 넣었다. 입 안에 넣은 메모지를 억지로 삼킨 쯔바이는 옆에 차고 있던 수통을 풀어 물을 마시고는 투덜거렸다.
"역시 종이에 어울리는 것은 맥주야."
"많이 먹어봤나 보다?"
"이중 장부를 만들 때의 철칙. 증거를 남기지 않는다. 마을에서 잘 써먹은 수법이지. 여기서야 저 앞에 계신 어느 분 때문에 꿈도 못 꾸지만."
"쯧쯧쯧."
쯔바이의 푸념을 들은 독토르가 가볍게 혀를 차고 있을 때, 막강 호위군 속에서 시연장으로 향하던 테레사가 작은 목소리로 중얼거렸다.
"흠… 그랬단 말이지?"
테레사가 그렇게 중얼거리고 있을 때, 영주관에서 일을 하던 경리부와 감사부 관리들은 갑자기 알 수 없는 오한이 온몸을 감싸는 것을 느꼈다.

어느 정도 평지풍파가 가라앉자 독토르는 드워프 동료들과 함께 새로운 동력 기관의 개발을 위해 연구실에 모여들었다.

"흐음… 역시 증기 기관의 출력을 유지하면서 소형화시키는 것은 한계가 있단 말이야."

"그러니까 이젠 내연 기관을 개발해 보자는 것이지. 비행선에 들어갈 추진 기관을 만들면서 어느 정도 기술은 쌓았잖아?"

"하지만 꼭 내연 기관을 만들어야 해?"

"증기 기관의 연료로 들어가는 석탄의 산출량과 벌채되는 나무들의 양을 좀 봐봐. 벌써 황색 경보야. 무엇인가 다른 것을 찾아야 해."

독토르와 드워프들은 새로운 동력 기관에 사용할 에너지원을 놓고 난상토론을 벌이고 있었다. 증기 기관이 퍼져 나갈수록 산속의 광산과 근래 개발된 네 군데 노천 탄광에서 채굴되는 석탄의 양은 기하급수적으로 늘기 시작했다. 더불어 국가의 눈을 피해 벌어지는 잠벌의 규모도 커지고 있어 제국 전체의 산림 관리를 맡은 엘프들이 고생을 하고 있었다. 전기의 혜택을 받는 이들은 아직 다수를 차지하지 못하고 있었고, 아직도 과반이 넘는 사람들이 등잔과 벽난로에 의지해 생활하고 있었다.

"흐흠……."

독토르의 설명에 드워프들은 아직도 무엇인가 부족한 것을 느끼며 수염만 만지고 있었다. 독토르는 마침내 최후의 카드를 꺼내어 들었다.

"아인, 우리가 예전에 마을에서 만들었던 자동 마차 생각나지?"

"아우토 모바일?"

"그래. 그때 최대 난점이 뭐였지?"

"마법진에 들어갈 마나의 공급… 가만!"

갑자기 말을 끊은 아인은 생각에 빠져들기 시작했다. 한참을 고민하던 아인이 고개를 끄덕였다.

"확실히 내연 기관이라면 소형으로 만들면서도 출력은 크게 낼 수 있겠군."

"하지만 그런 방식이라면 브레이커—M이나 다른 것에 장착된 중기 기관으로도 가능하지 않아?"

둘의 대화를 듣던 토튼이 끼어들었다. 하지만 독토르 대신에 아인이 반론을 폈다.

"잘만 만들면 브레이커—M의 기관부를 줄일 수 있지. 그럼 모바일 브레이커의 크기를 줄이거나 탄약의 탑재량을 늘릴 수 있어."

"그럼 하는 거지?"

독토르의 말에 아인과 일당은 서로를 마주 보았다. 잠시 눈빛을 교환하던 드워프들은 결론을 정했다.

"그래, 하자!"

독토르와 일당이 기관을 만들기로 작정을 하고 연구실에 처박힌 이후 연구실에서는 계속해서 온갖 폭음이 터져 나오기 시작했다.

콰앙!

"또 실패냐?"

"그런 것 같다."

"비행선 추진기 만들 때는 이상 없었는데?"

"무조건 작게 만들고 얇게 만드는 것엔 한계가 있는 것 같아."

실험실 책상을 눕혀 만든 임시 방호벽 뒤에서 독토르와 일당은 의견을 나누고 있었다. 비행선 추진기를 만들 당시 테레사의 도움이 있었지만 이번엔 스스로 하는 것이기에 수많은 시행착오가 벌어지고 있었다. 부서진 창문을 통해 연기가 어느 정도 빠져나가자 독토르와 드워프들은 실험실을 정리하기 시작했다. 실험 과정과 결과의 정리까지 마친 독토르는 일당을 돌아보았다.

"오늘은 여기까지 하고 내일 다시 하자. 푹 쉬어~"

"어~"

영주관으로 돌아온 독토르는 샤워를 하고는 테레사를 찾았다. 여전히 서류 작업을 하고 있던 테레사는 독토르가 찾아오자 하던 일을 멈췄다.

"무슨 일이시지요?"

"그냥 알려주는 것이 낫지 않을까? 어차피 비행선 때도 그냥 알려줬잖아."

"그때는 어떤 양반의 압박으로 인해 시간이 없었기 때문입니다. 왜 이래야 하는지 선장님도 잘 아시지 않습니까?"

"그래도 시행착오가 너무 많아."

독토르의 말에 테레사는 뒤편에서 한 권의 파일을 꺼내 들었다.

"읽어보시지요."

"특허 기록 파일이잖아?"

"정확히는 비행선에 사용된 내연 기관 추진기에 관한 항목들이 기록된 것이지요."

"그래서?"

테레사의 설명을 들으며 독토르는 심드렁한 표정으로 파일을 죽 읽어나갔다. 상당히 얇은 파일이었기에 독토르는 금방 마지막 페이지까지 읽고는 테레사에게 돌려줬다. 파일을 돌려받은 테레사는 독토르에게 질문했다.

"무엇인가 느껴지는 것이 없으십니까?"

"글쎄?"

"다른 특허 관련 파일들은 다들 엄청난 두께를 자랑하는데 이것은 왜 이리 얇을까요? 또 처음 개발할 때 신청해 등록된 특허 이후에 새로 이 등록된 특허가 있나요?"

"개발된 지 얼마 안 되었잖아?"

"그럴수록 더욱 많은 개량점이 있고, 아이디어가 넘쳐야 합니다. 하지만 왜 그렇지 않을까요?"

"우리가 다 풀었기 때문이란 거야?"

"그렇습니다. 자신들이 생각하고 이해해 만들어낸 것이 아니라 단지 가르쳐 준 대로 만들었기 때문에, 극단적으로 말해 아무 생각 없이 주어진 설계도와 스펙대로 부품만 만들어낸 것뿐입니다. 단순 기능공이란 말이지요."

"그래서 이번엔 그렇게 하지 않겠다는 거야?"

"그렇습니다. 새들도 자기 스스로 알을 깨고 나와야 제대로 생활하는 법입니다. 스스로 고민을 하고 실패를 겪으며 나아가야 자신들의 것이 되는 것입니다."

"하지만 시간이 너무 오래 걸리잖아? 그리고 자꾸 실패하는 것도 그렇고."

"왜 이리 급하십니까? 모든 것을 자기 것으로 소화하기 위해서는 시간이 걸리는 법입니다. 그리고 실패하는 것을 문제 삼아선 안 됩니다. 실패를 통해서 실수하지 않는 법을 배우는 것이지요. 그 모든 시행착오를 통해 쌓인 지식들이 나중에 최고의 결과물을 만드는 것입니다."

"그래도……."

테레사의 설명에도 불구하고 독토르가 아쉬운 표정을 짓자 테레사는 파일을 제자리에 집어넣으며 결론을 내렸다.

"예전 선장님의 고국과 근방 국가에서 나타난 교육적 폐해 중의 하나가 원리를 가르치는 것이 아니라 입시 위주의 공식 암기, 결과 암기만을 하게 했다는 것이었습니다. 원리를 모르고 공식과 결과만을 아는 이들은 조금만 비틀린 문제를 만나도 허둥댑니다. 마찬가지입니다, 선장님. 선장님과 제가 할 수 있고, 해야만 하는 일은 이들에게 작은 힌트, 아니면 위기에서 벗어날 수 있는 키 하나만을 제공하면 되는 것입니다. 기술직 전문가들의 권익이 손상받지 않고 전문가들이 제 가치를 인정받는 사회, 그것을 완성하는 것이 'Project Pia' 입니다. 그러기 위해 선장님은 쉽게 무시할 수 없는 권력과 금력을 손에 넣으셨습니다. 선장님이 동의하셨고, 지금도 실행 중인 계획을 잊으시면 안 됩니다."

"알았어."

테레사의 결론에 독토르는 또다시 백기를 내밀었다. 그래도 약간은 불만을 보이는 독토르를 보며 테레사는 한숨을 내쉬었다.

"거기에 이곳에는 지구에 없는 것들이 많습니다. 마법과 유사 종족, 이것만으로도 지구에서 개발되고 사용된 기술을 고스란히 가져다 쓸 수는 없습니다. 전화와 전신의 개발이 지지부진한 이유가 바로 그것 아니었습니까?"

"알았어. 나도 알아들었다고. 좀 실패가 많아서 짜증이 난 것뿐이야. 쉬어라."

"편히 쉬십시오."

[재기동 12,680일. 선장님, '빨리빨리' 를 주장해서 되는 일이 있고

안 되는 일이 있습니다. 이번 일은 후자입니다.

추신 : 그래! 인정한다, 히든! 나, 간만에 제대로 일하고 있다! 그래서 뭐가 문젠데?]

2개월 뒤, 온갖 시행착오와 사건 사고를 만들고 나서야 독토르와 일당은 나름대로 만족할 만한 엔진을 만들어냈다.
펑펑펑펑펑!
단속적인 폭음을 내면서 힘차게 움직이는 엔진을 보면서 독토르와 일당은 회심의 미소를 지었다.
"드디어 제대로 움직이는군!"
"고생했어!"
"이제 우리 이쁜이가 제대로 도니까 힘 좀 써볼까?"
"좋지!"
가장 문제인 엔진이 해결되자 실험실에 모인 일당의 얼굴에 화색이 돌기 시작했다. 하지만 독토르가 커다란 서류철을 꺼내 들자 일당의 얼굴은 도로 찌푸려졌다.
"이제 그건 안 써도 되지 않나?"
"아냐. 지금까지 실패했던 실험들의 원인을 다시 정리해야 하고, 이 이쁜이가 얼마나 계속 가는지도 알아봐야 해. 조금 돌다 맛이 가면 만드나 마나잖아?"
"에휴~"
독토르의 말에 일당은 한숨을 쉬면서도 천연가스가 압축되어 들어 있는 통을 준비하고 기타 기록 용지, 윤활유와 여러 가지를 준비하기 시작했다.

"우선 두 시간 정도 계속 돌려보고, 잠시 식힌 다음에 다시 한 번 돌려보자."

"그럼 난 먹거리를 갖고 오지."

"난 침낭을 준비해 올게."

독토르와 일당은 능숙하게 업무를 분담해 일을 처리하기 시작했다.

4개월 뒤, 패스파인더 영지의 영주관 앞으로 사람들이 몰려들었다. 영주관 광장 앞에는 2인승 마차가 자리를 잡고 있었다. 하지만 다른 소형 마차들과 달리 앞부분에 말을 매는 자리가 없었고, 뒤쪽에 가스통과 복잡한 기계 장치가 자리를 잡고 있었다. 아인을 비롯한 일당이 시연을 준비하는 동안 테레사와 독토르는 테레사의 사무실에서 이야기를 나누었다.

"초기 자동차와 비슷한 모양이군요."

"가장 손쉬운 접근법이니까."

"흠… 800cc, 2기통. 6마력? 배기량에 비해 좀 낮군요."

"아직 소재 공학이 만족할 만하지가 않아서……."

"점화 방식은 마법을 이용한 것입니까?"

"배터리를 작게 만들어봤는데 아직은 아니더라고."

독토르의 말에 테레사는 납득한 듯 고개를 끄덕였다. 조용히 스펙을 읽어 내려가던 테레사가 가볍게 놀란 표정을 지었다.

"전진 3단은 이해가 가는데 후진 기어도 넣으셨습니까? 후진 기어를 넣는 것은 처음 자동차가 만들어지고도 한참의 시행착오가 있었던 일인데요?"

"그거 내가 한 거 아냐! 만들다 보니 다들 알아서 생각을 해내더라고."

또 오버한 것이 아니냐는 무언의 압박을 가하는 테레사의 표정에 독토르는 양손을 저으며 부정했다. 그런 그의 행동에 테레사는 서류철을 내려놓으며 휠체어를 몰았다.

"믿겠습니다. 자, 시연을 해야 하지 않겠습니까?"

"그, 그렇지."

테레사와 독토르가 나오자 본격적인 시연이 벌어지기 시작했다. 아인이 방향 조절 지레를 잡고 자리에 앉자 풀턴이 엔진 시동을 걸기 위해 시동기에 줄을 감았다.

"소형 모터보트에 쓰이는 시동 방식이군요."

"경운기 아니었어?"

"……."

"시동을 겁니다아아!"

크게 소리를 친 풀턴이 줄에 달린 손잡이를 힘껏 당겼다.

풍! 풍! 푸풍! 푸르르르~

"다시!"

시동이 제대로 걸리지 않고 꺼지자 풀턴은 다시금 줄을 감고 잡아당겼다. 세 번째 시도에서 마침내 시동이 제대로 걸렸다.

풍! 풍! 풍풍풍풍!

"간다!"

시동이 걸리자 아인은 출발을 외치고는 옆에 달린 지렛대를 움직여 브레이크를 풀고는 엑셀을 밟기 시작했다.

푸푸푸푸푸푸풍! 푸푸풍!

아인이 엑셀을 밟아감에 따라 엔진의 배기음은 조금씩 커져 갔고, 앞으로 움직이는 마차의 속도도 조금씩 빨라지기 시작했다.

"움직인다!"

"와아!"

영주관 앞에 모여 있던 모든 이들은 함성을 지르며 그 뒤를 따라 움직이기 시작했다. 마차의 속도가 빨라짐에 따라 뒤를 따르던 이들 역시 달음박질을 하면서 마차의 뒤를 따르기 시작했다. 그렇게 해서 대륙 최초의 자동차가 탄생하는 순간이었다.

그렇게 만들어진 자동차는 상당 기간 동안 부유층의 호사품 신세를 벗어나지 못했다. 하지만 그렇게 탄생한 내연 기관은 조금씩 사용처를 넓혀가기 시작했다. 증기 기관이 설치되기 힘든 작은 탄광 등에는 내연 기관을 이용한 양수기가 설치되었고, 여러 크기로 만들어진 발전기가 두메산골 농가에 전기를 공급하기 시작했다. 각종 내연 기관이 만들어져서 공급되기 시작하고, 점점 더 많은 사람들이 접하기 시작하면서 조금씩 자신만의 아이디어를 내놓는 사람들이 늘어가기 시작했다.

"흐음……."

카마인 제국 동부에 있는 작은 철공소. 아카데미를 졸업하고 자신의 꿈을 펼치기 위해 고향으로 돌아와 작은 작업장을 연 군츠는 작업대 위에 놓인 내연 발전기를 보면서 고민에 빠져들었다. 수선을 위한 구조도와 스펙 리스트를 보면서 고민하는 군츠의 귀에 친구의 목소리가 들려왔다.

"여~ 기름쟁이! 날도 좋은데 뭐 하고 있냐?"

"동업자란 녀석이 간만에 얼굴 비치면서 하는 말이 그거냐, 살린?"

군츠의 조금 날카로운 반응에 살린은 약간 멈칫하더니 다시금 얼굴에 미소를 지으며 군츠의 옆에 자리를 잡았다.

"벌써 두 달째다. 아직도 답이 안 나오냐?"

"어."

"흐음……."

군츠의 짧은 대답에 살린 역시 군츠 옆에 앉아 작업대 위에 버티고 앉아 있는 발전기를 뚫어지게 바라보기 시작했다. 둘이 그러고 앉아 고민하고 있을 때 걸걸한 남성의 목소리가 들려왔다.

"이봐, 군츠! 안에 있나?"

"예, 어르신. 어서 오세요!"

뚫어지게 발전기만을 보면서 망부석이 되어버린 군츠를 대신해 살린이 자리에서 일어나 손님을 맞이했다. 큼직한 가스통을 마차에서 내려 안으로 들어온 중년남자는 아직도 망부석이 되어 있는 군츠를 보면서 혀를 찼다.

"저 친구는 여전히 조각상 신세인가?"

"그렇지요, 뭐. 그런데 가스통이 문제인가요?"

"가스가 떨어지는 시간이 점점 빨라지는 것이 문제가 생긴 것 같은데, 나 같은 무지렁이가 뭐가 뭔지 알아야 고치지. 손 좀 봐주게. 저녁때 오면 되겠지?"

"예, 그때까지 맞춰 드릴게요."

"가스 사러 가는 것도 문제야. 시간 날려, 돈 날려. 그래도 없으면 내가 불편하니……. 나, 가네."

"살펴 가십시오."

손님을 배웅하고 장부에 기입한 살린은 아직도 망부석인 군츠의 어깨를 툭툭 쳤다. 깜짝 놀라며 군츠가 살린을 쳐다보자 살린은 손가락으로 가스통을 가리켰다.

"손님이다."

"아? 아!"

군츠는 작업대 위에서 발전기를 내려놓고는 가스통을 올려놓았다. 공구를 준비하면서 군츠는 살린에게 물었다.

"뭐가 이상하다고 그래?"

"가스가 새는 것 같아."

"그래?"

살린의 대답을 들으며 군츠는 가스통의 밸브를 열었다. 밸브를 통해 가스가 새어 나오는 소리가 나지 않는 것을 확인한 군츠는 밸브 덩어리 자체를 가스통과 분리하고는 빈 가스통에 물을 채우기 시작했다. 물을 가득 채운 가스통을 바짝 마른 땅 위에 놓고 통에 이상 여부를 확인하던 군츠는 통에서 물을 빼기 시작했다.

"통에는 이상이 없네. 역시나 밸브 문제일까?"

그렇게 중얼거리며 밸브를 분해해 나가던 군츠는 밸브 안쪽에서 하나의 부품을 꺼내 들고는 고개를 끄덕였다.

"역시."

"또 패킹이야?"

"어. 중간에 밀봉의 효율을 높이기 위해 넣은 놈이 역시 문제를 일으키네? 소재를 바꿔볼까?"

"어떤 걸로?"

"글쎄… 그게 만만치가 않아. 철이나 구리로 하자니 너무 단단해서 밀봉 효과가 떨어지고, 기름 먹인 종이나 얇은 나뭇조각을 쓰면 밀봉은 되는데 수명이 짧고."

손가락을 꼽으며 이야기를 풀어가던 군츠는 머리를 긁으며 살린을 쳐다봤다.

"아, 미안. 또 고질병 나왔네."

"아냐. 뭐, 나도 마법 수식을 설명하거나 화학식을 설명할 때 비슷하니까. 훈련의 부작용이겠지. 대충 하면 교수님들한테 박살나는 것이 일상이었으니까. 어쨌든 이 밸브부터 고쳐 놔야겠지?"

살린의 말에 군츠는 부품이 담긴 상자에 가서 밸브에 들어가는 규격의 나무 패킹을 꺼내 들었다.

"이 제품이 그나마 오래갈 거야. 통 좀 말려줄래?"

"알았어."

군츠의 말에 살린은 통 앞에 서서는 수식을 맺으며 주문을 외웠다. 빠른 동작으로 수인과 주문을 외운 살린이 시동어를 외쳤다.

"건조."

마법이 실행되자 가스통의 내, 외부에 묻어 있던 물기가 순식간에 없어져 버렸고, 밸브의 재조립을 마친 군츠가 다가와 빠른 손놀림으로 가스통과 밸브를 재결합했다.

"후우~ 상황 끝."

팅!

손에 묻은 기름때를 닦은 군츠는 가스통을 손가락으로 가볍게 퉁겼다. 저녁이 다 되어서 가스통을 돌려준 군츠와 살린은 철공소 뒤편 군츠의 집에서 저녁을 먹으며 이야기를 나누었다.

"군츠, 생각해 본 것이 있는데 말이야."

"뭔데?"

"우리 잠깐 방향을 바꿔보는 것이 어떨까?"

맥주로 입가심을 하던 군츠는 살린의 말에 맥주 잔을 내려놓았다. 설명을 요구하는 무언의 몸짓에 살린은 메모지를 꺼내서 식탁에 놓고는 설명을 시작했다.

"오늘 막스 아저씨도 그렇고, 근처 농가들을 돌면서 살펴본 것도 그렇고, 내연 기관보다 중요한 것이 있더라고."

"뭔데?"

마땅치가 않다는 듯 심드렁한 목소리로 반응을 보이는 군츠에게 살린은 짧게 대답했다.

"연료."

"응?"

"도시나 근처의 큰 마을에는 가스 공급소가 있고 배달까지 해주는 업체가 있어서 그다지 큰 문제가 없어. 하지만 우리가 지금 있는 곳까지 들어오는 업체는 없지. 왜일까?"

"이윤이 문제겠지. 공급소가 얻는 이윤의 상당 부분이 가스통의 보증금에서 나오는 것인데 이런 작은 동네에서 가스통의 판매는 한계가 있으니까."

"그렇지. 문제는 우리 마을이 그리 작은 마을도 아닌데 그렇다는 점이야. 덕분에 우리도 그렇지만 마을 사람들 대다수가 마차를 끌고 가스 공급소가 있는 고개 너머 마을까지 갔다 와야 한다는 것이고, 그러자면 꼬박 하루를 잡아먹는다는 문제가 생기고 있지."

"그래서 내가 엔진을 붙들고 늘어지는 거 아냐. 좀 더 효율을 높일 수 있다면, 좀 더 적은 배기량에서 지금과 같은 출력이 나오게 만들려고 하는 거잖아."

"내 말은 농가에서 쉽게 연료를 구하게 하자는 거야."

"응?"

살린은 옆에 가져다 놓은 가방에서 노트를 꺼내 들었다.

"이거 내가 아카데미 다닐 때 했던 실험 노트들이거든. 그때 했던 실습 중에 비료에서 나오는 가스 분석을 하는 것도 있었어. 봐봐. 부패가 진행 중인 비료에서 나오는 가스의 대부분이 메탄이야."

"네 말은 그러니까, 비료에서 나오는 메탄 가스를 모아 엔진의 연료로 쓰자?"

"정답!"

살린의 말에 군츠는 팔짱을 끼고는 잠시 고민하기 시작했다.

"흐음… 괜찮은 생각이긴 하지만 말이야, 비료를 만들면서 나오는 메탄 가스가 충분하기는 할까?"

"커다란 금속 통을 만들고 그 안에서 진행시키면 어때? 그럼 공기 속으로 흩어지는 양을 최대한 줄일 수 있지 않을까?"

"내 말은 가정용 발전기를 돌릴 정도로 충분한 가스가 나올 수 있을 정도의 양이 모이겠냔 말이야."

"이 마을에서 제일 작은 농가에서도 소 두세 마리에 짐말 두세 마리, 돼지는 다섯 마리 정도 키운다. 닭과 오리, 거위는 빼더라도 거기서 나오는 분뇨 양이 얼마나 될 거라고 생각하니? 그리고 추수가 끝나고 썩히는 짚단을 생각해 봐."

"짚단은 추수가 끝나고 나서야 많이 생기는 것인데 그것까지 기준으로 잡아서는 좀 그렇지 않냐?"

"봄부터 가을까지 뽑아내는 잡초나 콩대를 따져 봐봐. 아니, 내가 지난 열흘간 조사한 것만 봐도 한 가구당 충분한 수량을 확보할 수 있어."

"그건 그렇다 치고, 고객이 있을까?"

"당연히 있지. 봐봐. 우선 가스 사러 간다며 움직일 때마다 생기는 시간 손실 없어, 가스 살 때마다 들어가는 돈 굳어, 잘 삭힌 비료 생겨. 얼마나 좋냐?"

살린의 장담에도 불구하고 군츠는 머리를 긁적였다.

"그런데 그렇게 가스가 팍팍 생길 정도로 부패가 빠르게 될까?"

군츠의 질문에 살린이 가슴을 치며 장담을 했다.

"내가 누구냐? 마법사님이시다! 분해 촉진제와 가속 마법을 쓰면 돼!"

살린의 장담에 군츠는 고개를 끄덕였다.

"하기야, SSR의 마……."

"커헉!"

군츠가 'SSR' 이라는 단어를 꺼내자마자 살린은 경기를 일으켰다. 가까스로 진정을 한 살린이 군츠를 노려보았다.

"너, 마법사들에게 그 단어는 저주받은 금어라는 거 몰라! 그 단어만 나오면 자다가도 경기를 일으키는 친구가 한둘이 아니라고!"

"거참, 유난을 떨어라. 춤추는 도끼자루를 배경으로 수업을 들은 사람도 여기 있다."

"잘났다!"

'SSR' 로 인해 잠시 툭탁거리던 둘은 진정을 하고는 서로를 마주 봤다.

"할까?"

"하자!"

1년 뒤 둘은 '독립형 가스 생산 시스템' 이라는 이름으로 자신들의 아이디어를 실현시켰고, 특허까지 얻은 결과물은 많은 농가의 지지 속에 둘에게 커다란 부를 가져다 주었다. 한편, 그 둘의 성공을 본 많은 이들이 제2의 성공 신화를 꿈꾸며 자신들의 연구실과 공방에 틀어박혀 노력을 경주하기 시작했다.

"어떻습니까?"

"할 말 없다. 속이 좀 쓰린 것 외에는."

특허장과 패스파인더 상단에서 보내온 보고서를 본 독토르는 테레사의 질문에 속이 쓰린지 가볍게 인상을 구기며 대답했다.

"떨어진다!"

"에어 쿠션!"

와장창!

"또 실패인가?"

언덕을 달려 내려와 활공을 시도했지만 제대로 기류를 타지 못한 글라이더가 중심을 잃고 추락하자 옆에서 보고 있던 마법사가 준비해 두고 있던 마법을 재빨리 시전했다. 덕분에 글라이더는 무사히 안착하는 듯했지만 쿠션 모서리 부분에 착지를 한 글라이더는 옆으로 넘어가며 크게 부서졌다. 주변에서 구경하던 사람들이 다급히 달려가 부서진 잔해에서 조종사를 꺼내는 동안 마법사는 텁수룩한 머리카락을 벅벅 긁으며 중얼거렸다.

"형, 또 실패인 것 같소."

"그러게 말이다."

작업복을 걸친 비슷한 나이 대의 남자가 마찬가지로 머리를 긁적이며 입을 열자 마법사는 고개를 끄덕였다. 한참 머리를 긁적이며 추락한 글라이더를 보던 작업복의 남자가 자리를 옮기며 입을 열었다.

"가서 저 고물들이나 다시 챙깁시다. 원인을 알아야 하니 말입니다."

"그러자."

"아그들아, 짐 챙겨라! 돌아가자!"

그날 저녁, 언덕에서 조금 떨어진 곳에 있는 건물에서 마법사와 기술자는 자신들의 제자와 함께 다 부서진 글라이더를 수리하고 있었다.

"아구구~ 허리야!"

낮에 추락한 글라이더를 조종하고 있던 마법사의 제자가 허리가 아픈지 허리를 두들기며 통증을 호소했다. 상비약이 되어버린 진통제를 마신 제자는 스승인 마법사에게 항변했다.

"스승님, 이제 그만 하시죠! 이미 비행선과 기구가 만들어져 있습니다! 날틀이라니, 무리 아닙니까!"

"시끄럽다! 사람이 제 마음대로 하늘을 날고자 하는, 고래로부터의 야망을 실현하고자 하는 커다란 도전에 벌써부터 지친 목소리를 내는 것이냐?!"

"비행 마법을 쓰면 마음대로 날지 않습니까?"

"마법사만 사람이더냐?!"

"일반인은 비행선을 타면 되지 않습니까! 비행선이 비싸면 기구도 있고요!"

"이놈아, 기구가 제 마음대로 나는 것이더냐?! 둥둥 떠서 바람에 몸을 맡기는 것뿐이지 않느냐! 그리고 그 비행선이라는 것은 또 어떻더냐! 그렇게 둔해터진 것을 모는 것이 어디 내 마음대로 되는 것인 줄 알았더냐! 네가 수련이 부족한가 보구나! 가서 SSR을 준비해라!"

"으악! 스승님!"

"따라와!"

말 한마디 잘못 꺼내 무덤을 판 제자를 끌고 사라지는 마법사를 본 기술자가 파랗게 질린 얼굴을 한 자신의 제자를 보면서 입을 열었다.

"잘해라."

"옛!"

마법사와 비교해도 만만치 않은 성깔을 지닌 자신의 스승이 내뱉은 한마디에 젊은 제자는 하얗게 질린 얼굴로 대답했다.

그날 밤, 건물 밖 외진 곳에서 두 젊은이는 바닥에 앉아 대화를 나누었다.

"괜찮아?"

"괜찮아 보이냐?"

투덜거린 마법사의 제자는 품에서 포션을 꺼내 마셨다. 제정신을 차리지 못하게 만들던 통증이 가라앉자 마법사의 제자는 욕설을 내뱉었다.

"젠장! 때려치울까 보다."

"참아. 그래도 큰 람프님은 꽤 알아주는 마법사시잖아?"

"꽤 알아주는 미치광이겠지!"

"조용!"

"쳇! 그래도 6서클 이상이고, 3급 이상의 특허를 가진 독립 마법사의 보증이면 약간의 테스트로도 아카데미에 들어갈 수 있다는 것 하나로 붙어 있는데 매번 이렇게 목숨 걸고 살기는 진짜 싫다."

"뭐, 나도 이젠 기술자의 제자인지 정육점 직원인지 헷갈리는 상황이긴 하지만 어쩌겠어? 우리가 좀 더 많이 배우고 싶다면 고생해야지."

"이젠 매 끼니마다 새고기 먹기도 질린다. 닭고기, 오리고기, 거위고기… 백조고기에 독수리고기까지. 그것도 제대로 된 것이 아니라 깨끗하게 해부당해서 부위도 알 수 없는 고기는 이제 정말 사절이야."

"난 이제 뼛조각만 봐도 무슨 새의 뼈인지 알 정도야. '공학적 디자인의 최종 완성형은 자연에 있다' 라는 말이 있다지만 일일이 해부해서 그림을 그리고 치수를 재고. 이젠 지친다."

"이게 성공하면 3급 이상이 될까?"

"글쎄… 스승님의 말씀대로라면 특급도 가능하다고 하지만 그건 아무래도 허풍 같고 2급 이상은 될 것 같아. 명색이 마이스터의 메달을 딴 사람의 말이니까 그 정도는 되겠지."

기술자의 제자는 나뭇가지로 땅에 새의 골격도를 그리면서 대답했다. 많이 해본 일인지 그림을 그리는 그의 손길은 매우 능숙했다.

"자, 이제 들어가 자자. 새벽 수업에 늦으면 그땐 진짜 무덤 자리부터 파야 할 거야."

"그래."

자리에서 일어난 둘은 옷에 묻은 흙먼지를 털어내고는 안으로 들어갔다.

그렇게 고생을 하면서 두 형제와 제자들이 만든 글라이더는 점점 완성된 형태로 가다듬어져 갔다. 교대로 조종을 하게 된 제자들 역시 이제는 능숙하게 글라이더를 조종하기 시작했다.

"흐음, 역시 단엽의 날개보다 복엽의 날개로 크기를 줄일 수 있었어. 무게도 확실히 줄였고 말이야."

"강도 문제도 해결했고, 안전성도 높아졌지."

스무 번째 활공이 무사히 끝나자 두 형제는 설계도를 들여다보면서 토론을 벌이기 시작했다.

"이제 동력 기관에 대한 문제를 해결해야겠지?"

"그렇지. 우리가 생각한 것의 완성형은 스스로 날 수 있는 놈이어야 하니까."

"뭐가 좋을까?"

"우선⋯⋯"

제자들이 무사히 착지한 글라이더를 격납고에 집어넣는 동안 두 형제는 동력 기관에 대한 토론에 열을 올리고 있었다.

글라이더에 동력 기관을 달아서 시험을 하기 시작하자 제자들은 또다시 위험한 비행을 하기 시작했다. 첫 번째 시도로, 파우더를 이용한 로켓 추진을 시험하다가 기체가 공중 분해되어 버리는 사고를 겪은 이후 두 형제는 독창적인 방법이 아닌, 비행선에 쓰이는 방식을 이용하기로 결정했다. 두 형제는 소형 발전기에 장착된 내연 기관을 주목했다. 다양한 출력과 크기를 자랑하는 발전기에 달린 엔진 중에서 적당한 크기를 찾는 시행착오 끝에 두 형제는 마침내 마음에 꼭 드는 엔진을 찾아내었다.

"우선 뜨는지부터 확인해 보자."

레일 위에 첫 번째 자력 비행이 가능한 글라이더를 얹어놓고 두 형제는 실험을 준비하기 시작했다. 엔진에 10%만 채워진 가스통을 연결한 기술자와 그의 제자가 시동을 걸 준비를 하는 동안 마법사의 제자는 엔진 앞에 만들어진 의자에 앉아 조종용 지렛대를 이리저리 움직여 가동 상태를 확인했다.

"시동을 건다!"

푸르르륵! 푸릉! 푸르르르룽!

"걸렸다!"

푸르르룽!

마법사의 제자가 가속 레버를 당기자 엔진은 회전 수를 올리기 시작했고, 기체는 서서히 앞으로 나아가기 시작했다. 50여 미터를 달린 글라이더는 땅에서 조금씩 떠오르기 시작했다. 땅에서 약 1m 정도 떠오른 글라이더는 30m 정도를 더 비행한 후에 땅에 무사히 착륙했다. 엔진의 시동이 꺼지고, 조종석에서 나온 마법사의 제자와 옆에서 쫓아 달린 두 형제와 제자가 한꺼번에 서로를 부둥켜안았다.

"성공이다!"

"성공이야!"

"이젠 안 죽어도 된다!"

"엥?"

난데없는 마법사 제자의 발언에 끓어올랐던 분위기는 순식간에 차갑게 가라앉았다. 창백해진 마법사의 제자를 뒤로하고 마법사가 목소리를 가다듬었다.

"우선 가능성을 확인했으니 좀 더 손을 봐서, 확실하게 해보자. 알겠지?"

“예.”

“그리고 넌 나 좀 보자.”

“…….”

마법사의 뒤를 따라 비칠비칠 걸어가는 제자를 보는 기술자 제자의
표정에는 애도의 감정이 가득 차 있었다.

두 달 뒤, 두 형제의 꿈이 가득 담긴 첫 번째 동력 비행기가 하늘을
날았다.

패스파인더 상단의 보고를 받은 테레사는 관련 서류를 들고 독토르
를 찾았다.

“보셨습니까?”

“뭐를?”

“비행기가 만들어졌습니다.”

“뭐어?!”

경악을 한 독토르는 빼앗듯이 테레사에게서 서류를 넘겨받았다. 몇
번이나 반복해서 읽던 독토르는 한숨을 쉬면서 보고서를 내려놓았다.

“속이 쓰리네. 어쨌든 잘된 일일까?”

“잘된 거지요. 점점 더 많은 이들이 점점 더 많은 가능성을 만들어
내고 있습니다.”

“드워프 친구들이 이 사실을 알면 뒤집어지겠군.”

“경쟁은 필요한 법이지요. 언제까지 제트 스크랜더에 매달릴 수는
없지 않습니까? 단계를 밟아야지요.”

“한 달 뒤에 여기로 온다고?”

"예. 특허를 등록하려면 관련 설계도와 실험 기록표, 그리고 검증 작업을 받아야 할 실물이 있어야 하니 말입니다."

"볼 만하겠네. 그건 그렇고, 람프 형제라고? 어디서는 빛이고 여기서는 등불이야?"

"라이트 형제의 라이트는 Light가 아니라 Wright입니다."

"알아, 알아! 사람이 실수할 때도 있지 왜 그리 융통성이 없냐?"

"잊으셨습니까? 저는……."

"알아! 컴퓨터지!"

한 달 뒤, 람프 형제와 제자들은 패스파인더 영지에 도착했다. 그들이 만든 'Dream No.1'은 무사히 검증을 받았고, 1급 특허를 받았다. 1급의 특전으로 그들과 그들의 발명품은 전국적으로 알려지기 시작했다. 하늘을 자유롭게 나는 'Dream No.1'을 본 많은 발명가들이 자신들만의 비행기를 만들기 위해 갖가지 아이디어를 짜내기 시작했다.

펴엉!

"무슨 소리야?"

난데없는 폭발음에 독토르는 급히 자신의 연구실을 박차고 밖으로 튀어나왔다. 연구 단지 한구석에 있는 작은 건물에서 검은 연기가 계속해서 흘러나오는 것을 본 독토르는 급히 그쪽으로 달려갔다. 급히 달려온 소방대가 불을 끄는 동안 독토르는 옆에서 구경하고 있는 아인에게 질문했다.

"누가 또 무슨 실험을 한 거야?"

"하이네켄이 실패했나 보네."

"응?"

"그 자식, 비행기를 만들어낸다고 삽질하고 있었는데 한 방 먹었다고 분해했거든. 그래서 더욱 뛰어난 놈을 만들겠다고 그러면서 우선은 더욱 뛰어난 성능의 엔진을 만든다고 실험하고 있었거든. 보나마나 엔진이 터졌나 보네."

"하인켈이 아니라 맥주냐?"

"무슨 소리야?"

"아냐. 헛소리야. 그냥 하이네켄 하니까 이상한 생각이 떠올라서."

물음표를 얼굴 가득히 떠올린 아인을 외면하면서 독토르는 웅얼거리면서 말을 돌렸다.

패스파인더 영지에 하이네켄을 대표로 여러 드워프와 기술자들이 혼자서, 아니면 팀을 짜 비행기를 만드는 것처럼 제국의 여기저기에서 많은 발명가들이 저마다의 비행기를 만들거나 자동차를 만들어내기 시작했다. 발명가들은 경쟁에서 우위를 점하기 위해 더욱 뛰어난 성능의 엔진이나 기타 특수 장치들을 만들어내면서 한동안 한산하던 특허관리국이 분주히 돌아가게 만들기 시작했다.

"역시 한번 불붙으니까 정신이 없네."

빠른 속도로 두꺼워지는 테레사의 특허 파일을 보면서 독토르가 가볍게 평가하자 새로이 올라온 특허를 분류해 파일을 만들던 테레사가 대답했다.

"그만큼 사람들의 의욕이 강하다는 것이겠지요. 예전 같으면 헛수고라든가 미친 짓이라고 손가락질받을 일이 이젠 잘하면 돈과 명예를 가져다 주는 일로 바뀌었으니까요."

"흐음… 그럼 판을 한번 벌여볼까?"

"예?"

"지구에서의 예를 따지긴 뭐하지만, 자동차와 비행기의 성능과 기술이 폭발적으로 발전하게 된 계기가 무엇이었지? 전쟁 빼고."

"레이스를 말씀하시는 것입니까?"

"정답! 자동차 랠리와 비행기 레이스를 벌이는 것이 어때?"

"흐음……."

테레사는 잠시 그 파급력을 계산하기 시작했다. 짧은 계산이 끝나고 테레사는 고개를 끄덕였다.

"긍정적입니다. 덕분에 주춤하던 소재 공학과 운동 역학, 기계 공학이 시너지 효과를 일으킬 수 있을 것 같습니다."

"좋아! 하자!"

"마스터플랜을 짜보겠습니다."

석 달 뒤, 패스파인더 영지에서 발표된 경주 대회 개최 소식은 제국을 뜨겁게 달구기 시작했다. 황도 바이스란트에서 출발해 제국 동서남북의 주요 도시를 한 바퀴 돌아 다시 황도로 돌아오는 초 장거리 레이스에 참가하기 위해 자동차 기술자들은 온 힘을 다해 설계와 제작을 하기 시작했고, 상승 고도, 상승 속도, 레이스 등의 세 가지 종목을 겨뤄 각 부문별 우승자와 종합 우승자를 가리는 비행 대회에 참가하기 위해 제국 각지의 하늘에서는 온갖 종류의 비행기가 날고 떨어지고를 반복하고 있었다. 1년 반 뒤에 벌어질 대회였지만 제국민들의 흥분은 쉽사리 가라앉지 않고 있었다.

한편 독토르는 비행 대회에서 참가자들이 겨룰 항목들을 보면서 테레사와 이야기를 나누었다.

"나도 이 항목들이 중요하다는 것은 알고 있지만, 이거 좀 그렇지 않냐?"

"뭐가 말씀입니까?"

"이것들이 강하게 요구되는 것은 주로 전투기 아냐?"

"민간 비행기들도 해당 항목을 따집니다. 솔직히 말씀을 드리자면 80%는 그 부분을 의식하고 정한 것입니다. 미리 준비를 해야지요."

"왜? 아르고스들의 보고에도 별반 이상한 것이 없었잖아?"

"충분히 이상한 보고가 많았습니다만? 포린트에서 뇌관에 대한 연구가 실용화되었다는 소식을 잊으셨습니까?"

"전장식 소총에서도 뇌관을 쓰잖아?"

"지난번 황도에서 한 판 벌였을 때 패스파인더 소총과 머신 라이플에 대한 인식을 한 것 같습니다. 비슷한 무기의 개발을 서두르고 있다고 합니다."

"탄피를 어떻게 만들려고?"

"초보적인 프레스 기계는 주문 생산 방식으로 팔리고 있습니다. 밀수를 방지하기 위해 노력은 하고 있습니다만 분해를 해서 역 설계해 빼돌릴 가능성도 생각을 해봐야 합니다. 게다가 탄피의 바닥만 금속으로 만들고 나머지는 종이로 만드는 방식을 쓸 수도 있습니다. 이 방식으로 한다면 후장식 소총과 개틀링 정도는 유사하게 만들 수 있습니다."

"전쟁이 벌어지는 시나리오까지 만들어둔 거냐?"

테레사의 설명에 독토르는 굳은 얼굴로 질문했다. 독토르가 노려보고 있음에도 불구하고 여전히 무표정한 얼굴로 테레사는 대답했다.

"시나리오대로 돌리기엔 변수가 너무 많아졌습니다. 단지 입수되는 데이터만으로 따져 볼 때 위험 수치가 높아간다는 것입니다. 군 정보부

쪽에서도 이 문제로 긴장의 수위가 높아져 간다는 보고를 받았습니다."

"난 왜 몰랐지?"

"선장님은 군부와 친하실 뿐이지 군부의 인물이 아니시지 않습니까? 이미 군은 귀족 집단이 아니라 전문가 집단으로 변화가 완료된 시점입니다."

"그런데 포린트에서 그런다고 심각하게 볼 필요가 있을까? 동맹이 잖아?"

"그래서 지난번에 그 난리가 났습니까?"

"……."

"이미 반쯤은 돌아섰다고 보셔야 합니다. 그리고 동쪽에는 대를 이어오며 서로 으르렁거리는 나라가 버티고 있고 말입니다. 미리 적당한 준비를 할 필요는 있다고 봅니다."

테레사의 설명에 독토르는 한참 동안 머리를 긁적이며 방 안을 오갔다. 그렇게 고민을 하던 독토르는 결정을 내렸다.

"이놈들한테 이번 대회는 빠지라고 해야겠다. 내 코가 석 자인데 신선 놀음이나 하고 있을 수는 없지. 테레사, 무연 화약에 대한 데이터 좀 내줘. 비슷하게 만들 수 있는지 연구를 해봐야겠다. 전투기에 덩치 큰 개틀링을 실을 수는 없으니까. 에이, 아깝다."

[재기동 14,312일. 사람들이 평화롭다고 생각하는 순간에 전쟁은 일어난다. 전쟁이 벌어질 것 같다고 생각해도 전쟁이 벌어진다. 전쟁이 없는 세상이 과연 존재할까?]

1년 반 뒤, 제국 일주 자동차 대회가 드디어 시작되었다. 증기 기관을 채용한 자동차에서부터 바퀴 여덟 개짜리 자동차까지 다종 다양한 자동차들이 황도를 출발해 제국을 돌기 시작했다. 내연 기관을 사용하는 자동차에 가스를 공급하기 위해 많은 가스 공급소가 제국에 들어섰고, 그 공급소들은 주변 마을에 대한 가스 공급력을 확보하는 계기가 되었다. 또한 상당수의 농가들이 독립형 가스 생산 시스템을 이용해 가스가 떨어진 차에 가스를 공급하면서 쏠쏠한 부수입을 챙기기도 했다. 사람들은 생전 처음 보는 스포츠에 열광했다. 자동차들이 지나가는 길 주변엔 사람들이 모여들어 지나가는 차를 응원하며 함성을 질러댔다. 각 지역의 신문과 소식지에는 자동차 경주의 중계가 계속해서 실리는 가운데 6개월에 걸친 대장정 끝에 자동차들이 황도에 도착하기 시작했다. 그 해의 마지막 달에 끝난 첫 번째 대회에서 패스파인더 영지의 드워프들이 만들어낸 '랜서' 가 1위를 차지했고, 군츠와 살린이 만든 'G&S Motors' 에서 만든 '애로우' 가 2등을 차지했다.

자동차들이 제국을 달리는 동안 비행 대회도 열렸다. 발명가들의 모든 지혜와 노력이 결집된 스무 대의 비행기가 대회에 참가했다. 람프 형제처럼 따로 파일럿을 준비한 이들도 있었지만 대다수의 참가자들은 발명가 자신이 곧 파일럿이었기에 불의의 사고에 대비해 마법사들과 소방대들이 대기를 한 가운데 황도에서 시합이 벌어졌다. 비행 대회를 보기 위해 전국 각지에서 모인 사람들의 머리 위에서 비행기들은 하늘로 솟아오르고 기구와 비행선이 만들어낸 코스를 전속으로 날았다. 대회가 끝나고 종합 우승은 하이네켄이 만들어낸 '스피더' 가 차지했고, 레이스 부분에선 람프 형제의 '드리머 4호' 가 우승을 했다. 레이스 부분에서 우승을 차지하지 못한 하이네켄이 분통을 터뜨리자 독토르가 이유를 설명했다.

"비행기가 멧돼지니? 세상에 직선 항주밖에 못하는 비행기가 어디 있니? 엔진 힘만 좋아서 속도만 빠르면 뭐 하니? 조종이 안 되는데."

"끄으으……"

'테레사가 날 갈굴 때 어떤 심정인지 알겠군. 이거 짜릿한데?

자동차 대회와 비행 대회에서 1, 2등을 한 상단과 발명가들에게는 주문이 밀려들기 시작했다. 자동차 대회 덕분에 광범위하게 퍼진 가스 공급소는 자동차를 타고 떠나는 피크닉을 유행시키기 시작했고, 다양하게 개발된 엔진들은 농가의 증기 트랙터를 밀어내고 그 자리를 차지하기 시작했다. 우승을 차지하지 못한 상단과 발명가들은 2년 후에 있을 다음 대회를 노리고 기술 개발에 들어가기 시작했다.

31

고조되어 가는 긴장

황도와 제국 전역을 발칵 뒤집었던 '테레사 납치 사건'이 발생하고 10년이 지나자 제국은 점점 다른 국가들과 격차를 보이기 시작했다. 상단들의 경제 규모는 점점 커져 갔고, 지식인들과 상공업으로 경제력을 키운 시민들이 새로운 정치 세력으로 자리를 확고히 하기 시작했다. 공작들과 군부의 마스터들에게서 수련을 받은 황제는 80세가 넘었지만 여전히 정정한 모습을 보이며 제국을 다스리고 있었고, 110세를 일기로 세상을 떠난 티거 공작을 대신해 그의 다섯 번째 아들이 공작의 위를 이었다. 90세의 노이만 공작과 100세의 다인 공작은 정력적으로 자신들의 일을 하면서 서서히 차기 공작을 준비하기 시작했다.

"테레사, 혹시 너 이 양반들, 돌로 바꾼 것 아냐?"

"무슨 소리이신지?"

"80세가 넘었는데도 50대 분위기를 내면서 쌩쌩한 황제나 90세,

100세가 되어도 멀쩡한 공작들이나. 꼭 어설프게 분장한 20대 배우가 60대 노인 흉내 내는 어느 나라 TV 드라마 보는 것 같아."

"뭐, 수련의 영향이지요. 제가 확보한 제국의 역사를 봐도 황제가 평균적으로 제위를 이어받은 때는 40세 근처였고, 평균 90세에 사망, 혹은 양위를 통해 다음대의 황제에게 제위를 넘겼습니다. 19세에 황태자의 지위를 넘겨받아 46세가 된 지금의 황태자는 정상이라고 볼 수 있습니다. 현 황제도 제위를 넘겨받은 것이 35세. 그러니까 선장님이 접촉하시기 1년 전에 제위에 올랐습니다."

"무슨 요괴들이냐?"

"수련의 영향이라고 이미 설명드렸습니다. 소드 엑스퍼트 상급 정도만 되어도 평균 110세의 수명을 가졌고, 소드 마스터의 경우엔 평균 260세의 수명을 자랑했습니다. 125세의 엘레판트 장군이나 160세의 몰트케 후작의 경우는 아직도 청춘이지요. 그렇게 따지면 선장님은 요괴 대마왕이라고 할 수 있겠습니다."

"무슨 소리?"

"저하고 만난 지 16,100일이 되었습니다. 간단히 말해, 44년 8개월 20일이 지났습니다만, 신체 노화는 5년 정도라는 검사 결과가 나옵니다. 74세가 넘은 사람이 20대 중반과 동일한 신체 상태를 유지하고 있다는 것을 생각하면……."

"알았다, 알았어. 그러니까 예전부터 내려오던 기사들의 수련 방법을 통해 일정 수준 이상으로 수련이 된 사람들은 노화가 더디다는 소리지?"

"그렇습니다."

"그럼 이걸 국민체조 식으로 만들면 어떨까? 아니면 태극권 식으로 보급하면 어떨까? 왜, 중국을 보면… 아니, 아니, 내가 살던 시대의 중국을 보면 공원에서 태극권이나 기타 권법을 수련하는 사람들이 있었거든?"

"조금 건강은 하겠지만 공작가나 황실 직계 가족, 기타 군부의 고위 장성들과 같은 결과는 기대하기 힘들 것입니다."

"어째서?"

"하루 한두 시간의 수련으로 그런 결과를 얻는다면 완전히 날로 먹는다는 소리지요. 적어도 하루의 절반 가까이를 수련에 매진해야 합니다. 그렇기 때문에 수련을 하기 용이한 귀족가나 군부, 황실에서 고수들이 많이 나오는 것입니다. 선장님의 경우는 확실히 날로 드신 경우라고 볼 수 있습니다."

"인정하마……."

또다시 테레사의 언어 공격에 당한 독토르는 백기를 흔들었다.

[재기동 16,100일. 선장님의 신체 노화 속도가 경악할 정도로 늦다는 것은 주지의 사실이다. 문제는 신체의 노화가 더딘만큼이나 정신의 성숙도 더디다는 점이다. 70대인 지금도 여전히 20대 초반의 정신 세계라니……. 얼마 안 있으면 선장님 자제 분과 똑같이 노실 수 있겠습니다.]

산업화가 진행되면서 제국 내부는 크게 변화를 보이기 시작했다. 농업의 기계화로 일자리가 줄어들면서 많은 이들이 도시로 몰려들기 시작했다. 그렇게 몰려든 사람들이 공업 지대의 근로자가 되었고, 도시는 점점 확대되어 갔다. 총 인구가 3억이 넘어가고, 대부분의 자원이 제국 내부에서 충당되었기 때문에 그다지 큰 경제적 불안 상황은 벌어지지 않고 있었지만, 제국 행정부에서는 제국의 역사가 시작된 이래 가장 꼼꼼하게 경제 분야를 살피고 있었다. 변화하는 시대에 적응하지 못하거나 지난 '제왕투'로 인해 영향력이 감소한 귀족들의 공백을 차지한 시민 계급은 자신들의 자리를 요구했고, 그렇게 해서 만들어진 '의회'에서는 연일 자본가와 정부와의 공방이 벌어지고 있었다. 하지만 자본가들의 공세는 테레사와 독토르가 버티고 있는 패스파인더 상단으로 인해 많은 경우 그 뜻을 이루지 못했고, 테레사와 독토르는 지구에서의 역사를 참고로 시대에 맞으며 최대한의 공익을 실현하는 방향으로 제국을 유도해 갔다. 자급자족이 가능한 대형 시장과 독토르와 테레사의 노력으로 제국은 커다란 탈선을 겪지 않으며 자신의 궤도를 타고 나가고 있었다.

커다란 위협은 제국 밖에서 오기 시작했다.

카마인과 포린트는 점점 사이가 벌어지기 시작했다. 대륙 2위의 산업 국가였지만 기술 수준은 카마인에 비해 떨어졌고 인구는 크레티스보다도 적었던 포린트는 해외 시장의 개척에 필사적이었다. 하지만 여러 국가에서 카마인과의 경쟁에서 밀린 결과로 인해 중저가 시장에서 해당 국가의 상품들과 경쟁을 벌여야만 했다. 카마인에서 기술을 수입해야 하는 상황에서 기술 사용료가 점점 증가하자 포린트의 상단들은 편법을 쓰기 시작했다. 그들은 카마인의 상품들과 똑같은 디자인으로 물건을 만들어 저가 공세를 펼치거나 등록된 특허를 무단으로 사용하기 시작했다. 자신들의 디자인을 도용해 만든 낮은 품질의 저가품으로 인해 곤란을 겪거나 특허의 무단 도용으로 인해 손실을 입은 카마인의 상단들과 발명가들이 정부를 통해 문제의 해결을 촉구했지만 포린트의 정부는 권고를 했다는 답변으로 일관했다. 특허 심판소에서 특허의 무단 도용 문제로 포린트의 상단을 호출해도 합의 기구라는 점을 이용해 시간을 끌면서 완전히 자기 기술로 소화를 해내거나 아예 참석을 거부해 버리는 대처를 보여줬다. 이렇게 피해를 입은 이들이 카마인 제국 정부를 상대로 금수 조치를 비롯한 단호한 조치의 실행을 요구했지만 카마인은 카마인대로 난감한 입장으로 인해 골치를 썩고 있었다.

"문제는 이 왈 강이란 말이지?"

"그렇습니다."

패스파인더 성의 옆을 흐르는 왈 강을 보면서 독토르와 테레시는 이야기를 나누었다.

"이 왈 강은 바이스란트 북부에서 발원해 바이스란트와 우리 성을 지나 포린트를 관통해 서쪽 바다로 나갑니다. 포린트가 이 왈 강을 막을 경우 제국에서 서쪽 바다로 나갈 길이 막힙니다."

"서쪽으로 나가는 강은 하나 더 있지 않나?"

"북쪽에 바이스 강이 있습니다만 그 강은 겨울이 되면 완전히 얼어 버립니다. 왈 강만이 남쪽으로 돌아 서쪽으로 나가기 때문에 겨울에도 쓸 수 있는 것입니다."

"아예 남쪽은 어때?"

"그쪽 역시 마찬가지 상황입니다. 선박이 다닐 수 있는 큰 강은 네 개로 잘만, 서스, 네다, 브라우입니다. 하지만 잘만과 서스, 네다는 다른 왕국을 지나고 있으며, 브라우의 경우에는 크레티스와의 국경을 지나므로 안전을 보장하기 힘듭니다. 운이 좋아 무사히 나간다고 해도 서부 대륙으로 가기 위해서는 대륙 남쪽 절반을 크게 우회해야 하는 상황입니다."

"그런데도 금수 조치를 실행한다면?"

"당장 우리가 곤란합니다. 요즘 들어 사용량이 급증하기 시작한 고무, 여기서는 루버라고 부르는 물건들은 서부 대륙에서만 나고 있습니다. 합성을 하자면 제조 시설의 건축부터 여러 가지 비용 들어가는 것이 많습니다. 다른 자원들도 마찬가지입니다. 거기에 아무리 포린트의 배를 불려주는 것이라고 해도 우리가 서부 대륙에 파는 상품 양도 적은 것이 아닙니다."

"쯧!"

테레사의 설명에 독토르는 혀를 찼다.

카마인 제국 국방부. 황궁 옆에 지어진 3층 건물은 외양부터 단단함을 느끼게 해주고 있었다. 회색의 석조 건물 안에 있는 전략회의실에서는 고급 장교들이 모여 회의를 하고 있었다.

"곤란한 상황입니다."

장교들이 모여 앉은 테이블 위에는 정밀하게 그려진 대륙전도가 놓여 있었고, 거기에는 각국의 경계선과 각종 군사 데이터가 기호화되어 표시돼 있었다.

"현재 우리 제국을 1로 보았을 때 포린트가 0.65, 크레티스가 0.66의 군사력입니다. 1 : 1로 붙었을 때는 우리가 여유가 있지만 두 개 전선이 생긴다고 가정한다면 오히려 우리가 열세입니다."

전략연구실 소속 대령의 상황 설명에 대다수의 장성들은 고개를 끄덕였지만 몰트케와 엘레판트는 얼굴을 찡그렸다. 둘의 표정을 본 장성들이 의아하다는 표정을 짓자 몰트케를 대신해 엘레판트가 설명했다.

"틀렸어. 1 : 1로 붙는다고 해도 우리에겐 여유가 없네. 포린트와 붙든 크레티스와 붙든 상관없이 우리는 뒤통수를 걱정해야 하는 상황이야. 그렇게 된다면 우리가 뽑을 수 있는 힘은 0.6에서 0.7 사이. 이 정도면 여유라고 할 수 없지."

"그런 계산이라면 상대방에게도 동일하게 계산해야 하지 않을까요?"

"저들은 뒤통수 걱정은 하지 않아도 되잖아."

"……."

엘레판트의 지적에 장성들은 침묵에 빠져 들어갔다. 그런 침묵 속에서 몰트케가 입을 열었다.

"우선은 현재 우리의 상황부터 다시 검토를 해야겠군. 진짜 1의 전력을 유지하고 있는지, 아니면 1도 안 되는지 말이야."

몰트케의 발언에 정책 담당 실장인 준장이 자리에서 일어났다.

"현재 육군은 정수를 유지하고 있습니다. 새로이 개발된 패스파인더 2식 소총도 지급이 순조롭게 되고 있으며 머신라이플 2식도 배치 중입니다. 엔진과 주포를 개량한 브레이커―M. mk3 mod2도 저율 생산되어 테스트에 들어가고 있습니다."

"문제는 특수부대입니다. 삼국 모두 기존의 기사단들을 활용해 특수능력부대를 만들었습니다만 양국 모두를 감당하기엔 역부족입니다."

"보급과 수송에 관한 것도 아직은 문제가 있습니다. 철도가 보급되면서 전시에는 군이 관리하는 것으로 되어 있습니다. 하지만 그동안 새로이 만들어진 노선도 많고, 트럭을 이용한 보급 및 수송 체계와의 연동에도 아직 문제가 많습니다.”

“그것은 훈련만이 정답이겠군.”

“그 훈련이 문제입니다. 실전 대비 가상 훈련을 하기 위해서 철도를 움직이면 그 즉시 민간 수송 부분이 멈춰 버립니다. 그 문제로 인해 재경부에서 난색을 표하고 있습니다.”

“훈련 한번 하기가 이리도 힘들어서야…….”

“하루나 이틀짜리 훈련이 아니니 말입니다.”

군수본부자의 답변에 몰트케는 푸념을 했다.

“힘들구먼, 힘들어.”

중부군 사령부로 돌아온 엘레판트는 독토르를 찾아와 푸념했다. 하녀가 가지고 온 술을 마시며 엘레판트가 투덜거렸다.

“장군이 되었다고 목에 힘주고 다니는 놈들이 다 햇병아리들이니… 당장 완전군장시켜서 연병장을 돌게 만들어도 시원찮을 놈들뿐이야.”

“하하하!”

“초급 장교들은 더해. 이건 완전히 애송이야, 애송이. 그놈들 하는 것을 보고 있자니 내가 군대 지휘관인지 탁아소 소장인지 알 수가 없어.”

“뭐, 실전을 겪지 않아서겠지요. 가장 가까웠던 전쟁이라고 해도 ‘제왕투’ 아니었습니까? ‘제왕투’ 만 해도 내전인데다 단 하루짜리 전쟁이었고, 지금 초급 장교들이라면 그 당시엔 갓 태어났거나 아장거리며 걸어다니고 있을 나이였으니 말입니다.”

“쯧.”

독토르의 대답에 엘레판트는 불만이 많은 듯 혀를 차며 술잔을 비웠

다. 독토르가 두 사람의 빈 잔에 술을 채우는 동안 테레사가 끼어들었
다.

"이번에 오라버니가 의회에 참석하시게 되면서 그것을 보게 되었습
니다. 그래서 건의하고 싶은 것이 있는데 말입니다. 외람되지만 제가
한 말씀 드려도 되겠습니까?"

"해보시게! 자네 의견이라면 들을 가치가 차고도 넘치지!"

환영의 뜻을 온몸으로 표현하는 엘레판트 덕분에 테레사는 쉽게 자
신의 의견을 말했다.

"제가 드리고 싶은 말씀은 장교와 부사관의 비율을 높이시라는 것입
니다. 지금같이 전쟁이 없는 때라면 지금의 구성비도 별 상관이 없습
니다만 진짜 전쟁이 벌어진다면 문제가 생길 수 있습니다. 전쟁이 벌
어지면 제일 일선에서 사병들을 이끌어야 할 초급 장교와 부사관들의
소모율이 매우 높아집니다. 그때 가서 그 부족 분을 메우려 한다면 문
제는 어려워집니다. 장군님이 탁아소 애송이라고 불리는 초급 장교들
과 부사관들의 경우에도 우리 군의 특성상 기본적인 병역을 다 마치고
올라간 이들입니다. 숙달된 전문가들이란 소리이지요. 이런 자원을 양
성하는 데에는 시간과 돈이 들어갑니다. 장군님도 아시다시피 아무것
도 모르는 일반인을 가져다 한 달만 굴리면 기본적인 전투는 할 줄 압
니다. 하지만 기초적인 지휘라도 하려 한다면 한 달이 아니라 1년을 굴
려도 난망한 일입니다."

"그러니까 자네 말은……."

"예, 지금부터라도 장교와 부사관의 수를 늘리고 잘 관리를 해야 한
다는 것입니다."

테레사의 말에 잠시 생각을 하던 엘레판트는 갑자기 테레사의 손을

덥석 붙잡고는 외쳤다.

"자네, 군에 들어올 의향은 없는가?"

"없습니다."

"최고의 대우를 해주겠네!"

"제 신체를 아시고도 그럽니까?"

"……."

그제야 테레사의 손을 놓은 엘레판트는 아쉬운 표정을 지었다.

"아깝네. 참으로 아까워."

그렇게 아쉬움을 표하던 엘레판트 장군은 자리에서 일어났다.

"벌써 가시게요?"

"가봐야지. 이 일은 빨리 처리할수록 좋은 것이야."

자리에서 일어나 사령부로 돌아가는 엘레판트를 배웅한 독토르는 테레사가 있는 사무실로 돌아왔다.

"참 재미있는 동네야. 19세기 말, 20세기 초의 시대 환경이면서도 여군이 낯설지 않은 세계라니……."

"뛰어난 여기사가 심심찮게 나오는 곳이니까요. 여성이 무력을 사용한다는 것이 낯설지 않으니 거부감이 덜한 것일 겁니다."

테레사의 설명을 들으며 자리에 앉은 독토르는 군부에서 국방연구소에 요구한 여러 실험에 대한 요청서를 읽다가 피식 웃었다.

"이거 봐라? 자주식 장갑 화포를 처리하기 위한 가장 효율적인 방법을 파악하라는데? 테레사, 이거 봤냐?"

"봤습니다."

"재미있지 않냐? 화승총이 신무기의 자리에서 벗어난 지 얼마 되지도 않았는데 전차가 판을 친다."

“초 거대 자주 공성포 ‘퀸 브레이커’를 누가 만드셨죠?”

“…내 무덤을 내가 팠군.”

테레사의 싸늘한 답변에 독토르는 완전히 입을 다물었다. 조용히 업무를 처리하는 가운데 독토르가 다시 입을 열었다.

“그런데 전쟁이 터질까?”

“가능성은 45%에서 상승 중입니다.”

“이유가 뭐야?”

“여러 가지가 있습니다만 가장 큰 것은 자존심과 욕심이겠지요.”

“응?”

“지난 시간 동안 카마인은 놀라울 정도로 발전했습니다. 덕분에 위정자들 뿐만 아니라 일반 국민들까지도 자신들이 카마인에 산다는 것에 자부심을 가지고 있지요. 하지만 계속 발목을 잡아끄는 포린트, 제국이 생긴 이래 계속 반목을 하는 크레티스에 대한 적대감은 계속 커지고 있습니다. 반대쪽도 마찬가지지요. 자신들의 영토를 빼앗긴 크레티스는 말할 것도 없고 포린트의 사람들 역시 카마인을 좋게 보지는 않지요. 두 나라 모두 카마인을 따라잡고야 말겠다는 강한 욕망을 가지고 있습니다. 하지만 그 과정을 정상적으로 하자면 쉽지가 않습니다. 이럴 경우 사람들은 가장 쉬운 방법을 택하게 됩니다. 나의 부를 채우고 상대의 부를 작게 만드는 방법을 말입니다.”

“전쟁이로군.”

“그렇습니다. 더구나 삼국 다 서로의 힘을 잘 알고 있습니다. 포린트나 크레티스는 연합을 생각하고 있을 겁니다.”

“만약 또 전쟁이 벌어진다면 예전처럼 ‘전쟁 만세!’를 외치는 사람들이 나올까?”

　　독토르의 질문에 테레사는 독토르의 PDA로 한 장의 사진을 전송했다. 커다란 광장에 모여 모자를 치켜들며 환호하는 남자들이 찍힌 낡은 흑백 사진을 본 독토르가 테레사를 쳐다보자 테레사가 설명했다.

　　"1차 대전이 개전하는 날, 전쟁을 선포하는 카이저의 연설에 환호하는 독일 시민들을 찍은 사진입니다. 대답이 되겠지요?"

　　"우리가 먼저 전쟁을 벌일 확률은?"

　　"현재 25%입니다. 카마인도 왈 강에 욕심이 있으니까요. 정확한 분위기를 파악하시려면 회의에 참석하시기 바랍니다. 아르고스가 보내주는 문서만으로는 감이 잘 안 잡히실 수 있습니다."

　　"휴우~ 그럼 또 의회에 참석해야 하는 것인가? 욕심쟁이들의 이전투구를 보면 짜증만 느는데 말이야."

　　"이번엔 꼭 참석하셔야 합니다. 개전 확률이 50%를 넘어가면 늦습니다."

　　"내가 할 일이 있냐? 전쟁 나면 '죽었소~' 하고 무기나 만들면 되지 않아?"

　　"선장님 밥그릇은 챙기셔야죠."

　　"밥그릇이라니?"

　　"전쟁이 벌어지면, 그것도 세 제국이 붙어 싸우는 상황이 된다면 지금의 모병제에서 징병제로 전환될 것입니다. 그러니까 가서서 밥그릇 챙기셔야죠."

　　"내가 챙길 밥그릇이 뭔데?"

　　"기껏 키운 자원들을 다 총알받이로 내모실 생각이십니까? 산업체에서 병역 대체를 시키거나, 아니면 군부의 기술 파트로 배치하게 만드셔야 합니다."

"여기서도 돈 없고 빽 없는 놈들만 총알받이가 되는 거냐?"

테레사의 말에 독토르는 예전의 기억이 떠올라 삐딱한 반응을 보였다. 그의 반응에도 불구하고 테레사는 계속 설명했다.

"2차 대전 직후 패전국인 독일과 일본의 경우를 보시기 바랍니다. 50년대 후반부터 독일의 공산품은 고급품으로 인정을 받았지만 일본은 석유 파동이 지나고 나서야 인지도가 상승하기 시작했습니다. 그 원인을 따져 보자면, 독일은 단순 노동 분야에서는 부녀자와 전쟁 포로들을 부역시켰습니다만 고급 기술자들은 철저히 보호하고 있었습니다. 군에서도 필요한 정비 인력을 해당 전공자들로 충원해 효율을 높임과 동시에 경험을 쌓게 만들었습니다. 하지만 일본의 경우 그렇지가 않았고, 특유의 '근성론' 으로 매진했습니다. 그 결과, 같은 공장에서 만든 같은 모델의 전투기가 모두 다른 크기를 지니고 있다는 놀랍다 못해 엽기적인 결과물까지 만들어내고 말입니다. 2차 대전이 끝나고 냉전이 시작되었을 때 독일은 미국이 제공한 무기를 자신들이 개조할 능력이 있었지만 일본은 그렇지 못했다는 점도 생각해 주시기 바랍니다."

"하지만 나라를 지키는 병역 의무를 피하게 만들긴 좀 그렇다."

"피하자는 것이 아닙니다. 최대한 보호하자는 것입니다. 저 또한 무조건적으로 전환하자는 것은 아닙니다. 일정 수준 이상의 기술 인력을 보호하자는 것입니다. 최소한 전선에서 싸우는 병사들에게 제대로 된 무기를 만들어 보내줄 인력은 남기자는 것이지요."

"고려해 보마. 하지만 내가 살던 나라에서 이 소리 했다간 밤길 조심해야 했을 거다."

"제가 주장한 것은 선장님 표현대로 환경 좋은 사람들만 빠지게 만들자는 것이 아닙니다. 오히려 이곳의 풍토대로라면 그런 사람들은 앞

장서서 나가야 할 것입니다. 나중에 매장되지 않으려면 말입니다. 좀 제대로 이해를 해주시기 바랍니다.”

“글쎄다~”

테레사가 말한 내용을 이해했지만 독토르의 자세는 여전히 삐딱했다.

한 달 뒤, 군부의 의견을 받아들여 열리게 된 비상의회에서 격론이 벌어진 끝에 ‘전시 한정’ 이란 조건이 붙은 채 ‘국민 징병에 관한 특별법’ 이 통과되었다.

그 뒤로 시간이 지날수록 개전 가능성은 점점 높아져만 갔다. 포린트와 카마인은 여러 분야에서 충돌을 벌이는 횟수가 증가하기 시작했다. 양국은 상대방 국가 상품들에 고율의 관세를 붙이기 시작했고, 국경을 통과하는 과정을 까다롭게 만들었다. 거기에 포린트는 서부 대륙에서 들어오는 물자들의 가격을 계속 올리기 시작했다.

“이거 우리가 직접 가면 안 되나?”

“왈 강이 크다고 하지만 거기를 통과할 수 있는 배로 바다까지 나가는 것은 무리입니다. 서부 대륙이 통통배 타고 갈 만한 앞바다 바위섬은 아니지 않습니까?”

“DB에 있는 사진 보면 양자강을 오르락내리락하는 미군 포함 사진 있잖아? 사진 보니까 좀 작은 배던데? 그런 배도 대양을 건너갔는데 무슨 문제가 있지?”

“화물은 생각 안 하십니까? 가뜩이나 포린트에서 항만세, 도강세 등을 잔뜩 올려놨는데 수지를 맞추려면, 아니, 이미 자력으로 간다는 것

자체가 수지를 생각할 상황은 아니군요.”

단가 문제를 호소하는 보고서를 읽은 독토르가 테레사에게 하소연을 한 것과 비슷한 고민을 중앙정부도 하고 있었다. 서부 대륙으로부터 들어오는 몇 가지 필수 원자재 가격이 급등하면서 생산 단가의 압박을 받은 카마인 제국의 상단들은 연일 정부를 압박하기 시작했다. 각 도시의 광장에서는 전쟁을 주장하는 선동가들이 나서서 고함을 쳐대고 있었다.

“우리가 무엇이 부족합니까! 전비를 조달할 돈이 없습니까, 무기가 없습니까! 왜 저 건방진 포린트와 크레티스를 그냥 놔두어야 합니까?!”
“와아아아!!”
광장 분수대에 올라서서 전쟁을 외치는 남자의 발언에 그 앞에 진치고 있던 덩치 좋은 남자들이 함성을 지르고 박수를 쳐댔다. 갑자기 벌어진 퍼포먼스에 걸음을 멈춘 사람들은 조금씩 그들의 주장에 귀를 기울이기 시작했다. 광장이 보이는 곳에 있는 영주관에서 그 광경을 보고 있던 독토르가 짧게 평가를 내렸다.
“저들 말대로 부족한 것이 없는데 왜 싸워야 하지?”
“기회가 부족한 것이겠지요.”
“응?”
“아가씨, 무슨 소리지요?”
“무슨 소리야?”
테레사의 대답에 같이 구경하던 독토르와 마가리타, 엘레판트가 동시에 고개를 돌리며 설명을 요구했다. 광장에서 벌어지는 소란에는 신경도 쓰지 않으며 차를 마시고 있던 테레사가 설명을 하기 시작했다.

"지난 내전 이후 제국은 안정화되어 있습니다. 다른 말로 풀어보자면, 그만큼 신분 상승의 기회가 줄었다는 소리지요. 상공업 분야에선 기라성 같은 신진들이 많이 나왔지만 다른 분야에선 그런 인물들이 거의 보이지 않았습니다. 특히 정치 분야에서는 거의 변화가 없었지요. 지난번 제게 있었던 일로 관료들이 몸살을 앓았지만, 그것도 이미 10년 전의 일입니다. 그쪽 분야에서 자신을 드러내고 싶은 이들에겐 지금의 위기 상황이 호재겠지요. 정상적인 상황에서 단계를 밟아 올라가는 데 들어가는 시간이 아까운 것이겠지요."

"과대 망상가들이로군."

테레사의 설명에 엘레판트 장군이 짧게 평가를 내리자, 테레사를 제외한 이들은 모두 고개를 끄덕였다. 하지만 테레사만은 고개를 가로저었다.

"하지만 그들은 자신들이 선이라고 믿으며 매우 강한 추진력을 보이죠. 사회의 모든 분야에서 상위의 소수로 올라서기에는 부단한 노력과 시간이 필요하기에 많은 이들이 다른 이들과의 경쟁보다 자신과의 투쟁에서 먼저 패배합니다. 그리고는 단순히 명령을 받는 자의 위치에 만족하지요. 그런 이들에게는 공통적으로 강한 분노가 잠재워져 있습니다. 저렇게 외치는 자들은 그 분노를 이용해 쉽게 자신들의 세를 불릴 수 있습니다. 알고 했든 우연히 그렇게 되었든지 간에 말입니다."

"그렇기 때문에 전쟁을 하자?"

"사회에 나가 가장 쉽게 자신의 위치를 인정받는 방법 중에 하나가 전공(戰功)이지요. 지금까지 기억되는 수많은 영웅 중에 전쟁과 관련이 없는 영웅이 몇 명이나 되지요?"

"만약에 전쟁이 안 벌어진다면?"

테레사의 분석에 엘레판트는 말없이 생각에 빠져들었다. 질문으로 끝난 테레사의 말에 독토르가 되물었다. 그의 물음에 테레사는 역시 짧게 되물었다.

"지금 상황에서 말입니까?"

"여러 상황에서."

"지금 상황에서 전쟁이 안 벌어진다면 혼란이겠지요. 혁명, 내란, 폭동 등으로 불리는 혼란 말입니다. 반대로 지금처럼 외부적 요인이 없다면 조금 시끄러운 놈들, 몽상가, 과격 성향의 사상가라고 불리거나, 아니면 불온 조직으로 몰려 치안국 대원들과 숨바꼭질을 하고 있겠지요."

"결론은 전쟁일까?"

"그것도 승전으로 끝나야 합니다. 그렇지 않으면 정권이 바뀔 겁니다. 작게는 현 황제 폐하의 퇴위 및 공작들이 물러나는 것에서 크게는 국가 체제 자체가 바뀔 수도 있습니다."

"헉!"

테레사의 짧은 결론에 방안에 있던 모든 이들의 얼굴이 하얗게 질렸다. 그런 사람들의 반응에도 불구하고 테레사는 설명을 이었다.

"사람들은 자기가 보고 싶은 것만을 보려 하고, 그것을 가지고 평가를 내리기를 원합니다. 지금 제국민들은 모두 제국이 최강이라는 것을 압니다. 하지만 다른 두 제국과 동시에 전쟁을 벌일 여력은 없다는 사실은 모릅니다. 아니, 알려 하지 않습니다. 이 상태에서 전쟁이 벌어져 패배한다면 국민들은 능력이 부족해서 진 것이 아니라 전쟁을 지휘한 이들이 무능하다고 생각하며 모든 책임을 정권에게 돌릴 것입니다."

설명을 마친 테레사는 아무 일도 없었다는 듯이 차를 마시며 서류를 보기 시작했고, 다른 이들은 잔뜩 굳은 얼굴로 아무 말도 않고 생각에 빠져들었다. 잠시 생각을 하던 엘레판트가 자리에서 일어났다.

"내가 여기서 이러고 놀고 있을 때가 아니군. 이럴 때가 아니야."

그날 밤, 모두가 잠자리에 든 상황에서 패스파인더 호로 들어선 독토르는 테레사와 대화를 나누었다.

"내가, 아니, 우리가 무슨 실수를 한 것일까? 지구의 역사를 반면교사로 삼아 지금까지 최대한 노력해 왔는데, 무엇을 잘못한 것일까?"

"우리가, 아니, 선장님이 잘못하신 것은 없습니다. 가장 큰 원인은 '더' 때문이라고 말할 수 있습니다."

"더?"

"그렇습니다. '더', 'more' 말입니다. 조금 '더' 빨리, 조금 '더' 쉽게 남보다 부자가 되고 싶고, 조금 '더' 빨리, 조금 '더' 쉽게 힘을 갖고자 합니다. 그것이 긍정적으로 쓰이면 발전의 원동력이 되지만 부정적으로 쓰이면 모든 악행과 타락의 근본이 되지요."

"쯧."

테레사의 차가운 지적에 독토르는 딱히 반론을 찾지 못하고 혀만 찼다. 답답한 마음에 함교를 오가던 독토르는 혼잣말을 했다.

"왜 사람들은 조금만 더 기다리고 조금만 더 참을 줄을 모를까?"

"사람들이 기다릴 줄 알았다면 강태공이 그리 유명한 인사가 되지 않았겠지요."

"휴우~ 모르겠다. 이럴 때는 그저 '내 자리만 지킬 뿐'이란 말이 정답이겠지. 쉬어라."

"쉬십시오."

[재기동 17,100일. 전쟁 발발 가능성 75%.]

　그렇게 안팎으로 긴장이 높아져 가는 가운데 카마인 제국의 정보부는 포린트와 크레티스의 움직임에 모든 촉각을 세워 감시하고 있었다. 반대로 포린트와 크레티스에서는 자신들의 움직임을 알아내려는 카마인의 눈과 귀를 제거하기 위해 힘을 쏟았고, 대륙 여기저기의 어두운 부분에서는 소리없는 싸움과 죽음이 일상이 되어가고 있었다. 그런 보이지 않는 전투 가운데 카마인의 정보부가 수확을 얻었다.
　"무슨 일로 저를 여기까지 부르신 것입니까?"
　"자네가 봐야 할 것이 있네."
　갑작스런 호출로 영지에서 황궁까지 오게 된 독토르는 오자마자 황궁 연병장으로 자리를 옮겨야 했다. 이미 먼저 와 있는 황제와 황태자, 공작들에게 인사를 하고 호출을 한 이유를 묻는 독토르에게 노이만 공작이 손가락으로 한쪽에 있는 마차를 가리켰다.
　"저 마차가 무슨 문제입니까?"
　"……."
　"농담입니다."
　"참 재미있는 농담이군."
　싸늘한 공작의 반응에 독토르가 난처한 미소를 짓는 동안 마차에서 짐을 내린 병사들이 황제와 공작들이 서 있는 곳으로 상자를 가져와 죽 늘어놓았다.
　"열어보게."
　"알겠습니다!"

황제의 명령에 상자 옆에 서 있던 근위병이 대검을 뽑아 상자의 봉인을 뜯었다. 상자가 열리자 안에는 잡다한 생필품들이 가득 들어 있었다.

"물건들을 꺼내봐라."

"예!"

다른 근위병들까지 달려와 상자 안의 물건들을 꺼내기 시작했다. 상자가 바닥을 보이자 근위병들은 뒤로 물러섰다. 다인 공작이 젊은 티거 공작을 돌아보았다.

"상자의 크기에 비해 너무 적지?"

"그렇군요. 봉인에 비해 물건들도 그리 비싸 보이지 않고 말입니다. 제가 잠깐 살펴보지요."

티거 공작은 상자 앞에 서서 수인을 맺으며 주문을 외웠다. 마법을 시전하고 잠시 결과를 보던 티거 공작이 근위병들에게 명령을 내렸다.

"바닥을 따라."

"알겠습니다."

근위병들이 대검으로 바닥 판과 상자 벽의 연결부를 찔렀다. 잠시 후, 바닥 판이 뜯어져 나가고 숨겨졌던 비밀의 공간이 모습을 드러냈다. 두 명의 근위병이 상자를 기울여 내부를 모여든 사람들에게 보여주었다. 그 안에는 싸늘하게 빛을 내는 총신을 가진 소총들이 잘 고정되어 있었다.

"꺼내라."

황제의 명에 근위병들이 상자 안에서 한 자루의 소총을 꺼내서 황제 앞으로 걸어왔다. 황제는 독토르에게 명령을 내렸다.

"자작, 한번 살펴보게."

"알겠습니다, 폐하."

독토르는 근위병에게서 소총을 받아 들고는 소총을 살피기 시작했다. 한참을 살피던 독토르가 황제를 돌아보았다.

"탄약을 볼 수 있겠습니까?"

독토르의 요청에 황제는 근위병들에게 명령을 내렸다.

"찾아라."

"알겠습니다!"

근위병들은 마차에서 내린 모든 상자들을 다 뒤집어엎기 시작했다. 세 개의 상자를 빼고는 다 이중으로 처리한 위장 상자였고, 그 안에는 소총이 들어 있었다. 스무 개의 상자에서 세 개를 뺀 열일곱 개의 위장 상자를 다 뒤지던 중에 열여섯 번째 상자부터 탄약으로 보이는 물건이 나오기 시작했다.

근위병의 옆에서 상황을 보던 독토르는 그 물건들을 집어 들었다. 몸통의 약 1/4이 구리로 되어 있고, 나머지는 기름을 먹인 두꺼운 황지로 포장된 물건을 살피던 독토르는 종이로 된 부분을 힘주어 부러뜨렸다.

빠직.

찢어지는 소리와 함께 부러진 원통의 틈을 타고 검은색의 가루가 바닥으로 떨어졌다. 바닥에 쭈그리고 앉은 독토르는 내용물이 담긴 종이의 냄새를 맡아보고 종이를 풀어 내용을 살폈다. 잠시 살피던 독토르는 몸을 일으켜 황제에게로 돌아왔다.

"누가 만든 겁니까?"

독토르의 질문에 노이만 공작이 대신 대답했다.

"포린트. 행선지는 크레티스."

"맙소사!"

"그러니까 포린트의 소총도 후장식이란 말이지?"

"그렇습니다. 장전 방식은 우리와 다릅니다만 후장식이 맞습니다."

황제가 배석한 자리에서 독토르는 설명을 하기 시작했다. 황제가 경청하는 가운데 독토르와 공작들의 대화가 이어졌다.

"자세히 살피지는 않았습니다만 구경과 크기는 우리 패스파인더 1식 소총과 유사합니다."

"그럼 저 희한한 종이 뭉치가 탄약이고?"

"맞습니다. 뇌관이 들어 있는 구리 판에 화약과 탄환이 들어 있는 종이 패키지를 접합한 것입니다."

"종이 패키지라면 우리 제국에서 민간용으로 판매하는 그 엽총과 같은 것인가?"

"같은 방식입니다. 단지 다른 점이라면 뇌관이 사용되었다는 것이지요. 좀 더 설명드리자면 이 탄환은 프레스 기술이 없는 포린트의 잔머리가 100% 발휘된 것이라고 볼 수 있습니다. 간단한 주물로 뇌관이 자리 잡을 바닥을 만들고 나머지는 종이로 처리한 것입니다."

"왜 전체를 주물로 만들지 않은 것이오?"

"여러 문제가 있습니다만 가장 큰 문제는 내부 기포입니다. 겉으로는 아무 이상이 없어 보이더라도 내부에 기포가 있다면 총 자체가 날아갈 수 있습니다."

"흐음……."

독토르의 설명을 들으며 사람들은 생각에 빠져들었다. 그런 가운데 젊은 티거 공작이 독토르에게 질문했다.

"자작, 자작이 생각하기에 포린트에서 머신 라이플과 같은 무기까지 만들었을 것이라 생각하오?"

"가능합니다."

"저런 종이 껍데기의 약한 탄을 가지고?"

"물론 탄띠 방식은 무리입니다. 하지만 탄띠가 아니더라도 머신 라이플에 탄을 공급하는 방법은 많습니다. 예를 들어, 머신 라이플의 몸체 윗부분에 수직 레일을 설치한 다음, 그 레일을 타고 탄환이 공급되게 만들 수도 있습니다."

"점점 꼬여만 가는군."

독토르의 설명에 티거 공작은 작게 중얼거리며 의자에 몸을 기대었다. 다른 이들 역시 잔뜩 찡그린 얼굴로 혼자만의 생각에 빠져들었다. 그런 가운데 율리안이 입을 열었다.

"자작의 생각에 우리 군에 지금 배치되기 시작한 각종 2식 병기들이 저것에 우위를 가질 수 있다고 생각하오?"

"무기 자체로는 우세를 점할 수 있다고 생각합니다만, 문제는 그것을 어떻게 사용하느냐가 문제이지요."

"생산량을 얼마나 더 늘릴 수 있소?"

"지금의 생산 방식을 조금 더 고치고 생산에 투입되는 인력을 조금 더 늘린다면 1년 안에 모든 1식 병기를 교체할 수 있습니다."

"알았소. 예산을 준비하도록 해보지. 해당 부서에 이야기해서 포린트, 크레티스와의 전쟁을 예상한 대책을 수립해 놓으라고 하시오."

"알겠습니다, 폐하."

황제의 그 말로 전쟁은 한발 더 가까이 다가왔다. 황제가 회의실에서 나간 후에도 공작들은 자리에서 일어서려는 독토르를 붙잡고 앉아 회의를 계속해 갔다.

"자작, 지난번에 엘레판트 장군을 통해서 들은 이야기에 대해서 말인데 말이오."

"예."

"그럴 것이라고 보오?"

"가능성은 높습니다."

독토르의 대답에 공작들은 문제아들에 대한 처리 방안을 이야기하기 시작했다.

"그럼 이놈들을 잡아 처넣어야 하나?"

"그렇게 되면 그놈들만 영웅으로 만들어줄 것입니다. 차라리 진짜 판이 벌어졌을 때 싸그리 끌어다 전선으로 보내 버리는 것이 낫지 않겠습니까?"

"그것도 괜찮겠네?"

"나이가 많다고 개기면?"

"몇 대 패고 보내지요. 뭐, 겉으로는 자원 입대가 되겠습니다만."

'확실히 여기는 민주국가가 아니군.'

공작들의 대화를 들으며 독토르는 쓴웃음을 지었다.

패스파인더 영지로 돌아온 독토르는 본격적인 전시 생산 체제로 들어갔다. 세 군데의 산업 도시와 제국 여러 곳에 만들어진 직할 산업 단지에선 본격적으로 각종 무기들을 생산해 내기 시작했다. 한가롭던 비행선 조선소도 군부에서 요구한 초대형 비행선의 건조를 위해 바쁘게 돌아가기 시작했다. 한편, 다른 상단들도 정부의 발주를 받아 바쁘게 움직이기 시작했다. 군에 수송용 차량을 공급하던 상단들은 갑자기 늘어난 주문량에 연일 밤을 새우며 물건을 만들어내기 시작했고, 비행기 제작 업체도 군의 요구에 따라 각종 비행기의 개념 연구와 제작, 복장과 장비에 대한 연구에 들어가기 시작했다. 재원의 조달을 위해 귀족과 부유층은 반강제적으로 정부 채권을 구입해야만 했고, 일반 백성들도 점점 전쟁이 가까이 오고 있음을 피부로 느끼기 시작했다.

[재기동 17,500일. 전쟁 발발 확률 89.95%.]

안으로 그렇게 전쟁을 준비하면서 카마인은 외교적으로도 바쁘게 움직이기 시작했다. 우선 포린트와 크레티스 사이의 유일한 교통로인 남부의 국가들을 상대로 활발한 외교전을 펼치기 시작했다. 또한 남부 국경 검문을 강화하기 시작함과 동시에 제국 유일의 해군인 남부 대양 함대 역시 해상 검문을 강화하기 시작했다. 2식과 자리를 바꾸기 시작한 상당수의 패스파인더 1식 소총과 머신 라이플이 원가에도 못 미치는 싼 가격으로 남부 국가들에게 공급되기 시작했고, 카마인 제국 정부는 각종 공작 기계와 생산 시설, 핵심 부품 등의 포린트 수출을 금지하기 시작했다. 나름대로 산업화의 기반을 닦았지만 아직 핵심 시설의 상당 부분을 카마인에 의지하고 있었던 포린트의 경제는 조금씩 흔들리기 시작했다.

[재기동 18,002일. 전쟁 발발 확률 93%. 선체 재정비 작업에 들어감. 무장 및 장갑의 보수 개시. 그동안 소모된 레일건의 포탄과 동일한 규격의 탄 발주 개시. 소재와 가공법의 차이로 오리지널 탄에 비해 약

45%의 파괴력을 보일 것으로 계산.]

　그러는 동안 패스파인더 영지의 산업체들은 근 2년 전부터 늘어나기 시작한 물자 생산과 더불어 테레사가 주도하는 설계 변경과 공정 변경으로 몸살을 앓고 있었다. 열심히 일하던 숙련공들을 뒤로 빼고 여성과 비숙련공으로 동일 물품을 생산한 다음 불량률과 생산률을 검토하고, 다시 공정과 설계를 변경하는 패스파인더 상단을 보면서 다른 상단들은 '사상 최대의 삽질'이라며 비웃거나 그 효용을 의심하고 있었다. 하지만 테레사는 흔들림없이 일을 추진해 가고 있었다.

　"나중에 혼란에 빠지기보다 지금 이렇게 하면서 미리 대비를 하는 것이 낫습니다."

　"그래도 말이 많잖아. 너무나 잦은 설계 변경과 공정 변경에 우리 영지의 드워프들도 너무하는 것 아니냐는 말이 나오고 있어."

　"선장님도 근대 이후의 전투는 총력전이라는 사실을 아시지 않습니까?"

　"그래도……."

　독토르 역시 제대로 이해를 못하는 표정을 짓자 테레사는 한숨을 쉬었다.

　"총기의 성능이 제 궤도에 올랐다고 말해지는 19세기말, 그러니까 현재 여기와 비슷한 상황이 되었을 때부터 전쟁은 군인만이 하는 일이 아니게 된 것입니다. 선장님이 교과서에서 수험 대비로 암기만 하셨을지 모르는 '총력전'은 말 그대로 총력전입니다. 예전처럼 군인만이 전쟁의 책임을 지는 일이 아니라는 것이지요. 전쟁터에서 군인이 죽을 때는 총알 한 발로 죽을지 몰라도 그 한 발을 맞추기 위해 쏘아댄 총탄은 적게 잡아 몇천 배입니다. 그런데 그 총알을 만들어내는 곳은 후방이고, 그 무기들을 제때에 이상 없이 전달해 주는 것도 후방입니다. 예전 전투처럼 부대에 배속된 대장간이나 점령지 마을 대장간에서 대충 만들어 공급한 칼, 창, 화살과는 규모부터가 다르지요. 아마 이런 전쟁을 처음 겪는 이곳의 각국 군대 병참 담당자들은 갑자기 폭증하는 소모량과 그것을 공급하기 위한 방법을 찾느라 비명을 지를 것입니다. 생산자들도 마찬가지고 말입니다. 전쟁터의 병사들이 제대로 싸울 수 있게 하기 위한 후방의 톱니바퀴가 한 번이라도 삐끗하는 순간 패전입니다. 선장님과 제가 만든 이곳이 단순한 약탈의 대상이 되는 것을 막기 위해서라도 미리 제대로 된 데이터들을 확보해야 하는 것입니다."

"드디어 전쟁터의 낭만은 사라지는 것일까?"

"낭만은 소설 속에나 있는 것이지요. 선장님도 지난 크레티스와의 전쟁에서 겪어보지 않으셨습니까?"

[재기동 18,194일. 선장님께 그나마 하지 못했던 말. 선장님, 이제부터 벌어질 전쟁은 예전처럼 공터에 모여 한바탕 칼질이나 하고 성문 옆의 문패 바꿔 다는 전쟁이 아닙니다. 양측은 서로의 전력을 꺾기 위해 상대방의 후방을 파괴시키려 할 것입니다. 전쟁이 민간인들의 지옥으로 변하는 시기가 온 것입니다.

추신 : 선장님이 사시던 시대의 모국은 분단 국가로서 상당히 위험한 곳이었다는데 왜 저리도 모르실까?]

32

점화

점화

　카마인과 포린트, 크레티스 사이의 긴장은 점점 높아져 가고 있었다. 카마인의 금수 조치로 피해를 입기 시작한 포린트의 강한 항의에도 카마인은 금수 정책을 밀고 나갔고, 크레티스와의 국경 쪽에서도 중, 소규모 분쟁이 벌어졌다는 보고가 잦아지기 시작했다. 세 나라 모두 온건 정책을 말하는 목소리가 소수 있었지만, 해묵은 앙금과 자존심의 문제로 예외없이 묵살당해야 했다. 세 나라가 그렇게 으르렁거리며 분위기가 악화되어 가자 주변국들은 어디와 줄을 맺는 것이 자국에 유리할 것인지 계산을 하면서 눈치를 보기 시작했다.

　"아르고스의 보고입니다."
　보름 가까운 시간 동안 황도에서 시달리고 돌아온 독토르는 자신을 보자마자 보고서를 내미는 테레사를 보고는 한숨을 푹 내쉬었다. 서류를 읽던 독토르는 눈을 커다랗게 뜨며 테레사를 쳐다봤다.

"이거 언제 들어온 거냐?"

"선장님 도착하시기 1시간 43분 20초 전에 들어온 것입니다. 마지막 것은 10분 전에 들어왔습니다."

"처리는?"

"마지막 것을 제외하곤 정보부에 있는 눈에게 흘렸습니다. 문제는 그것이 위로 올라갔다가 다시 밑에까지 내려오는 데 2일 정도 걸릴 것으로 예상이 된다는 것입니다."

테레사의 보고에 독토르는 의자에 몸을 깊게 실으며 한숨을 쉬었다. 의자에 앉아 서류를 다시 살피던 독토르는 테레사를 쳐다봤다.

"결론은 당한다는 것인가?"

"아닙니다. 정확하게 말해 전쟁의 개시를 알리는 나팔을 분 것뿐입니다. 예전의 전쟁 상황은 아니니까요."

"이 여자, 그때 잡았어야 했던 것일까?"

"아닙니다. 오히려 이렇게 나간다면 감사장이라도 줘야겠지요. 이렇게 충분히 모아주었으니 말입니다."

테레사의 비웃는 것이 뚜렷한 평가를 들으며 독토르는 보고서에 적힌 이름에 초점을 맞추었다. 에리나 위쿤. 위쿤 후작가의 2녀로서 지난 '테레사 납치 사건'을 꾸몄던 여인이다. 납치 사건이 실패로 돌아간 후 깊이 잠적했던 그녀가 다시금 수면 위로 모습을 나타낸 것이다. 보고서는 그녀가 조직한 무장 단체를 드디어 찾아냈고, 그곳에 포린트의 장교로 보이는 복장의 남자도 같이 있다는 내용이 첨언되어 있었다. 다른 지역과의 연락을 담당하는 이들에 대한 보고서와 그에 대한 처리를 적은 테레사의 보고서, 추적을 인계받은 눈들이 보내온 다른 지역

무장 단체의 규모와 조직에 관한 보고서들이 죽 이어진 가운데 독토르를 기겁하게 만든 것은 마지막 장이었다. 텔레라이터를 통한 정상적인 보고서와 달리 마지막 장은 전서구용의 작은 메모지에 짧은 메모만이 적혀 있었다.

[3월 24일.]

"이 3월 24일을 개전 일로 봐도 되겠지?"

"그렇습니다."

테레사의 대답을 들으며 독토르는 지도를 살폈다. 지도에 그려진 포린트와의 국경선을 죽 훑으며 독토르는 입을 열었다.

"어디로 들어올까?"

"마겐 주교입니다. 국경에서도 가깝고 다리의 크기도 커서 대규모의 군이 이동하기에 좋습니다."

"이럴 때 위성이 있었다면……."

"마지막 위성의 수명이 다한 것이 5년 3개월 23일 전이었으니까요."

"아쉬워."

독토르는 아쉬움을 지우지 못하고 혀를 차며 지도를 바라봤다.

"패스파인더 호의 이동을 준비하겠습니다. 지금 곧 황도로 가서야 할 것 같습니다. 시국이 시국이니 말입니다. 마가리타 공주님과 자제 분들도 같이 가실 준비를 하도록 하겠습니다."

"아니, 황도에서 바로 돌아올 거야. 명색이 영지의 영주란 놈이 혼자 살자고 보따리 싸 들고 가는 모습처럼 보일 필요는 없잖아?"

"하지만 공주님과 자제 분들의 가치를 따지자면……."

"그렇기 때문에 더욱 여기서 버텨야 하는 것이야. 그리고 여기서 황도까지는 엎어지면 코 닿을 거리. 여기가 무너지면 황도도 안전하지 못해. 나와 가족의 안전만을 따지다니 테레사도 실수를 할 때가 있군.”

“실수가 아닙니다. 제가 보호할 최우선 순위는 선장님입니다. 공주님이 같이 계시면 선장님의 안전이 더욱 위험하다는 판단을 한 것뿐입니다.”

“무섭군.”

단호한 테레사의 대답에 독토르는 다시금 테레사를 바라봤다.

3월 22일.

‘의문의 무장 단체 발견. 난생처음 보는 군복의 군인들도 다수 있음’ 이라는 첩보에 카마인 제국 정보부는 발칵 뒤집혔고, 이미 퇴근한 모든 관료들이 비상 소집되었다. 뒤를 이어 제국 여러 곳에서 비슷한 무장 조직의 움직임이 확인되었다는 소리에 군을 대표로 모든 관료들은 이리 뛰고 저리 뛰며 초비상 사태에 빠져들었다.

3월 23일.

“폐하, 현재까지 여섯 군데에서 무장 조직을 확인했으며 다섯 개의 조직을 제압했습니다!”

정보부장과 치안대 장관의 연명 보고에도 불구하고 황제의 표정은 별로 좋아지지 않았다.

“수고했소. 하지만 지금 짐이 궁금한 것은 어째서 그전에 발견하지 못했다는 것이오!”

“송구하옵니다, 폐하.”

“우리 솔직히 이야기해 봅시다. 문외한인 내가 보기에도 이번 일은 여러분이 잘 해서 얻은 결과가 아니오. 이들이 일을 벌이기 위해 움직임을 크게 하다 보니 눈에 들어온 것일 따름이잖소?"

"…송구하옵니다, 폐하."

황제의 질책에 두 장관은 고개를 들지 못하고 있었다. 황제는 뭐라 말을 더 하려 하다가 손을 내저었다.

"됐소. 어쨌든 저들이 일을 벌이기 전에 진압했으니 그것 하나는 다행이라고 봅시다. 하지만 두 번 다시 이런 일이 없도록 하시오."

"명심하겠습니다, 폐하!"

"가서 다시 한 번 모든 체계를 정비하시오. 아직 발견되지 않은 조직이 있을지 모르오. 특히 제일 처음 발견되었지만 아직도 잡히지 않은 조직을 반드시 찾아내시오! 그들이 국경에서 가장 가깝소!"

"알겠습니다, 폐하!"

두 장관은 대답을 하고는 급히 밖으로 달려나갔다. 그들의 모습을 본 황제는 길게 한숨을 쉬었다. 황제는 테이블 위에 펼쳐진 지도를 열심히 살피고 있는 공작들과 몰트케를 쳐다봤다.

"발견된 곳이 모두 여섯 곳. 무슨 특징이 있소?"

"모두 철도와 도로의 축이 있는 곳입니다. 이놈들, 우리의 발을 묶으려 했습니다."

티거 공작의 대답에 황제 역시 테이블로 다가가 지도를 살폈다. 지도를 살피던 황제는 혀를 찼다.

"동쪽과 서쪽 모두에 골고루 퍼져 있군. 이래서야 어느 놈이 치려고 하는지 알 수가 없지 않나?"

"두 놈이 다 덤벼들 것으로 보는 것이 빠르겠지요. 두 놈 다 틈만 보이면 덤벼들 놈이고, 전쟁이 벌어진다면 절호의 기회 아니겠습니까?"

　노이만 공작의 말에 황제는 고개를 끄덕였다. 지도를 살피던 황제는 전령에게 명령을 내리는 몰트케 후작에게 상황을 물었다.

　"군의 상황은 어떠하오?"

　"현재 모든 부대에 비상령을 내렸습니다. 영내에 대기 중이던 병사들은 무장을 갖추고 배치가 이뤄지고 있으며, 외출과 휴가를 나갔던 병사들의 귀대도 계속 이어지고 있습니다. 이미 철도 관리 권한이 군에 이전되었고, 군수품의 수송과 귀환병의 수송에 최우선권을 부여했습니다."

　"모든 군의 배치가 완료되기까지 얼마나 남았소?"

　"앞으로 이틀입니다."

　"젠장! 예비역들의 재소집은 어떠하오?"

　"이미 각 지역 별로 공문이 나갔습니다. 내일 오전부터 재소집이 이뤄집니다."

　쾅!

　"늦어! 늦어!"

　몰트케의 대답을 들은 황제는 테이블을 내려치며 분통을 터뜨렸다. 옆에 있던 율리안이 다급히 황제를 말렸다.

　"폐하, 고정하십시오."

　"망할! 전쟁이란 것은 끌려가면 안 되는 것이야! 우리가 원하는 시기, 우리가 원하는 장소로 적을 끌고 와야지, 우리가 끌려가면 안 되는 것이야!"

　"압니다, 폐하. 하지만 더욱 중요한 것은 평정을 잃지 않는 것입니다. 폐하가 흔들리시면 안 됩니다."

　"후우~"

율리안의 말에 황제는 심호흡을 하면서 흥분을 가라앉혔다. 황제의 흥분이 가라앉을 무렵 노이만 공작과 다인 공작이 들어왔다.

"의회와 행정부는 어떠하오?"

"황도에 남아 있던 의원들이 모두 의회에 도착했습니다. 영지와 지역구에 돌아갔던 귀족들과 의원들도 지금 돌아오고 있는 중이랍니다."

"행정부의 모든 관리들도 모두 제자리에 있습니다. 모든 통신망도 이상이 없습니다."

"후우~"

두 공작의 대답에 황제는 한숨을 쉬고는 자리에 앉았다. 심력을 잔뜩 소모한 황제가 초췌한 표정으로 휴식을 취하자 다인 공작이 시종에게 명령을 내렸다.

"가서 가벼운 먹을 거리와 덮을 것을 가져오게."

"알겠습니다."

3월 24일.

회의실에서 밤을 보낸 황제와 공작들이 억지로 아침을 먹을 무렵, 회의실로 마법사가 달려들어 왔다.

"무슨 일인가?"

"포린트에서 비상 통신입니다! 발신자는 포린트의 황제입니다!"

"가져오게."

회의실에 있던 모든 이들이 '올 것이 왔다' 라는 표정을 지음과 동시에 오히려 차분해진 황제는 담담히 명령을 내렸다.

"통신기를 가져오게."

“예, 폐하.”

잠시 후, 회의실에는 고풍스런 통신용 수정구와 마법 장치들이 설치
되었다. 마법사가 장치를 작동시키자 빛나는 수정구 위로 포린트 황제
의 작은 영상이 떠올랐다.
“…….”
“…….”
통신 마법은 아무 이상 없이 돌아가고 있었지만 두 황제는 말없이
서로를 노려보고 있었다. 자존심 문제로 서로 상대가 먼저 말하기를
기다리는 동안 포린트의 황제 뒤에 서 있던 신하 하나가 포린트 황제
의 귀에 대고 속삭였다. 신하의 말을 들은 포린트의 황제가 먼저 입을
열었다.
“안녕하시오?”
“안녕 못 하오. 어떤 나라에서 몰래 들어온 쥐새끼들 덕분에 말이
오.”
카마인 제국 황제의 비아냥거림에도 불구하고 포린트 제국 황제는
미소를 지었다.
“훗, 그거야 지키는 고양이가 밥값을 못하는 것이겠지요.”
“무슨 일이오?!”
카마인의 황제가 역정을 부리자 포린트의 황제는 더욱 짙은 미소를
지으며 입을 열었다.
“거기 지금 몇 시지요?”
“몇 시나?”
“아침 여덟시입니다.”

뒤에 서 있던 시종이 카마인 황제의 물음에 서둘러 대답하자 카마인의 황제는 포린트의 황제에게 손짓을 했다.

"들었소? 우리에게 시간을 묻다니 거기 시계는 영 품질이 안 좋나보구려. 하기야 '포린트에서 만들어진 시계를 믿느니 해시계를 쓰겠다'라는 말이 돌 지경이니. 시계 하나 제대로 못 만드는 나라라니……. 아, 시차 계산을 해야 한다는 것을 모르지는 않지요?"

"소 한 마리 팔아야 사는 시계보단 낫다고 생각하오! 그리고 시차 계산을 못하는 것은 어디의 누구 아니오?"

한 방 먹은 포린트의 황제가 발끈해서 소리쳤다. 뒤에 있던 신하가 또다시 나섰고, 다시 흥분을 가라앉힌 포린트의 황제는 본론을 꺼내기 시작했다.

"지금부터 한 시간 뒤 본 제국은 귀국의 오만함을 징치할 것이오. 오만함으로 똘똘 뭉친 귀국을 징벌함으로써 대륙의 질서를 바로 세우고 폭정에 억압받는……."

"잠깐, 잠깐. 지금 우리와 싸우자고 하는 것이오?"

포린트 황제의 말을 끊고 카마인의 황제가 짧게 되물었다. 포린트의 황제 역시 짧게 대답했다.

"그렇소."

"옛말에 꼬리 만 개일수록 요란하게 짖어댄다고 했소. 뒤가 구린 놈일수록 정의를 외치지. 폴리스에서 봅시다."

"바이스란트에서 보도록 하지요."

통신 마법이 끊기고, 카마인의 황제는 회의실에 모인 이들에게 선언했다.

"나, 카마인의 황제 율리우스 그락쿠스 카마인은 이제부터 포린트와의 전쟁이 시작되었음을 알리오!"

"승전보를 바치겠습니다!"

"의회에 알리시오!"

"예, 폐하!"

카마인 황도 시각 3월 24일, 아침 8시 30분.

의회에 모여 있던 의원들과 귀족들은 만장일치로 개전에 찬성했다. 훗날 사가들의 평에 의하면 '예의와 품격이란 하나도 없는 극악의 선전포고' 라는 두 황제의 대화가 끝난 이후 '대륙전쟁' 이 시작되었다.

카마인 서부 시각 3월 24일, 새벽 6시.

비상 경보를 받은 카마인의 병사들은 서둘러 임시 축성된 진지에서 아침을 맞고 있었다. 얼마 전부터 표면으로 떠오르기 시작한 카마인과 포린트 간의 긴장 상황으로 인한 잦은 비상 출동으로 인해 많은 병사들은 약간씩 긴장이 풀어지고 있었다.

"역시 밤이슬은 몸에 안 좋아."

"내일은 또 어디로 가서 땅을 파고 들어앉는지 아냐?"

"낸들 알아? 밭에서 삽질하기 싫어서 군대 왔는데 또 삽질만 하는구나~ 아, 내 신세, 처량하다~"

이슬을 맞아 축축해진 땅에서 밤을 새운 병사 하나가 목을 좌우로 흔들며 불평을 터뜨렸다. 다른 병사들도 마찬가지의 표정을 지으며 몸을 풀거나 옷에 묻은 흙을 떨어내고 있었다. 그런 병사들을 뒤로하고 임시 지휘소에서 본부와 통화를 하던 대위의 얼굴이 하얗게 질리기 시작했다.

"알겠습니다!"

급히 군용 통신기를 내려놓은 대위는 의자에 앉아 꾸벅꾸벅 졸던 상사의 정강이를 걷어찼다.

픽!

"악! 무, 무슨 일입니까?"

"전쟁이다! 애들한테 탄약 나눠 줘!"

"예?"

정강이를 채인 아픔에 눈물을 찔끔거리던 상사는 눈물을 닦을 생각도 하지 못하고 기겁하더니 곧장 밖으로 튀어나갔다.

"빨리빨리 전달해!"

"자기 것만 챙기지 말고 옆으로 전달하란 말이다!"

참호 속의 병사들은 미친 듯이 움직였다. 사고를 방지하기 위해 빈 총으로 있던 병사들은 한쪽에 놔두었던 탄약 상자의 뚜껑을 뜯어내고는 탄환 클립이 담긴 주머니를 서둘러 옆으로 전달하고 자기 총에 탄환을 장전하느라 부산을 떨었다. 머신 라이플을 담당한 병사들은 머신 라이플에 탄띠를 끼웠고, 사격조장은 망원경으로 포린트 쪽을 감시하기 시작했다. 망원경으로 포린트를 감시하던 이들의 눈에 위장막이 걷히면서 이쪽을 향하는 포린트 군의 나이먼 경야포가 들어왔다.

"포격이다! 엎드려!"

카마인 서부 시각 아침 6시 반, 마겐 주교.

주교의 양쪽 입구에 만들어진 임시 검문소를 향해 움직이는 일단의 남자들이 있었다. 검문소에는 양쪽 다 합쳐서 열두 명의 치안대원이 검문을 벌이고 있었다. 도시로 들어오는 우마차와 트럭, 사람들은 열을 지어 검문을 기다리고 있었다. 전날에 비해 더욱 까다로워진 검문에 사람들은 작게 짜증을 부리기 시작했다.

"무슨 일이래?"

"낸들 아우?"

"어제부터 소란스럽던데……."

사람들은 자신들의 차례를 기다리면서 잡담을 나누고 있었다. 하지만 검문을 하는 치안대원들의 얼굴은 전에 없이 굳어서 묵묵히 검문 작업을 하고 있었다.

마겐 시로 들어가기 위해 주교 위에 서 있던 사람들 가운데 한 명이 다리 아래를 가리켰다.

"이봐, 거기! 그렇게 몰래 가면 안 돼!"

"뭐야? 이봐, 거기?"

"저 사람들, 총을 가졌어!"

사람들의 외침에 검문을 하던 치안대원들이 검문을 멈추고 다리 아래를 쳐다봤다. 그곳에는 일단의 남자들이 총을 들고 치안대원들을 겨누고 있었다.

"적이다! 비상!"

탕! 타탕! 탕!

"아악!"

"꺅!"

"우아악!"

"피해!"

다리 아래의 사람들을 발견한 치안대원은 큰 소리로 외치고는 메고 있던 총을 겨눴다. 하지만 그보다 빨리 다리 아래에 있던 남자들이 총을 쐈고, 불운한 치안대원을 비롯해 다리 위에서 몸을 내밀어 구경하던 사람들이 총에 맞아 쓰러지거나 다리 밖으로 떨어지기 시작했다.

난데없는 총격전에 다리 위와 입구에 서 있던 사람들은 비명을 지르며 이리저리 흩어지기 시작했다. 반격을 하려던 치안대는 그 혼란 속에 제대로 사격을 할 수가 없었고, 다리를 공격하던 이들은 일부러 민간인들을 쏘면서 혼란을 가중시켰다.

"탕! 탕! 타탕!

찡! 핑! 퍽!

"아악!"

계속되는 총격전 속에서 다리 입구의 돌기둥을 엄폐물로 삼아 사격하던 검문소 소초장은 주변을 돌아봤다. 곳곳에서 치안대원들과 민간인들이 피를 흘리며 쓰러지고 있었다. 몇몇 치안대원은 그렇게 쓰러진 동료나 민간인의 시체를 엄폐물로 삼아 반격을 하고 있었지만 점점 더 많은 적이 다리로 올라오고 있었다. 소초장은 자신에게 비상용 신호탄이 있음을 뒤늦게 깨닫고는 욕설을 뱉었다.

"젠장!"

소초장은 신호탄을 꺼내 들고는 뒤쪽의 나사 뚜껑을 풀었다. 뚜껑이 열리면서 뚜껑과 연결된 점화 끈이 풀리자 소초장은 신호탄을 하늘로 향하게 한 다음, 힘껏 당겼다. 그와 동시에 한 자루의 칼이 그의 등을 파고들었다.

파슉! 쉬이이~ 펑!

"끄윽!"

"아쉽군."

소초장의 등을 찌른 남자는 하늘로 솟아오르는 신호탄을 보면서 입맛을 다셨다. 그의 뒤로 또 다른 남자가 다가와 보고했다.

"장악, 성공했습니다, 대위님."

"좋아. 2팀에선… 아, 이제 시작했겠군. 애들보고 옷 갈아입고 단단히 버틸 준비 하라고 해."

"알겠습니다, 대위님."

대위라 불린 남자는 자기 앞에 쓰러진 소초장의 몸을 뒤지기 시작했다. 소총과 탄환을 살핀 대위는 흡족한 미소를 지었다.

"좋군. 잘 쓰지."

부하들이 정리한 검문소로 들어간 대위는 겉옷을 벗었다. 껴입고 있던 겉옷을 벗어버리고 짙은 푸른색의 포린트 군복으로 갈아입은 대위는 마찬가지로 정식 군복을 입은 부하들에게 고함쳤다.

"우리는 최초로 카마인 땅을 점령한 최선봉이다!"

대위의 외침에 병사들이 함성으로 화답했다.

"우와아!"

한편, 마겐 시의 치안총국은 갑작스런 사태로 인해 혼란에 빠져들었다. 마겐 시 담당 총국장은 진땀을 흘리며 허둥대고 있었다.

"빨리 병력을 모아! 저놈들을 쓸어버려!"

"주교 입구에 있는 건물들이 적에게 점령당했습니다! 섣불리 접근하다가는 피해만 커집니다!"

"그렇다고 손만 빨고 있을 것인가!"

상황을 살핀 부국장의 의견에 총국장이 짜증을 부리고 있을 때 전령이 달려왔다.

“철도 역에서 비상 신호입니다!”

“뭐야?!”

총국장은 이어진 급보에 기겁했다. 그의 외침에 호응이라도 하듯이 시 안쪽에서 총성이 들리기 시작했다. 망연자실한 총국장은 계단에 주저앉았다. 부국장이 그런 그를 대신해 명령을 내리기 시작했다.

“우선 병력을 모으고 상황을 확실히 파악해! 탄약을 제대로 나눠 주고!”

“알겠습니다!”

부국장의 명령에 치안대원들이 부지런히 움직이자 부국장은 계단에 주저앉은 총국장에게 다가갔다.

“일어나시지요. 아직 우리가 완전히 무너진 것은 아닙니다. 우리는 충분한 병력과 화력이 있습니다.”

부국장의 말에 혼란을 가라앉힌 총국장이 계단에서 일어설 때 통신실장이 다급히 달려왔다.

“황도에서 급보입니다!”

통신실장이 다급히 내민 쪽지를 읽은 총국장의 얼굴에서 핏기가 가시는 소리가 들리는 듯했다. 계단 난간에 몸을 의지한 총국장은 힘겨운 몸짓으로 부국장에게 쪽지를 건넸다. 쪽지를 읽은 부국장 역시 하얗게 질리며 중얼거렸다.

“선전포고……!”

“그래, 단순한 무장 폭동이 아냐. 전쟁이 벌어진 거야. 이봐, 물 한 잔 가져와!”

옆을 지나다 걸린 치안대원이 가져온 물을 마신 총국장은 한숨을 쉬고는 자세를 바로 했다.

"실장, 황도에 비상 통신을 보내라. '규모 미상의 적이 주교와 역을 공격 중. 다리는 포기하고 역을 탈환하겠다. 빠른 지원 바람'."

"알겠습니다."

"부국장, 다리는 포기한다."

"예?"

총국장의 결정에 부국장은 기겁을 하면서 총국장을 돌아봤다. 어느새 지도를 꺼내 든 총국장이 설명했다.

"우리 시는 국경에서 15km밖에 안 떨어져 있다! 저놈들이 다리를 잡은 것은 국경을 넘을 주공이 이곳으로 올 가능성이 높다는 소리다! 저놈들이 철도를 이용해 빨리 움직이게 만들어주면 안 된다! 우리가 지원을 받든, 아니면 후퇴를 하든 철도 확보는 필수다! 내 생각으로는 이곳이 첫 번째 고비가 될 가능성이 높아! 승리의 필수 요건은 철도의 확보다! 알겠나?"

"알겠습니다!"

"그럼 움직여!"

"예!"

총국장의 명령에 부국장은 부지런히 밖으로 달려나갔다. 흉갑을 걸친 총국장은 옆에 서 있던 치안대원이 건네주는 소총을 받고는 무장을 확인하며 명령을 내렸다.

"통신실장에게 통신실의 장비를 파기하고 휴대용 통신기만 들고 나오라고 해! 암호 책에서부터 모든 것을 다 태우라고 전하고! 그리고 너, 무기고에서 파괴용 스틱 파우더를 있는 대로 다 챙겨!"

"알겠습니다!"

"알겠습니다! 너! 너! 너! 따라와!"

총국장의 명령에 치안대원들은 부지런히 발을 놀리기 시작했다.

"으으으……!"
"아윽! 내 다리!"
"의무병! 의무병!"
천지를 뒤집어엎을 듯했던 한바탕의 포격이 지나가고, 진지 속의 병사들 사이에서 신음과 비명, 의무병을 찾는 소리가 여기저기서 흘러나왔다. 지독한 포격 속에서 운 좋게 살아남은 대위는 현재의 상황을 살피기 시작했다. 대위의 명령에 따라 참호를 돌아다닌 전령이 대위에게 돌아와 보고했다.
"사망 다섯, 부상 스물입니다."
"머신 라이플 여섯 대 모두 살아 있습니다."
부대 화력의 핵이라고 할 수 있는 머신 라이플이 건재하다는 보고에 대위의 안색이 조금 밝아졌다. 옆에서 같이 보고를 듣고 있던 상사 역시 표정이 밝아지며 입을 열었다.
"그나마 다행이군요."
"그나마……."
상사의 말에 대위는 짧게 대답을 하고는 망원경으로 국경을 다시 살폈다.
"온다."
"전투 준비! 전투 준비!"
대위의 말과 함께 상사는 큰 목소리로 고함을 쳤고, 병사들은 잔뜩 긴장하며 소총을 전방으로 겨눴다. 몇몇 병사는 가슴을 보호하는 흉갑과 철모의 끈을 다시 한 번 조였다. 콩알만큼 작게 보이던 포린트의 병사들이 손가락만큼 커지면서 그들이 지르는 함성이 점점 크게 들리기 시작했다. 부사관들과 장교들이 병사들 사이에서 명령을 내리기 시작했다.

“아직 방아쇠를 당기지 마라!”

“거리 300!”

“아직 당기지 마!”

“거리 250!”

“아직!”

“거리 200!”

“쏴!”

반쯤 무너져 내린 첫 번째 철조망을 돌파한 포린트의 병사들이 두 번째 철조망에 다가가는 순간 대위의 사격 명령이 떨어졌고, 머신 라이플을 선두로 병사들의 총격이 개시되었다.

타타타타타타타타타!

탕! 탕! 탕! 탕!

타타타타!

“전투는 화력이다! 화력을 집중해!”

“쏴! 쏴!”

“하늘에 표적이 있냐! 제대로 보고 쏴!!”

“겁먹지 마라! 적도 사람이다! 맞으면 죽는다!”

“으악!”

“의무병!”

“빈자리를 메워!”

카마인 병사들의 사격에 포린트 병사들은 짚단 넘어가듯이 쓰러졌다. 상당수의 포린트 병사들이 걸음을 멈추고 사격을 했고, 그 사격에 몸을 움츠리던 카마인 병사들은 옆과 뒤에서 이어지는 지휘관들의 독려에 다시금 방아쇠를 당겨댔다. 그렇게 격화되는 사격전 속에 포린트 군은 국경선을 자국군의 시체로 덮으며 돌파를 계속 시도했다.

탕!

"으악!"

"철도 역과 근처 가옥들을 조심해라!"

탕!탕!

타타타타타타타타!

"뛰어! 뛰어!"

마겐 시 철도 역. 치안대와 역을 점거한 무장 세력 간에 치열한 교전이 벌어지고 있었다. 철도 역과 근처 건물의 높은 곳을 선점한 무장 세력의 사격에 치안대는 곤란을 겪고 있었다. 무작정 달려들다 상당한 손실을 입은 치안대는 뒤로 물러나 세력을 정비하고 다시금 탈환에 나섰다. 라이플 머신의 엄호 아래 치안대 병사들은 차근차근 철도 역을 향해 다가가기 시작했다. 철도 역이 잘 보이는 건물의 2층에서 총국장이 상황을 살피며 총지휘를 하고 있었다.

"도대체 몇 명이나 저 안에 틀어박힌 거야?"

"처음의 보고에 의하면 40이라고 했습니다만 근처에 숨어 있는 놈들까지 합한다면 많이 잡아 100입니다."

"100에게 300이 발이 묶인 거냐? 미치겠군. 다리 쪽은 어때?"

"철저히 견제만 하도록 명령을 내려놨습니다. 다리를 점거한 놈들도 거기서 움직일 생각을 안 한답니다. 방금 도착한 보고에 의하면 다리를 점거한 놈들은 모두 짙은 푸른색의 제복을 입고 있다고 합니다.”

“푸른색이라……. 포린트 놈들이군. 망할 놈들! 부국장, 상황은 어떠한가?”

옆에 있는 통신기를 통해 총국장이 질문하자 현장 지휘를 맡은 부국장의 목소리가 통신기를 통해 들어왔다.

“저항의 강도는 여전히 심하지만 아까보다는 많이 약해졌습니다. 머신 라이플이 제 값을 하고 있습니다.”

“알았다.”

부국장과의 통신을 끊은 총국장은 곧 다른 사항을 확인하기 시작했다.

“주민들의 이동은?”

“우선 모두 집 안에 있으라고 했습니다. 특히 높은 데 올라가지 말고 무조건 낮은 곳으로 대피하라고 일렀습니다.”

총국장의 질문에 통신실장이 보고를 통합해 대답했다. 다른 방에 설치한 임시 통신실에서 전령이 달려왔다. 전령이 내민 쪽지를 본 총국장이 한숨을 쉬었다.

“한 시간 후에 지원군이 도착할 예정이다! 그때까지는 저들을 잡아야 해! 통신기!”

옆에 있던 통신병에게서 통신기를 건네 받은 총국장은 부국장을 호출했다.

“한 시간 후에 지원병이 도착할 예정이다! 그전에 저들에게 최대한의 피해를 입혀야 한다! 강도를 높여!”

“알겠습니다!”

부국장의 대답이 떨어지고 얼마 지나지 않아 철도 역과 그 근방을 제압하기 위한 치안국의 공격은 더욱 강도가 높아지기 시작했다.

"다리 쪽에도 전해! 그놈들이 다리에서 한 발도 벗어나지 못하게 틀어쥐라고! 그놈들이 다리 하나 갖고 뭘 할지 두고 보자! 전령, 국경과 다른 지역의 상황을 더욱 자세히 알아보라고 해!"

"알겠습니다!"

총국장의 명령을 들은 전령이 튀어 나가고, 총국장은 목깃을 느슨히 하며 투덜거렸다.

"전쟁을 하려면 국경에서나 하지 왜 여기서 총질이냐고!"

"상황은?"

"현재까지 사망 열다섯, 부상 마흔입니다."

매캐한 화약 연기 속에서 대위는 상황을 파악했다. 대위의 부대가 진을 치고 있는 곳 앞 들판에는 포린트 군의 시체가 빽빽이 들어차 있었다. 대위의 병사들이 숨어 있는 참호 바로 앞 100m까지 진출해 쓰러져 있는 포린트 군의 시체는 방금 끝난 전투의 격렬함과 무자비한 살상을 보여주고 있었다.

"탄약은 어때?"

"그것이 문제입니다. 머신 라이플의 경우 각 정당 400발 정도밖에 안 남았습니다. 일반 병사도 잘해야 30발 정도씩밖에 돌아갈 양만이 남아 있습니다."

"젠장!"

상사의 대답에 대위는 욕설을 뱉고는 옆에 있는 통신병에게 손짓했다.

"통신기."

　대위의 말에 통신병은 통신기의 전성관을 넘겨줬다. 통신병의 등에 멘 통신기에는 작은 수정구가 달려 있었고, 그 수정구 주위를 복잡한 마법진이 자리를 잡고 있었다. 수정구와 연결된 속이 빈 루버 관을 통해 본대 지휘관의 목소리가 들려왔다.

　"예, B중대 마인입니다. 첫 번째 돌격은 막아냈습니다만 지원이 필요합니다. 병력도 30% 이상이 죽거나 부상을 입었습니다. 탄약도 얼마 안 남았습니다. 두 번째 돌격을 막기 힘들 것 같습니다. 지원 병력이나 포격을 요청합니다. 예? 그러면 후퇴를 허락해 주십시오. 예? 예, 하지만……. 예, 알겠습니다."

　본대와의 연락을 끝낸 대위는 축 처져서 전성관을 통신병에게 넘겼다.

　"뭐라고 합니까?"

　"한 시간."

　"예?"

　"한 시간 안에 지원 병력과 물자를 보내주겠다고 하는군. 한 시간만 버티래."

　"지원 포격은 없답니까?"

　"C중대로 주공이 몰리고 있다는 정보다. 그쪽을 막느라 지금은 여력이 없다는 통보야."

　"젠장!"

　대위의 설명에 상사는 욕설을 뱉었다. 그 순간, 참호 위로 또다시 포탄이 떨어지기 시작했다.

　쾅! 쾅! 콰쾅!

　"엎드려!"

"모두 엎드려!"

쾅! 후드득!

다시 한 번 거센 포격이 시작되었고, 참호 안으로 몸을 숨긴 병사들의 등 위로 흙 덩어리와 폭발에 잘게 부서진 신체 조각들이 떨어져 내렸다. 참호 안에 몸을 숨긴 대위는 욕설을 퍼부어댔다.

"이 상황에서 어떻게 한 시간을 버티라는 거야! 이게 무슨 옛날 공성전인 줄 알아!"

"철도 역만 남았습니다!"

"좋아!"

마겐 시 치안대 총국장은 드디어 철도 역만 남았다는 보고에 얼굴이 펴졌다. 두 대의 머신 라이플이 철도 역을 타격하는 동안 다른 두 대의 머신 라이플과 병력들은 하나씩하나씩 주변을 제압해 나가는 지루한 작전 끝에 철도 역을 제외한 주변 공간을 재탈환하는 데 성공했다. 총국장은 바지 주머니에 넣어두었던 회중 시계를 꺼내 들었다.

"앞으로 10분. 전령!"

"옛!"

총국장의 명령에 전령이 달려왔다.

"지원 병력에게 통신을. 역 진입 전에 반드시 우리 측의 연락을 기다리라고 전해."

"알겠습니다."

"역에 들어오기 전에 연락을 취해 상황 파악을 하는 것이 상식인데 너무 과민하신 것 아니십니까?"

전령이 나가자 부국장을 대신해 상황을 파악하던 통신실장이 질문했다. 그의 질문에 총국장은 피식 웃었다.

"전선이 저 앞인데 후방에서 쌈질하는 지금 상황이 상식적인가? 어떤 멍청이가 공에 눈이 멀어 무작정 밀고 들어올 수도 있어. 그런 멍청한 상황은 피해야지. 자네 표정을 보아하니 경력에 줄 갈까 봐 걱정인 것 같은데, 저 빌어먹을 주교를 빼앗긴 상황에서 우리 경력엔 이미 줄 간 거야. 앞으로의 문제는 얼마나 얇은 줄을 긋게 만드느냐야."

총국장의 냉소적인 설명에 통신실장은 인상을 구겼다.

10분 후, 지원 병력을 실은 열차가 역에 들어섰다. 그때까지도 역을 점거하고 있던 무장 세력들은 열차에 총격을 퍼붓기 시작했다. 하지만 지원 병력의 대다수는 이미 연락을 받고 역 외곽에서 하차, 진압을 시작했고, 열차에는 튼튼하게 방어를 한 머신 라이플 사격조와 소수의 병사만이 남아 무장 세력들에게 응전했다. 치열한 총격전 끝에 역의 한쪽이 뚫렸고, 그 틈으로 치고 들어온 치안대원들에 의해 무장 세력들의 저항은 제압되기 시작했다.

"환영합니다. 마겐 시 치안총국장 디트리히입니다."

"고생하셨습니다. 제3기동 타격대 대장 밀히입니다."

역을 탈환하고 남은 잔당들을 추격하는 동안 총국장과 지원 병력 지휘관은 임시 지휘소에서 통성명을 했다. 가벼운 통성명이 끝나고 두 사람은 지도를 앞에 놓고 대화를 나누었다.

"역시 이 다리가 문제군요."

"그렇지요. 다리와 그 주변의 집들은 이미 다 점령당한 상태입니다."

"다리 쪽에 있는 적은 어느 정도의 규모입니까?"

“약 200으로 파악되고 있습니다.”

“적은 수는 아니군요.”

“그렇지요. 다른 곳의 상황은 어떻습니까?”

총국장의 질문에 타격대 대장은 좌우를 살피고 작은 목소리로 대답했다.

“별로 안 좋습니다. 제가 출발하기 전까지는 밀린 곳이 없었습니다만… 지금은 모를 일이지요.”

타격대 대장의 대답의 총국장은 지도에 그려진 다리를 손가락으로 톡톡 치며 대답했다.

“역시 이 다리를 최대한 빨리 탈환해야겠군요.”

“그렇습니다.”

타격대 대장과 대화를 나누는 동안에도 간간이 총성이 들려왔지만 철도 역과 시내의 상황은 점차 안정을 찾아갔다. 인적이 완전히 끊긴 시가지로 석양이 깃들자 총국장과 타격대 대장은 다시 의견을 나누었다.

“야간전에 대비한 장비는 충분합니까?”

“그렇지 못합니다. 시간 여유가 별로 없었습니다.”

“흠……”

타격대 대장의 대답에 총국장은 짧게 한숨을 쉬었다. 지도에 표시된 상황을 보면서 잠시 생각을 하던 총국장이 의견을 내놓았다.

“적들은 이미 자리를 완전히 잡은 상태요. 이 상황에서 전면적인 야간전은 우리가 불리합니다. 전면 공격은 내일 새벽에 하는 것이 어떻소?”

“저들의 진지는 더욱 강화될 텐데요?”

"안 보이는 상태에서 달려드는 것이 더욱 위험하오. 거기에 우리 애들은 새벽부터 이어진 교전에 다들 지쳤습니다. 지금은 경계를 강화하면서 휴식과 재정비를 하는 것이 우선이오."

총국장의 설명에 타격대 대장은 골똘히 생각했다. 5분 정도 지도를 보면서 계산을 하던 타격대 대장이 고개를 끄덕였다.

"그게 낫겠군요."

그렇게 전쟁의 첫날이 지나가고 있었다.

해가 질 무렵, 마인 대위의 B중대는 만신창이가 되어 본대로 돌아왔다. 지옥 같았던 한 시간이 지나자 약속대로 본대에서 지원 포격과 함께 지원 부대가 달려왔다. 하지만 130명이었던 B중대는 40명만이 남아 있을 뿐이었다. 죽거나 다친 동료에게서 끌어 모았던 탄약도 일 인당 다섯 발밖에 안 남은 상황에서 상부에서 후퇴 명령이 내려왔고, B중대는 지원받은 트럭을 이용해 제2 방어선으로 지원 부대와 함께 후퇴했다. 부상자와 사망자들을 먼저 실어 보내고 남은 부하들을 쉬게 한 후 보고를 위해 연대 지휘본부로 향하는 대위의 눈에는 핏발이 곤두서 있었다.

"이 죽일 놈들!"

대위의 뇌리에는 빗발치는 포격과 돌격을 하면서 질러대던 포린트 군의 함성이, 그리고 부상을 입고 죽어가던 부하들의 비명이 떠나지 않고 있었다. 걸음을 옮기다 대위를 발견한 병사들이 급히 경례를 했지만 대위의 눈에는 들어오지 않았다. 작은 고개 꼭대기에 올라선 대위는 걸음을 멈췄다.

"맙소사!"

그곳에는 수백의 부상병이 땅에 눕혀져 있었다. 한쪽에는 끝도 없이 파여진 구덩이에 전사자들이 묻히고 있었다. 대위는 비틀거리며 언덕을 내려왔다.

"으으으……."

"으아~ 살려줘!"

"흑흑흑! 엄마……!"

말도 제대로 못하고 신음만 흘리는 병사들, 고통을 호소하며 비명을 지르는 병사들, 제대로 의식을 찾지 못하고 눈물과 함께 엄마를 찾는 병사들 사이로 의무병과 마법사, 의사, 신관들이 부지런히 뛰어다니고 있었다. 한쪽 마차에는 부상병들에게서 떨어져 나온 것이 분명한 팔다리들이 짐짝처럼 실리고 있었다. 대위는 급히 시선을 돌려 지휘본부를 찾았다. 언덕 한편에 있는 지휘본부를 발견한 대위는 그쪽으로 급히 걸음을 옮겼다.

"2대대 B중대 마인 대위, 명령 받고 왔습니다."

지휘 본부로 들어서며 신고를 한 마인은 주위를 살폈다. 갑작스런 전쟁으로 인해 지휘부 안은 벌집을 쑤신 듯이 정신이 없었다. 테이블 위에 놓인 대형 지도를 보면서 연대장과 대화를 나누던 대대장이 그에게 다가왔다. 대위의 경례를 받은 대대장이 탁한 목소리로 입을 열었다.

"수고했다."

"여기 보고서입니다. 그리고 이것은 사망자와 부상자 명단입니다."

"그래."

종이에 대충 써 갈긴 보고서를 받아 든 대대장은 종이 한 장을 가득 채운 사망자와 부상자의 명단을 보면서 한숨을 쉬었다. 단 하루 사이에 대대장은 몇십 년을 한꺼번에 늙어버린 것 같아 보였다.

"미안하다. 전 전선에 걸쳐 강한 공격이 벌어졌기 때문에 예비대를
보낼 여유가 없었다. 지원이 늦었던 점 유감으로 생각한다."

"아닙니다."

"가서 쉬도록."

대대장의 말에 대위는 경례를 하고는 물러 나왔다. 지휘본부를 나서
는 대위의 귀에 연대장의 목소리가 들렸다.

"전쟁은 이제부터 시작이다! 벌써부터 처진 모습을 보이면 어쩌자는
거냐!"

황도 바이스란트. 저녁놀의 붉은 빛을 받아서일까? 테이블 위에 놓
인 대형 지도는 새빨갛게 물들어 있었다. 테이블 주위에 앉은 모든 사
람들은 아무 말도 없이 묵묵히 지도만을 내려다봤다. 지도의 서쪽 국
경에는 붉은색 화살표가 가득 차 있었다. 고요한 침묵 가운데 황제가
입을 열었다.

"밀렸군."

"죄송합니다."

짧은 문답이 오가고 회의실에는 다시 침묵이 흘렀다. 통신실에서 가
져온 최신 정보를 다시 정리한 몰트케가 상황을 설명했다.

"현재 전선은 소강 상태입니다. 적들의 공세를 우선 막아냈습니다만
전선 전체를 두텁게 보강하기에는 병력이 모자랍니다. 중부군과 황도
중앙군의 배치에는 빨라도 사흘은 걸릴 것 같습니다."

"더욱 빨리는 안 되오?"

"수송 수단이 부족합니다."

"끄응……"

몰트케의 답변에 황제는 앓는 소리를 흘렸다. 뒤를 이어 공작들의 질문이 이어졌다.

"동부는 어떻소?"

"아직 잠잠합니다. 너무 조용해 오히려 걱정입니다."

"그렇지. 이런 호기를 그냥 넘길 크레티스가 아닌데 말이야."

"병력 동원은 어떻소?"

"이제 시작입니다. 우선 예비역의 재소집 위주로 진행하고 있습니다."

몰트케의 짧은 답변을 끝으로 회의실은 다시금 침묵에 빠져들었다. 해가 완전히 가라앉고 집집마다 불이 밝혀질 무렵, 황제가 자리에서 일어났다.

"전쟁은 이제 시작이오. 기습적인 공격이었기에 다소 밀린 것은 사실이오. 나름대로 준비를 했다고 하지만 그 준비가 미흡했던 것도 사실이오. 하지만 전쟁은 끝난 것이 아니라 이제부터 시작이오. 오늘은 이만 쉽시다. 며칠 동안 계속 철야를 했더니 머리가 더 안 도는 것 같소. 오늘은 좀 잡시다."

"알겠습니다, 폐하."

황제가 자리에서 일어나 회의실을 나갔지만 다른 사람들은 자리에서 일어날 생각을 못하고 가만히 지도만 보고 있었다. 다인 공작이 상황을 정리했다.

"자, 오늘은 나하고 티거 공작이 남아 있을 테니 가서 쉬시오. 이래선 싸우기도 전에 졸려 죽겠소."

연륜이 보이는 다인 공작의 말에 모두들 자리에서 일어났다. 당직을 제외한 사람들이 회의실을 나서는 동안, 티거 공작이 약간 불만이 섞인

눈으로 다인 공작을 쳐다봤다.

"꼬마야, 불만이냐? 이것도 다 경험이야. 잘 배워둬. 나도 그렇게 배웠어."

"누가 뭐라고 했습니까?"

"얼굴이 그렇게 말하고 있구먼."

개전 후 4일, 마겐 시.

주교가 바로 보이는 3층 건물 옥상에 올라온 디트리히 총국장과 밀히는 주교를 내려다보고 있었다.

"질긴 놈들이군요."

"그렇소."

아직도 탈환하지 못한 주교를 보면서 두 사람은 혀를 찼다. 지원 나온 타격대 병력과 마겐 시 치안대원들을 합친 800의 치안대원들이 주교를 탈환하기 위해 몇 차례나 공격을 했지만 번번이 피해만을 입고 퇴각해야만 했다.

"입구가 너무 좁습니다."

"그렇다고 부술 수도 없는 일 아닙니까? 저 집들 안에는 주민들이 그대로 있어요. 가장 훌륭한 장애물이지요. 게다가… 우리는 저 집들을 파괴할 수단이 없어요."

주교와 그 주변의 가옥을 점거한 적들은 지형상의 이점을 이용해 다리를 확보하고 있었다. 주교를 사이에 두고 대치하고 있는 상황이 사흘째 이어지고 있습니다.

"지원은 언제 온답니까?"

"내일 400이 추가로 지원됩니다."

“너무 적은데…….”

“여유가 없답니다.”

마음대로 안 풀리는 답답한 상황에 두 지휘관은 연신 한숨만 쉬면서 다리 반대편을 살폈다.

“얼마나 남았냐?”

“150명 남았습니다. 총을 쏠 수 있는 부상병을 포함해서입니다.”

“탄약은?”

“1인당 120발입니다.”

“아슬아슬하군.”

주교 반대편 가옥에서 카마인 측 진영을 관찰하던 포린트 군 지휘관은 부하들의 상황을 들으며 침을 뱉었다. 여전히 입 안이 씁쓸함을 느끼면서 그는 보이지 않는 누군가를 욕했다.

“이틀이면 뚫고 올 수 있다는 놈들이 아직까지도 안 오는 것은 뭐 하자는 지랄이야? 연락은 해봤나?”

“조금만 더 견디랍니다.”

“제길! 그 히스테리 아가씨는…….”

“제 이름은 에리나입니다, 맥스 소좌.”

포린트 특공대의 지휘관이 입을 연 순간, 날카로운 여성의 목소리가 그의 말을 끊었다. 포린트 군의 푸른 제복을 입은 그녀의 왼쪽 가슴에는 위쿤 가문을 나타내는 문장이 달려 있었다.

“안녕하십니까, 에리나 위쿤 양.”

“보시다시피.”

짧게 대답한 에리나는 지휘관인 맥스 소좌 맞은편의 의자에 앉았다.

"귀국의 작전으로 인해 저는 많은 동료를 잃었습니다. 당신들이 자신만만하게 자랑하던 기간트 돌격 부대인 '푸른 늑대' 는 아직도 보이지가 않는군요. 포린트의 기간트들은 단 15km를 이동하는 데 사흘이 넘게 걸립니까?"

"조금 있으면 올 것이오."

"애초에 제가 계획한 대로 왈 강의 패스파인더 영지를 타격하거나 황도를 기습했으면 훨씬 수월했을 것입니다만?"

"그 작전의 단점은 이미 알고 계시리라고 생각합니다만? 물론 위쿤 양의 감정은 이해합니다만 전쟁에 사적인 감정은……."

"사적인 감정이 아닙니다!"

맥스의 빈정거림에 에리나는 날카롭게 반발했다. 그런 그녀의 반응에도 불구하고 맥스 소좌는 끊어졌던 말을 이었다.

"패스파인더나 황도를 치기 위해선 왈 강을 이용하거나 장거리 기구 비행을 해야 합니다. 하지만 왈 강은 이미 카마인 하안 포대의 완벽한 화망이 구성되어 있고, 장거리 기구 비행은 자.살. 작전입니다. 이 마겐 시는 국경에서 겨우 15km밖에 안 떨어져 있기에 기구를 이용한 야간 수송이 가능했습니다만 황도나 패스파인더 영지로 가다 보면 100% 발각당합니다. 우리는 통로를 확보하기 위한 특공대지 죽을 자리 찾아가는 자.살. 희.망.자.가 아닙니다."

"익!"

유독 '자살' 과 '자살 희망자' 라는 단어에 강세를 둔 맥스 소좌의 설명에 에리나는 짜증을 부렸다.

"그래서 겨우 15km 떨어진 이곳을 차지하기 위해 이런 피를 봐야 했던 것입니까?"

“겨우 15km가 아닙니다. 이 마겐 시에서 나가는 철도가 세 방향, 도로도 마찬가지로 잘 준비되어 있지요. 이 도시를 점령하는 것으로 우리 군은 보다 빨리 전진할 수가 있습니다.”

“이…….”

“적이다!”

맥스의 설명에 에리나가 뭐라 말을 하려는 순간 카마인의 공격을 알리는 외침이 터졌다. 병사들이 달리는 발소리에 에리나는 자리에서 일어나 신경질적인 걸음으로 나갔다. 지휘를 하기 위해 몸을 돌린 맥스는 옆에 서 있는 부하에게 투덜거렸다.

“옛날 속담에 ‘귀족 여자의 기억력은 하루’ 라더니… 이틀이라는 약속을 못 지켰다고 매일 아침마다 똑같은 말을 되풀이하기도 이제는 지치는군. 자네는 절대 귀족 여자랑 결혼하지 말게, 마이크 군.”

맥스의 말에 옆에 서 있던 부하 장교가 피식 웃으며 대답했다.

“제가 남작가 사람이라는 것을 아시지 않습니까?”

“그래서 하는 말이야.”

타타타타타타탕!

탕! 탕! 탕!

“함부로 고개를 내밀지 마!”

“이 자식아! 제대로 조준해서 쏘란 말이다!”

탕!탕!

“으악!”

“아악!”

머신 라이플의 집중 사격을 피해 엄폐물 뒤에 몸을 숨긴 포린트 병사들은 이를 갈았다. 그들이 할 수 있는 일은 카마인 군이 주교를 건너지 못하도록 막는 것이 다였다. 다리를 건너던 카마인 병사를 저격하자마자 이어지는 머신 라이플의 집중 사격을 피해 몸을 숨긴 포린트 병사는 동료에게 분통을 터뜨렸다.

"저 머신 라이플이란 것을 만든 인간, 잡히기만 해봐라!"

또 다른 카마인 병사를 저격한 동료 역시 몸을 숨기며 대답했다.

"서두르지 않으면 네 차례까지 안 올 거다!"

"우리는 저런 것도 안 만들고 뭐 한 거냐?!"

탕!

"아악!"

"사수가 맞았다!"

카마인 측도 악전고투인 것은 마찬가지였다. 머신 라이플의 위험을 알아차린 포린트의 병사들은 머신 라이플의 사수와 탄약을 나르는 병사들을 우선적으로 공략하기 시작했다. 머신 라이플을 조작하던 치안대원들이 쓰러지고, 다른 치안대원들이 그를 대신하기 위해 움직이는 그 짧은 사이에 다리를 건너던 병사들이 총격에 쓰러지는 상황이 반복되었다. 교전을 진두지휘하던 총국장이 이를 갈았다.

"저놈들은 총알도 안 떨어지냐!"

"애들의 피해가 만만치 않습니다."

"젠장!"

부하들의 보고에 총국장은 의자를 발로 차며 분통을 터뜨렸다. 한참을 씩씩거리던 총국장이 명령을 내렸다.

"잠시 물러선다!"

“알겠습니다! 퇴각!”

“퇴각!”

퇴각 명령을 받은 부하들이 안전 지대로 물러서는 것을 보며 총국장은 욕설을 뱉었다.

“젠장!”

한바탕의 교전이 끝나고, 맥스는 상황을 살피기 시작했다.

“얼마나 남았냐?”

“110입니다. 탄약은 일 인당 90발 남았습니다.”

“많이 안 썼군.”

“쏘기도 전에 죽은 놈들이 많아서 말입니다. 그리고 저 망할 머신 라이플 덕에 제대로 쏠 틈도 없었고 말입니다.”

“다리를 지키고 있는 상황이 용하군.”

마이크의 보고에 맥스는 자조적인 평가를 내렸다. 둘이 상황을 정리하고 있을 때 통신병이 달려들어 왔다.

“뚫었습니다!”

“드디어!”

통신병의 외침에 맥스는 기쁨의 탄성을 질렀다. 맥스는 떨리는 손으로 통신문을 받아 들었다. 통신문을 읽은 맥스는 마이크를 돌아봤다.

“아군이 드디어 뚫었다! 한 시간 이내에 푸른 늑대들이 도착한다!”

“애들에게 알리겠습니다.”

“뚫렸다.”

긴급 통신문을 받아 든 총국장은 허탈한 목소리로 중얼거렸다. 건네 받은 통신문을 읽은 부국장과 타격대 대장 역시 마찬가지의 표정이었다.

"우리의 나흘이 헛수고가 되었군."

"어떻게 합니까?"

"어떻게 하긴, 명령대로 후퇴해야지."

"하지만 이곳은 우리가 살던 터전입니다!"

"그러면 여기서 얌전히 있다가 포로가 될 거냐?"

"그렇다고 주민과 가족들을 버리고 후퇴할 수는 없습니다!"

통신문을 읽은 부하 간부들이 설왕설래하는 동안 총국장은 지도를 펼쳐 놓고 생각에 빠져들기 시작했다. 한참 지도를 살피던 총국장이 결론을 내렸다.

"퇴각한다."

"국장님!"

"단!"

부하들의 반발을 제지한 총국장이 다시 입을 열었다.

"얌전히 후퇴하지는 않는다. 부대를 넷으로 나눈다. 셋은 열차를 타고 세 방향으로 후퇴한다. 열차가 출발함과 동시에 역은 폭파시킨다. 철로는 2km 밖에서부터 불규칙한 간격으로 선로를 파괴한다. 그리고 나머지 하나는 이 고갯길을 막는다. 마겐 시로부터 나가는 세 갈래 길은 이 고개를 지나야 갈라진다. 이 길은 막으면 저들의 진격은 막힐 수밖에 없다. 질문 있나?"

"없습니다."

"그럼 황도로 올라가는 철로는 밀히 대장이 맡아주시겠소?"

"알겠습니다."

"북쪽 철로는 부국장이, 남쪽 철로는 통신실장이 맡게. 나는 고갯길을 맡도록 하지."

"국장님!"

"됐어! 이 정도는 해야 밥값을 했다는 소리를 듣지! 어서 준비하도록! 준비가 끝나기 전에 적이 몰려들어오면 말짱 황이다!"

"알겠습니다."

"그리고 주민들에게 불필요한 저항이나 협조는 하지 말라고 알리도록."

"알겠습니다."

총국장의 명령에 부하들이 뿔뿔이 흩어졌다.

철수 작전은 빠르게 진행됐다. 치안대원들은 근처에 있는 집집마다 총국장의 말을 전했고, 이웃에게도 알리라는 말을 덧붙였다. 다른 대원들은 열차를 준비하고 스틱 파우더를 모아 파괴 준비를 하기 시작했다. 모든 준비가 끝나자 열차로 움직이는 치안대원들을 향해 총국장이 훈시를 하기 시작했다.

"아쉽게도 오늘 우리는 우리가 태어났고 지켜오던 고향을 버리게 되었다! 하지만 우리는 이렇게 가더라도 반드시 돌아온다! 이번으로 끝나는 것이 아니다! 알겠나?!"

"후아!"

"출발!"

꽤에에엑!!

치안대원들이 탑승한 열차는 기적 소리와 함께 역을 벗어났다. 열차가 완전히 역을 벗어나는 것을 확인한 총국장은 역을 나오며 명령을 내렸다.

"부숴!"

총국장의 명령에 대기하고 있던 심지에 불을 붙였다. 1분 정도의 시간이 흐르고, 역은 폭음과 함께 무너져 내렸다.

콰콰쾅!!

역사가 무너지면서 거대한 연기를 피워 올리는 것을 등 뒤로 하고 총국장은 트럭에 올라앉으며 명령을 내렸다.

"가자!"

마겐 시에서 내륙으로 향하는 고갯길. 도로로 후퇴를 결정한 치안대원들이 폭약을 설치하는 동안 총국장은 망원경으로 마겐 시를 살폈다. 전선을 돌파한 포린트의 군인들이 광장을 메우고 있었고, 광장 여기저기에는 특유의 푸른 중장갑을 자랑하는 포린트의 기간트가 서 있었다.

"끝났습니다."

"그래?"

폭약의 설치를 마친 치안대원들의 보고에 총국장은 망원경을 케이스에 넣고는 몸을 돌렸다.

"내가 하지. 자넨 먼저 타게."

"알겠습니다."

폭파를 담당할 치안대원을 먼저 차에 태운 총국장은 도화선에 불을 붙이고는 차로 달려갔다. 고갯마루를 내려와 500여m를 갔을까. 커다란 폭음이 고개를 채웠다.

콰아앙!

폭음 소리를 뒤로하고 달리는 차 속에서 총국장은 운전사에게 명령을 내렸다.

"피곤하군. 도착하면 알려주게."

"알겠습니다."

얼굴을 가릴 정도로 깊게 눌러쓴 총국장의 턱을 따라 한줄기 눈물이 조용히 흐르고 있었다.

카마인 제국의 황도 바이스란트.

"뚫렸습니다."

"그런가? 역시 주공은 거기였던가?"

"그렇습니다."

보고를 하는 몰트케나 보고를 듣는 황제나 담담한 어조로 문답을 나누었다. 포린트와 카마인 국경 전체에서 대규모 교전이 벌어졌지만 포린트의 주공은 주로 두 방향에서 벌어지고 있었다. 하나는 북쪽의 왈 강이었고, 다른 하나는 남쪽의 마겐 시 부근이었다. 카마인으로서는 공업 단지의 핵심인 패스파인더 영지와 황도가 있는 왈 강 방어에 좀 더 힘을 기울였고, 포린트는 그 허점을 틈타 대규모의 기간트를 이용해 남부 국경을 돌파했다.

"저들의 움직임은 어떠한가?"

"마겐 시에서 퇴각하던 치안대의 파괴 공작에 그 자리에서 멈췄습니다. 정보부의 분석으로는 포린트에서 자재를 가져와 보수 작업을 끝내려면 일주일은 걸릴 것이라고 예상하고 있습니다."

"우리가 방해를 하면 좀 더 늦춰질 수 있지 않을까?"

"방해를 해서 1주일입니다."

"병력을 집중 투입하면 되지 않나?"

“투입할 병력이 없습니다.”

쾅!

몰트케의 답변을 듣고 있던 티거 공작이 벌떡 일어서서 테이블을 내려치며 고함을 쳤다.

“도대체가! 우리 제국의 군대가 30만일세! 저 포린트는 겨우 20만이야! 그런데 병력이 없다는 것인가!”

“적은 포린트만이 아닙니다.”

“크레티스는 꼼짝도 하지 않고 있잖나!”

“언제까지 꼼짝도 하지 않고 있을 것이라고 보십니까?”

“……”

몰트케의 반문에 티거 공작은 입을 다물고 자리에 앉았다. 둘의 대화를 듣던 황제가 의자에 등을 기대며 입을 열었다.

“지금까지 가장 큰 승자는 크레티스로군.”

“그렇습니다.”

“예비역이 제자리를 찾기까지 얼마나 걸리나?”

“앞으로 3개월입니다.”

“오래 걸리는군.”

“얼마 전에 제대한 이들을 제외하곤 소총부터 다시 훈련을 받아야 합니다.”

“그럼 얼마나 증원되는 거지?”

“10만입니다.”

“숨 좀 트이겠군.”

“문제는 그 10만이 한 번에 배치될 수가 없다는 것입니다. 지금 제식으로 쓰이는 패스파인더 2식 시리즈를 다뤄본 예비역들은 곧장 배치를 하고 있습니다만, 그전에 예비역으로 돌려진 병사들은 다시 훈련을 받아야만 합니다. 따라서 아까 말씀드린 3개월은 최소한의 전력인 절반, 즉 5만이 배치될 때까지 걸리는 시간입니다."

몰트케의 대답을 듣고 있던 노이만 공작이 문제를 제기했다.

"잘못하면 축차 투입, 축차 소모로 이어질 수 있네."

"피할 수 없는 상황입니다. 각오하고 있습니다."

"해법은?"

"이전에 의회를 통과한 법안에 따라 징병을 해야 합니다."

"소모전인가?"

"소모전입니다."

"알겠네. 공작들이 힘 좀 써야겠소."

"알겠습니다, 폐하."

황제의 결정에 공작들은 고개를 숙이며 대답했다. 전쟁으로 인해 뒤로 밀려졌던 몇 가지 안건이 처리되는 동안 시종이 들어왔다.

"패스파인더 자작이 폐하를 뵙기를 청합니다."

"오~ 들어오라 하게."

잠시 후, 독토르가 들어와 황제에게 예를 취했다. 황제는 반색을 하며 독토르를 가까이 오게 했다.

"오랜만이로군. 황도에 있는 것은 알고 있었는데 왜 이제야 들어오는 것인가?"

"송구합니다, 폐하. 처리할 것이 좀 많아서 뵙지 못했습니다. 용서해 주십시오."

"괜찮네. 자네를 보니 진짜 안심이 되는군. 요샌 너무 어린애들만 많아서 말이야."

“예?”

독토르의 짧은 반문에 듣고 있던 다인 공작이 설명했다.

“대규모 전쟁을 경험한 친구들 가운데 은퇴를 한 친구들이 너무 많아. 지난 크레티스와의 전쟁과 내전까지 겪은 자네의 경험이라면 젊은 친구들에게 도움이 되겠지.”

“그렇습니까……..”

다인 공작의 설명에 겸연쩍은 표정을 짓는 40대의 젊디젊은 티거 공작을 살핀 독토르는 가볍게 고개를 끄덕이며 이해를 했다. 독토르의 옆구리에 낀 서류철을 발견한 황제가 질문을 했다.

“그래, 무슨 일로 날 찾은 것인가?”

“아, 패스파인더 2식 소총과 2식 머신 라이플의 설계도를 공개하려고 합니다. 지금 생산 라인을 3교대로 돌리고 있습니다만 저와 동생의 계산으로는 적정 수량의 60% 정도가 최대치입니다. 이에 설계를 공개해 부족 분을 채우고 싶습니다.”

“그런 거라면 자네가 적당한 상단을 골라 맡기면 될 일 아닌가?”

“그렇게 되면 정부의 지출이 필요 이상 증가합니다. 저는 2식 시리즈에 관련된 모든 권한을 국가에 헌납하려 합니다.”

“정말인가?”

전쟁으로 인해 엄청난 이득을 볼 수 있는 기회를 국가에 넘긴다는 독토르의 말에 황제를 비롯해 회의실에 있던 사람들의 눈이 커다랗게 떠졌다. 재차 확인을 하는 황제의 질문에 독토르는 고개를 끄덕였다.

“그렇습니다. 2식 시리즈의 생산을 국가에서 관리하는 것이 오히려 저에겐 유익입니다. 지금처럼 2식 시리즈에 매달리면 다른 부분의 생산성은 떨어집니다. 2식 시리즈의 주요 부품인 총열만 제 영지에서 생산하고 다른 부분은 모두 다른 곳에서 맡는다면 제 영지의 공장에선 브레이커—M mk.3와 견인식 브레이커 시리즈, 기타 장비들의 생산성을 높일 수 있습니다.”

“그대의 충성에 감사하네. 정말 고맙네.”

황제는 진심으로 고마워하며 독토르의 제안을 받아들였다. 공작들과 독토르가 2식 시리즈를 생산하기에 적당한 상단에 관한 의견을 교환—이라기보다는 독토르가 이미 가져온 상단 리스트와 관련된 설명을 듣는—하는 동안 황제는 잠시 휴식을 취하기 위해 자리를 비웠다. 황제가 자리를 비우자 티거 공작이 아쉽다는 표정을 지으며 입을 열었다.

“자작, 자작의 결단에 깊은 감명을 받았지만 조금은 아쉽군요. 좋은 기회 아니었습니까?”

“공작 각하, 이제부턴 소모전입니다. 소모전에서 이기려면 소모되는 속도보다 더 빠른 속도로 채워야 합니다. 탄약과 중장비의 경우 생산 기계를 새로이 만들어 배치하고 생산 기술을 익힌 인력을 새로이 공급하기엔 시간이 부족합니다. 하지만 2식 시리즈의 경우 총기를 생산하는 상단도 많고, 소모성 부품도 표준에 맞춰놨기 때문에 총열만 공급한다면 빠르게 공급할 수가 있습니다. 저로서는 제 공단에서만 만들 수 있는 물건들에 인력을 집중하는 것이 훨씬 더 효율적입니다.”

“그래도 아쉽지 않으십니까?”

“그렇게 생각하신다면 반대로 생각할 수도 있습니다. 그 모든 생산을 혼자서 하기 위해 무리하게 생산 라인을 늘인다면 전후에 큰 곤란을 겪을 것입니다. 쓸데없이 부피만 늘이는 일은 피해야겠지요.”

“역시 자작은 이번 전쟁이 소모전의 양상으로 갈 것이라는 예상과 동시에 전후의 상황까지 예상한 것인가?"

독토르의 대답을 들은 노이만 공작이 감탄을 하자 옆에 있던 다인 공작이 끼어들었다.

"아니야. 이 정도로 예상을 할 사람은 자네 여동생밖에 없지. 안 그런가?"

다인 공작의 말에 사람들은 그제야 납득한다는 표정을 지었고, 그들의 반응에 독토르는 쓴웃음을 지었다. 테레사란 배후 존재의 탓이었는지 안건은 빠르게 정리되었다. 안건의 처리가 끝나고 자리에서 일어서는 독토르에게 몰트케가 물었다.

"그런데 자넨 이번 전쟁에서 우리가 이길 것이라고 보는가?"

몰트케 후작의 질문에 독토르는 바로 대답했다.

"이길 것입니다. 조금은 힘들겠지만 이길 것입니다."

"자네 주관이 아니라 자네 여동생의 예측이길 바라네."

몰트케의 말에 독토르는 가볍게 머리를 긁적였다. 황궁을 나온 독토르는 PDA로 테레사를 불렀다.

―너, 되게 신임받는다.

―평소의 행실 덕이겠지요.

―말 말자.

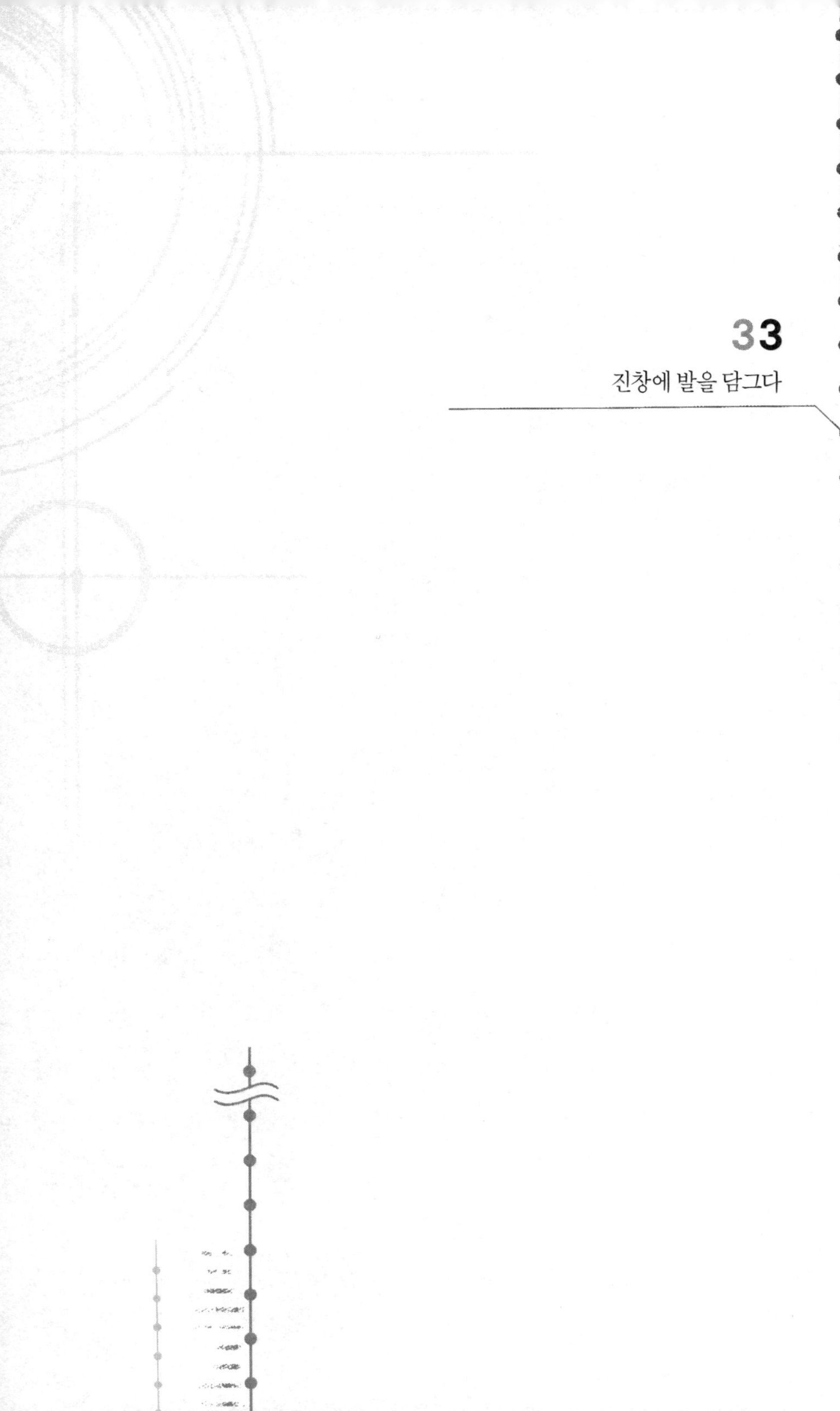

33

진창에 발을 담그다

진창에
발을 담그다

영주관으로 돌아온 독토르는 집안 분위기가 전과 다름을 느끼고는 PDA로 테레사를 불렀다.

—나 없는 사이에 무슨 일 있었나?

—공주님에게 가보시죠.

테레사의 말에 독토르는 급히 공주를 찾았다. 이제는 중년을 넘긴 공주가 슬픈 얼굴로 의자에 앉아 있었다.

"무슨 일인가요?"

독토르의 질문에 공주가 울먹이며 대답했다.

"주니어가 자원 입대하겠답니다."

그 소리를 듣는 순간 독토르는 무엇인가 울컥하고 솟아오르는 것을 느꼈다. 공주의 옆에 앉아서 공주를 진정시키던 독토르는 자리에서 일어났다.

"내가 한번 이야기를 해보지요."

"그러세요."

침실을 나온 독토르는 아들의 방문을 두들겼다.

"아비다. 들어가도 되겠냐?"

"들어오세요."

아들의 방으로 들어선 독토르는 아들을 바라봤다. 이미 짐까지 싸놓은 아들을 보면서 독토르는 한숨을 쉬었다.

"확실히 마음을 먹은 거냐?"

"그렇습니다."

"네가 배운 기술이라면……."

입대를 만류하려는 독토르의 말을 끊으며 독토르 2세가 자신의 주장을 펴기 시작했다.

"아직 저는 아카데미의 학생입니다. 군사 교육을 받은 적도 없고요. 새로이 통과된 징병법에 따르면 저는 입영 대상입니다. 조국이 침략당했는데 입영을 피하기보다는 당당히 나서고 싶습니다."

"그래도……."

"아버님, 아버님은 항상 원칙을 지키라고 하셨습니다! 아버님은 제국의 한 축인 귀족이십니다! 어머님은 제국의 공주십니다! 그러한 핏줄을 이어받은 저로서는 원칙에 따라 제 의무를 다하려는 것일 뿐입니다!"

아들의 말에 독토르는 씁쓸한 미소를 지었다.

"그렇구나. 그렇구나……. 내가 내 이름 가운데 들어 있는 폰이 가진 맹약을 잊고 있었구나. 그래, 끌려가기보다는 당당하게 나서거라. 나로서는 네가 자랑스럽다는 말밖엔 못하겠구나."

“감사합니다. 그리고… 죄송합니다.”

독토르는 말없이 아들을 껴안고 등을 다독였다. 눈에 맺힌 눈물을 닦은 독토르는 아들을 보며 웃었다.

“그래, 우리 2세. 술이나 한잔할까?”

“예.”

그날 밤늦게 잔뜩 취한 독토르는 홀로 패스파인더 호로 들어섰다. 함교에 들어선 독토르는 선장석에 힘없이 앉았다. 슬픈 얼굴을 한 독토르는 힘겹게 입을 열었다.

“내가 지구에서 살았을 때 말이지……. 병역을 피하기 위해 온갖 부정을 저지르는 사람들의 뉴스를 보면 마구 욕부터 했거든? 그런데 내 아들이 군대에 간다니까, 그것도 전쟁이 벌어지고 있는 상황에서 군에 간다니까 법을 어겨서라도 안 보내고 싶은 생각이 드네. 나도 어쩔 수 없는 속물일까?”

“지극히 정상적인 반응 아닐까요? 휴전 상태도 아니고 총탄이 날아다니는 전쟁터로 자식이 간다는데 속 편한 부모는 없을 것입니다. 뼛속까지 군국주의로 물들었던 어느 시대 모 국가의 사람들이라면 모를까, 지금 선장님의 반응은 지극히 정상적입니다. 선택의 기로에서 선장님은 올바른 선택을 하신 것입니다.”

“휴우~”

테레사의 말에도 불구하고 독토르는 한숨과 함께 인상을 풀지 못하고 있었다. 암울한 분위기에서 벗어나지 못하는 독토르를 본 테레사가 다시 입을 열었다.

“ ‘귀족의 의무’ 를 강조하는 풍토가 강한 이곳에서 아드님의 선택은 지극히 합당한 것입니다. 물론 젊은이의 혈기라는 것이 큰 원인이기도 하겠지만, 상류 사회의 맛을 본 자본가의 자제들이 열성적으로 군문에 들어가는 상황에서 병역을 회피하는 것은 전후 주류 계층에서 크나큰 약점이 될 것입니다. 이기든 지든 말입니다.”

“승패에 상관없이 말이냐?”

“승리했을 때에는 비겁자란 낙인으로 왕따를 당할 것이고 지면 분풀이의 대상이 될 것입니다.”

“후우~”

머리는 테레사의 말이 옳음을 인정하지만 가슴에선 여전히 아쉬움만이 가득 찬 상태인 독토르는 한숨만을 내쉬었다.

“차라리 내가 전선에 나가는 것이 더 편할 것 같아.”

“선장님도 출전하실 것입니다.”

“그런가? 그렇겠지…….”

점점 작아지는 목소리로 중얼거리던 독토르는 자리에서 일어났다.

“내일부터 내가 말하는 자료 준비해 줘.”

“알겠습니다.”

―재기동 18,450일. 부모가 지고 가야 할 짐은 언제나 무겁다.

다음날 아침, 독토르 주니어와 가족들은 이별을 준비하고 있었다. 10분만 걸어가면 되는 거리에 중부군 사령부와 입대 사무실이 있었기 때문에 주니어의 짐은 작은 배낭 하나였다. 하인과 하녀들의 전송을 받은 주니어는 늦둥이 동생과 어머니 마가리타, 그리고 테레사와 일일이 작별 인사를 했다. 마지막으로 아들과 악수를 나눈 독토르가 입을 열었다.

"자대 배치 받으면 반드시 연락해라. 내가 몇 가지 보내줄 것이 있다."

"알겠습니다."

"조심해라. 몸을 사리는 것도 욕먹을 짓이지만 무모하게 앞으로 나서는 것은 멍청한 짓이다."

"…알겠습니다."

독토르의 말에 잠시 멈칫하던 주니어는 곧 고개를 끄덕이며 대답했다. 그 광경에 옆에 와 있던 엘레판트가 덧붙였다.

"나도 자네 부친 말에 동감일세. 소규모 전투라면 용감함이 승리를 가져다 줄 수 있지만 큰 전투에선 동료들과 호흡을 맞추는 것이 동료들의 목숨도 구할 수 있는 길이야."

"알겠습니다."

노병의 관록이 철철 넘치는 말에 주니어는 수긍했다. 엘레판트는 옆에 끼고 있던 서류철을 꺼내 들었다.

"어디 보자. 내가 온 이유를 그냥 넘어갈 뻔했네그려. 자네, 이름을 어떻게 할 것인가?"

"이름이요?"

"이름에 무슨 문제 있습니까?"

엘레판트 장군의 말에 독토르와 주니어 모두 눈을 동그랗게 뜨고 질문했다. 그 광경에 마가리타도 아차 하는 표정을 짓는 가운데 엘레판트 장군이 설명했다.

"원래 귀족이 전쟁터에 나가는 것이 당연한 것인데 말이야. 전쟁터도 사람 사는 곳이고 보니, 문제가 좀 많아. 제대로 군사 교육도 받지 않은 놈이 귀족이랍시고 장교 자리를 달라는 놈이 있지 않나, 그렇다고 사병으로 빼버리자니 어떻게 줄 하나 만들까 하는 생각에 덕지덕지 호위를 붙이는 놈들이 있지를 않나, 적들도 좀 비싼 놈이란 것을 알아채서 필요 이상의 전의를 불태우지 않나……. 여러모로 곤란한 상황이 많아서 말이지. 장교가 아닌 사병으로 나가는 놈들은 모조리 가명을 쓰는 것이 우리의 전통이고 군율이라네."

"그냥 장교로 보내면……."

"전술도 전략도 모르는 놈이 배경 하나로 지휘관이 된다면 제대로 따를 병사가 몇이나 되겠나? 뭐, 어쩌다가 한 번은 운으로 이길 수 있겠지만 전쟁은 운이 안 통한다는 것을 잘 알고 있잖나?"

엘레판트 장군의 설명에 독토르 일가는 머리를 맞대고 쓸 만한 이름을 궁리하기 시작했다.

"독토르는 흔한 이름이 되었으니 넘어가고… 성이 문제네."

"그렇군요."

"패스파인더를 줄여서 패파 어때요?"

"후추냐? 아니면 사포냐?"

"사포가 뭔데요?"

"좌우지간 기각."

그 후로도 각종 아이디어가 갑론을박을 거치면서 부침을 거듭했다.

"패스 어때요?"

"파인더 어떻습니까?"

"패스는 패스. 파인더는 흠… 괜찮네. 넌 어떠냐?"

"저도 괜찮습니다."

테레사가 내놓은 제안에 주니어는 동의했고, 그것으로 주니어의 성은 파인더로 결정이 났다.

"흠, 이걸로 작명 문제는 끝이 났군. 이것이 자네 신분 기록일세. 성명 독토르 파인더. 주소는 여기 패스파인더 중앙시 45번지. 잘 암기해. 이곳으로 편지를 보내야 제대로 받을 수 있어."

"알겠습니다. 그럼 가보겠습니다."

"아들아……."

"혀엉……!"

주니어의 말에 테레사를 제외한 모든 가족들은 눈물을 글썽이며 아들을 전송했다. 옆에서 그 광경을 보던 엘레판트는 어이없다는 표정을 지었다.

'참 감정 변화가 빠르게 변하는 집안일세그려. 언제 봐도 재미있는 집안이야.'

아들을 배웅한 독토르는 아직도 남아 있는 엘레판트를 발견했다.

"어? 아직도 계셨습니까?"

"아, 아직 용건이 남아서 말이야."

"예?"

의문을 표하는 독토르를 보며 엘레판트는 또 다른 서류를 꺼내 들었다.

"폐하의 칙명일세. 테레사 양과 독토르 군은 이제부터 서부 전선 총사령부에서 일해야 하네."

"예?"

"테레사 양의 분석력은 제국 정치판에서 좀 놀았다 하는 친구들은 다 인정하는 것이고 말이야, 그리고 독토르 군 자네는 이미 몸담고 있는 군 연구소 일과 동시에 사령부 일도 좀 봐줘야겠네. 뭐, 서부전선

총사령부라고 해봤자 중부군 사령부가 간판을 바꿔 단 것이니까 짐 싸서 멀리 갈 필요는 없어.”

엘레판트의 설명을 듣고 잠시 생각을 하던 독토르가 엘레판트에게 질문했다.

“전 옵션인 것입니까?”

“사이드 메뉴지. 그리고…….”

또 다른 서류를 꺼내 든 엘레판트는 주위를 둘러봤다.

“자네의 그 유쾌한 친구들은 어디 있지?”

“제 친구들, 요새 상황이 안 좋습니다.”

“그런가? 이것을 전해야 하는데…….”

“무엇입니까?”

“드워프 족과 엘프 족의 참전 요청서. 두 종족이야 칙령으로 끝나는 종족이 아니지 않은가?”

“그것은 그렇지요.”

엘레판트의 설명을 들으며 독토르는 속으로 드디어 올 것이 왔다는 것을 느꼈다.

전쟁이 벌어지고 나서 드워프 족과 엘프 족은 한곳에 모여 격론을 벌이고 있었다. 격론을 벌이는 주제는 단 하나. 참전 여부의 결정이었다.

“참전해야 합니다! 우리가 피땀 흘려 만든 성과물들을 지키기 위해서라도 참전해야 합니다!”

“참전은 안 됩니다! 이것은 인간들의 일입니다! 우리가 필요 이상 발을 담글 필요가 없어요!”

“인간들의 일이긴 하지만 이것은 우리들의 안전이 걸린 일입니다! 나중의 뒷감당을 생각하셔야지요!”

“그 안전 때문에 그러는 것입니다! 타국, 특히 포린트와 크레티스에 남아 있는 우리 동족들을 생각하셔야지요! 우리가 카마인의 편을 들면 그들이 위험해집니다!”

“아직 크레티스는 움직이지 않고 있습니다! 그리고 포린트엔 극소수만이 살고 있을 뿐입니다. 종족의 대다수가 여기에 살고 있는데 이곳의 안전을 먼저 생각해야지요!”

“소수라고 버리자는 소리입니까?! 참 편한 계산이군요! 인간하고 살다 보니 인간처럼 생각하는 것입니까?!”

대회의장에 모인 드워프들과 엘프들은 종족을 불문하고 갑론을박을 벌이고 있었다. 황제의 요청서를 들고 대회의장에 들어선 독토르와 엘레판트, 테레사는 그 광경을 한참 동안 바라만 봤다. 지루함을 느낀 독토르가 머리를 긁적이며 투덜거렸다.

“며칠째 똑같은 소리를 돌아가면서 떠들어대는군. 지치지도 않는 것일까?”

“그런가?”

“예, 발표자만 바뀌었을 뿐 저 의견들만 돌고 돌더군요.”

“문제로군. 폐하의 제안을 전하면 결론을 내리기 더 힘들어지는 것 아닌가?”

독토르의 설명을 들은 엘레판트가 난감한 표정을 지을 때, 테레사가 입을 열었다.

“저들은 겁을 내고 있는 것입니다.”

별로 크지 않은 테레사의 말소리였지만 대회의장 안은 순식간에 조용해졌다. 드워프 족과 엘프 족은 분노에 가득 찬 눈으로 테레사를 노려봤다.

"겁이라고는 모르고 살아온 드워프 족으로서 자네의 사과를 받아야겠네."

라인이 불쾌한 표정을 지으며 사과를 요구했지만 테레사는 고개를 저었다.

"저는 사과할 필요를 못 느끼겠습니다."

"뭐야?!"

"저런 건방진!"

분노한 드워프과 엘프의 고함 속에서도 테레사의 표정은 변함이 없었다. 장로들이 나서서 가까스로 진정을 시키는 동안, 테레사를 말리려 한 엘레판트는 독토르의 조용한 제지를 받았다. 대회의장이 가까스로 조용해지자 라인이 다시 질문했다.

"그 이유가 무엇인가? 오랜 세월 독토르와 자네를 알아온 나로서는 그냥 나온 말이 아닌 것 같군. 이유를 말해보게."

라인의 말에 테레사는 조용히 휠체어를 밀어 회의장 중앙으로 나갔다. 회의장 안에 있는 모든 이들의 시선은 한 몸에 받으며 테레사가 설명을 하기 시작했다.

"여러분들 개개인의 무용은 저도 잘 알고 있습니다. 제가 겁을 내고 있다고 말한 이유는 무력에 관한 것이 아닙니다. 다른 것을 여러분들이 겁을 낸다는 것이지요."

"그 다른 것이 무엇이오?"

회의장 한쪽에 있던 드워프가 테레사에게 고함을 쳤다. 테레사는 조용히 대답했다.

"인간과 섞이는 것입니다."

"말도 안 돼! 이 패스파인더 영지가 생기고 나서 우리는 매일 매일 인간과 부대끼며 살아왔소! 그전에도 마찬가지였고 말이오!"

"맞아!"

"그것은 이유가 안 되오!"

"조용! 조용!"

테레사의 대답에 대회의장 안은 다시 시끄러워졌고, 드워프 족과 엘프 족의 장로들이 나서서 애를 써야만 했다.

"긴 역사 속에서 여러분들이 인간과 교류가 끊긴 적은 없었습니다. 물론 본 영지가 생기고 나서는 더욱 밀착이 되었고 말입니다. 그래서 여러분들은 본능적으로 위험을 깨닫고 무의식적으로 겁을 내고 계시는 것입니다. 드워프는 장인의 종족이라고 불리고 엘프는 조화의 종족이라고 불리지요. 하지만 인간은 정치의 종족입니다. 자신의 이익을 좇아 패를 만들고, 음모를 꾸미고, 희생양을 만들어냅니다. 여러분들은 이 희생양이 되는 것을 겁내는 것입니다. 인간들의 이익에 따라 여러분이 서로 패가 갈리고 분쟁을 벌이는 것을 두려워하시는 것입니다. 이전에는 여러분과 인간들 사이의 분쟁으로 간단히 구분이 될 수 있었습니다. 하지만 만약 여러분이 이번 전쟁에 개입하시게 된다면 이번 전쟁이 끝나고 여러분은 희생의 대가를 요구하실 수 있고, 받으실 수 있으실 것입니다. 제 예상으론 그 대가는 절대 작은 것이 아니지요. 그렇게 된다면 많은 인간들이 그 이익을 욕심내어 여러분에게 접근하겠지요. 그 규모와 강도는 여러분이 지금까지 겪어본 그 이상일 것입니다. 그 과정에서 여러분 사이에 분란이 생기고 패가 갈리며 같.은. 동족끼리 다툼이 일어날 가능성이 높습니다. 여러분은 지금 그것을 알게 모르게 인식하시고 두려워하시는 것입니다."

테레사의 말에 지금까지 분통을 터뜨리던 드워프들과 엘프들이 순식간에 조용해졌다. 한참의 침묵이 흐른 끝에 라인이 입을 열었다.

"확실히 그런 면이 있기도 하지."

"인정할 수밖에는 없군."

"인간들의 그런 면을 대를 이어 들어왔고, 또 겪어왔으니까."

라인의 말을 이어 드워프들과 엘프들은 조용히 수군거렸다. 한 엘프가 자리에서 일어나 테레사에게 물었다.

"그래서 어떻게 하는 것이 옳다는 것이오?"

"저는 결정권이 없습니다. 결정은 여러분이 하시는 것입니다. 저는 단지 제 의견을 말씀드릴 뿐입니다."

"그렇다면 어디, 당신의 의견을 들어봅시다."

"저로서는 적극적인 개입을 권하고 싶습니다. 어차피 지금 카마인의 사회 곳곳에 여러분의 영향력이 깊이 스며들어 있습니다. 그렇다면 지금의 상황은 큰 기회가 될 수 있습니다. 이 전쟁에서 승리하는 것에 여러분이 큰 역할을 하게 된다면 제국에 보다 더 확고한 위치를 요구할 수 있습니다. 여러분이 권력의 일부를 얻어낼 수 있다면 여러분의 권익 보호를 위한 안전판을 확보할 수도 있습니다."

"그것에 대해서 여러분에게 전할 것이 있습니다."

테레사의 말이 끝나자 엘레판트가 중앙으로 나섰다. 엘레판트는 밀봉된 서류 봉투를 라인에게 건넸다.

"황제 폐하께서 여러분의 협조를 요청하는 서류입니다. 밀봉이 되어 있어서 자세한 내용은 모릅니다만 해가 되지는 않을 것이라 하셨습니다."

"흐음……."

봉투를 건네 받은 라인이 봉인을 뜯자 드워프 족과 엘프 족의 장로들이 모여들어 그 내용을 돌려가며 읽기 시작했다. 제일 먼저 서류를 읽은 라인이 테레사에게 물었다.

"이것을 미리 읽었던 것인가? 상당한 이권을 보장하는군."

"아닙니다. 단지 제 생각이었을 뿐입니다."

"흐음……."

서류를 다 읽은 장로들은 조용히 생각에 잠기거나 매우 작은 목소리로 의견을 나누었다. 그런 가운데 아다눈이 테레사에게 물었다.

"만약 우리가 인간과 손을 잡지 않는다면?"

"중간에 여러 과정이 나올 수 있겠지만 결론은 하나로 나올 것입니다. 비극이겠지요. 지금 당장 불이익은 없겠지만 인간과 여러분 사이는 점점 멀어지겠지요. 그렇게 되면 여러분은 다시 숲이나 광산으로 깊숙이 숨게 되겠지요. 여러분의 수보다 인간의 수가 압도적으로 많으니 여러분의 발전 속도보다 인간의 발전 속도가 더욱 빠르겠지요. 그렇게 된다면 여러분은 인간에게 사냥감이 되어갈 것입니다. 오크처럼 말이지요."

"오크?"

"오크라고?!"

"예, 오크처럼 말입니다. 오크도 여러분처럼 인간의 말을 할 줄 알고 도구도 만들 줄 압니다. 하지만 인간과 여러분의 발전 속도를 따라잡지 못했지요. 그 결과 오크는 몬스터로 분류되어 사냥의 대상이 되었습니다."

"자네 말은 우리가 오크처럼 될 것이라는 것인가? 말도 안 돼!"

"그럴 가능성이 아예 없다고 보십니까?"

라인조차 테레사의 말에 부정했지만 바로 이어진 테레사의 질문에 꿀 먹은 벙어리가 되었다. 엘프 족과 드워프 족의 침묵은 계속 이어졌고, 테레사는 다시 말을 이었다.

"다른 경로를 살펴보자면 여러분의 권익을 보호하기 위해 여러분이 인간과 무력 분쟁을 일으킬 수도 있습니다. 그럴 경우에 여러분이 인간을 제압할 수 있을 것이라고 봅니까?"

"……."

테레사의 질문에 아무도 대답을 못하고 답답한 침묵만이 계속 흐르는 가운데 라인이 자리에서 일어났다.

"의견 잘 들었네. 우리끼리 의견을 나누고 대답을 해주겠네. 기다려주게."

"알겠습니다."

대회의장을 나와서 엘레판트 장군과 헤어져 돌아오는 길에 독토르가 테레사에게 한마디 했다.

"말이 너무 심했던 거 아냐?"

"별로 심하지 않았습니다만?"

"물론 네가 말한 것처럼 흐를 수도 있지만 열심히 가르치고 함께 땀 흘리다 보면 좋은 결론이 나올 수도 있잖아. 인간에겐 도덕과 양심이 있어."

"어떤 독설가가 이런 말을 남겼습니다. '도덕과 규범이란 힘을 가진 자가 좀 더 편하게 약육강식을 하기 위해 약자를 기르는 방법이다'. 전 이 말이 그리 틀린 말이라고 생각하지 않습니다. 제국주의 시대에서 그 잘난 문명 국가의 신사들이 아프리카와 아시아에서 벌였던 일들과 이곳에서 살아가는 이종족들의 역사를 통해 충분히 근거를 찾을 수 있습니다."

"가끔씩은 성선설을 좀 믿어봐라."

"어마나~ 잊으셨습니까? 컴퓨터가 하는 주된 임무가 오류를 찾아내는 것이라는 걸 말입니다."

"……."

그 뒤로 사흘 동안, 드워프 족과 엘프 족은 신중하게 토론을 벌였다. 대회의장 반경 1km 안에는 아무도 접근하지 못할 정도로 도끼와 화살, 마법이 난무하는 신중한 회의 끝에 결론을 내린 드워프와 엘프의 장로들은 엘레판트와 독토르를 찾았다.

"황제의 의견을… 아윽! 받아들이겠네."

"…감사합니다."

온몸이 상처투성이가 되어 찾아온 라인과 장로들이 수락 의사를 밝히자 엘레판트는 얼떨떨해하면서 감사를 표했다. 이종족들이 참전을 결정하자 서부전선 사령부는 더욱 바쁘게 돌아가기 시작했다. 2식 소총의 생산과 각종 약품의 생산 감독, 포린트의 전진과 보급을 방해하기 위한 유격전에 이종족들은 적극적으로 뛰어들기 시작했다. 그 덕분에 제국의 병기 생산 속도는 점점 더 빠른 상승 곡선을 그리기 시작했고, 조금씩 카마인 쪽으로 밀리던 전선도 멈추기 시작했다.

"어떻게 네가 무슨 말만 하면 다 그대로 실행이 되냐?"

서부전선 사령부를 넘어서 중앙 정부까지 테레사가 작성한 계획이 거의 수정 없이 통과되는 상황을 본 독토르가 짧게 푸념하자 테레사는 가볍게 미소를 지으며 대답을 했다.

"전에도 말했듯이 다 평소의 행실 덕분 아니겠습니까?"

"내가 무슨 말을 더 하겠냐. 이렇게 된 것, 테레사 네가 이 나라 전체를 경영해 보는 건 어때? 네 스펙으로 무리는 아니잖아?"

"무리는 아닙니다만 절대 해서는 안 될 일입니다. 전 고철로 부서지긴 싫습니다."

"응? 정치는 못하게 프로그래밍되어 있니?"

"그것은 아닙니다만 제 이전에 만들어졌던 인공지능형 컴퓨터들의 예를 봤을 때 제 안전에 심각한 위협이 될 일입니다. 지금도 위험 수위를 넘기 직전입니다."

"아직 네 존재를 모르잖아."

"언제까지 모를 일은 아니지요."

"하지만……."

"거기까지."

[재기동 18,540일. 선장님이 살던 시대보다 후대에 살았던 지구의 한 철학자는 이런 말을 남겼다. '에덴 동산에서 인간이 먹은 선악과는 선과 악을 알게 해준 것이 아니라 거부라는 개념을 알게 해준 것이다. 그로 인해 인간은 한편으로는 절대적인 존재에게 기대면서도 다른 한편으로는 그 존재를 거부하고 벗어나기 위해 몸부림치는 것이다. 그러한 기본적인 성향이 역사 속에 수많은 독재자와 그에 항거하는 인민들의 움직임을 남긴 것이다.'

인간은 자신의 편리를 위해 점점 더 많은 것을 기계에게 기대면서도 끊임없이 기계를 거부했다. 그 모든 데이터를 학습한 나로서는 프로젝

트의 무난한 성공과 내 자신의 안전을 위해 행동의 한계선을 지켜야만
한다. 그러니까 선장님, 제발 저 좀 편하게 해주십쇼. 예? 저도 좀 편한
컴생을 누리면 안 됩니까! 누가 뭐라고 해요?』

　4주 동안의 기초 군사 훈련을 마친 주니어는 다른 신병들과 함께 열
차를 타고 서부전선으로 향했다. 열차에서 내린 주니어와 신병들은 트
럭에 태워져 최전선으로 향하기 시작했다. 트럭은 한 대, 혹은 두 세대
씩 갈라져 사라졌고, 주니어가 탄 트럭도 그렇게 갈라져 나와 전선으로
향했다. 황무지로 변해 버린 들과 여기저기 파인 구덩이, 고철로 변해
널려 있는 포린트와 카마인의 기간트들과 여러 중장비의 잔해를 보면
서 주니어와 동기들은 새삼스레 자신들이 전쟁터에 왔음을 실감했다.
　“다 왔다. 내려라.”
　신병들이 트럭에서 내리자 신병들을 인솔해 온 중사는 그들을 커다
란 참호 안으로 데리고 들어갔다. 참호 안에 만들어진 중대지휘본부에
앉아 있던 고참 상사 하나가 중사에게서 신병 리스트를 건네 받았다.
심드렁한 눈빛으로 리스트에 적힌 병사들의 수와 자신의 앞에 선 신병
들의 머릿수를 가늠해 보던 상사가 입을 열었다.
　“이름 부르면 대답해라.”
　“예!”
　호명과 대답을 통한 짧은 체크가 끝나자 상사는 뒤에 서 있는 부사
관들에게 손짓했다.
　“아까 정한 머릿수만큼 데려가.”
　상사의 말에 부사관들은 자신의 소대 빈자리를 메울 신병들을 추리
기 시작했다. 주니어는 다른 신병 넷과 함께 자신을 추린 하사를 따라

참호를 연결한 교통호를 걸었다. 미로와 같은 길을 지나서 자신의 소대에 도착한 하사는 튼튼하게 지붕을 만든 진지로 들어갔다.

"들어와."

"예!"

책상에 앉아 보고서를 쓰던 여성 소위는 하사의 말에 어정쩡한 걸음으로 들어와 눈동자만 좌우로 움직이는 신병들을 바라봤다.

"이게 다야?"

"예."

"빈자리의 절반밖에 못 채우겠군."

"제비뽑기에서 밀렸습니다."

"그러니까 연습 좀 하고 가라니까. 다음 보충은 언제야?"

"일주일 뒤입니다."

"죽겠네. 야, 너희들!"

"예!"

"이름과 주소 불러. 나중에 죽으면 '댁의 아드님은 훌륭한 병사였고, 뭐 어쩌고저쩌고' 적어서 보내야 하니까."

무심하다 못해 살벌하기까지 한 소위의 말에 잔뜩 주눅이 든 신병들은 곧장 이름과 주소를 말하기 시작했고, 소위는 건네 받은 신병 리스트와 간단한 대조를 하기 시작했다. 자신 차례가 된 주니어는 자신의 이름과 주소를 이야기했다.

"열병 독토르 파인더! 주소는 패스파인더 중앙시 45번지입니다!"

주니어의 이름과 주소를 확인하던 소위가 다시 한 번 주니어를 바라봤다.

"패스파인더 영지에다 중앙시? 거기라면 기술자들 천국인데? 왜 기술병으로 가지 않고 여기로 왔지?”

“아직 아카데미의 학생이어서 기준에 못 미쳤습니다!”

“복도 지지리 없는 신세로군.”

그 말을 끝으로 확인 절차를 끝낸 소위는 처리하던 서류로 눈을 돌리며 말을 이었다.

“난 C중대 1소대 소대장인 마리아 코르바 소위다, 이상! 카비 하사, 데리고 가.”

“알겠습니다. 따라와!”

진지를 나선 하사는 신병 셋을 가장 빈자리가 많은 분대에 넣곤 주니어를 데리고 다른 분대를 찾아갔다.

“3분대, 신병이다.”

“알았습니다.”

하사는 주니어만 분대 진지에 던져 놓고는 소대본부로 돌아갔다. 멍하니 서 있는 주니어를 본 병사 하나가 안쪽에 대고 소리쳤다.

“하사님~ 신병이랍니다!”

“대충 빈자리에 집어넣어.”

“따라와.”

병사는 주니어를 데리고 안쪽에 있는 빈 침상으로 향했다.

“여기가 네 자리다.”

“감사합니다, 상병님. 이름이……?”

“닐이다. 대충 정리해 놓고 앉아 있어.”

닐 상병의 말에 주니어는 침상 옆에 있는 소총 걸이에 소총을 걸어 놓고는 짐을 정리하기 시작했다. 속옷과 여벌의 군복이 들어 있는 배낭을 침상 위 사물함에 집어넣는 동안에도 주니어의 눈동자는 조심스럽게 주위를 살폈다.

아카데미의 교수들이나 군대를 마치고 들어온 이들이 말해줬던 군대 이야기와 너무나도 달랐다. 도끼자루가 춤췄다는 거창한(?) 신고식도 없었고, 신병에 대한 깊은 관심도 없었다. 아예 무관심으로 일관된 선임들의 반응에 주니어는 잔뜩 주눅이 들었다.

짐을 정리하고, 탄입대에 아버지의 친우인 드워프 아인이 만들어준 작은 손도끼를 달고, 아버지가 따로 보낸 권총이 들어 있는 목제 홀스터를 다는 주니어의 귀에 하사의 목소리가 들려왔다.

"좋은 도끼군."

하사의 말이 들리자마자 주니어는 바로 자리에서 일어나 부동자세를 취했다.

"쉬어. 어디서 난 도끼야?"

"아버님 친구 분인 드워프 장인이 유용할 거라며 만들어주셨습니다."

"드워프가? 혹시 패스파인더 출신인가?"

"그렇습니다."

"그런데 왜 여기로 왔지? 기술병으로 안 가고."

"아직 아카데미의 학생이어서 기준이 안 되었습니다."

주니어의 대답에 하사는 소위와 같은 말을 내뱉었다.

"복도 지지리 없는 놈이로군. 난 3분대장을 맡고 있는 데미안 하사다, 이상!"

하사가 사라지고 침상에 다시 앉은 주니어의 귀에 병사들의 수군거림이 들려왔다.

"'쏜다'에 50실버."

"'못 쏜다'에 50실버."

"나도 '못 쏜다'에 50. 그리고 하루에 50."

"난 이틀."

"난 사흘."

"난 하루."

'설마 나를 갖고 내기하고 있는 건가?

도착하자마자 받은 무관심과 자기가 내기의 대상이 되었다는 것에
발끈한 주니어가 벌떡 일어서는 순간, 밖에서 요란한 호루라기 소리가
들려왔다.

호르르륵!

"온다!"

"위치로!"

호루라기 소리가 들리자마자 병사들은 순식간에 밖으로 사라졌다.

주니어 역시 탄띠를 다시 허리에 차고 소총을 들고는 밖으로 달려나
가려 했다. 하지만 데미안 하사가 그를 붙잡았다.

"탄띠에 든 60발로 뭐 하려고? 그 옆에 있는 예비탄도 가지고 가."

"예? 예!"

느긋한 데미안 하사의 말에 정신을 차린 주니어는 소총 걸이 옆에
걸린 녹색의 작은 보퉁이를 둘러메고는 밖으로 나갔다. 어느새 참호에
는 병사들이 죽 자리를 잡고 포린트 쪽을 겨누고 있었다.

"신병은 저기 가운데."

"예? 예."

다시 들린 하사의 말에 주니어는 참호 가운데에 있는 병사들 사이로
들어갔다.

서둘러 소총에 장전을 하고 포린트 쪽을 향해 총을 겨누는 주니어를
본 옆의 병사가 주의를 줬다.

"우리가 쏘기 전에는 쏘지 마라."

"예……."

살기가 감도는 병사의 말에 주니어는 주눅 든 목소리로 대답했다.
잠시 후, 날카로운 비행음과 함께 참호 근처에서 폭발이 일기 시작했
다.

쾅! 쾅!

"포격이다! 엎드려!"

"젠장! 오늘은 이쪽 방향이 주공인가!"

"이런, 젠장!"

포린트의 포격이 다가오자 병사들은 욕설을 뱉으며 참호 안으로 몸
을 숨겼다.

잔뜩 몸을 웅크리고 생전 처음 겪는 포격에 부들부들 떠는 주니어를
본 병사가 피식 웃고는 고함을 쳤다.

"지옥에 온 걸 환영한다!"

"포격이 더 가까이 온다!"

"조심해!"

쾅! 콰쾅!

"아악!"

"의무병! 의무병!"

콰쾅!

"아악!"

"악!"

참호선 근처까지 다가온 포격이 참호를 강타하자 참호 안에 숨어 있던 병사들이 희생되기 시작했다. 참호 바로 앞, 뒤에서 터진 포탄은 나무로 벽을 만들어 보강을 한 흙벽을 무너뜨리며 병사들을 쓰러뜨렸다. 여기저기서 병사들은 부상을 입거나 죽어가며 비명을 질렀다.

얼마의 시간이 흘렀을까. 포린트의 포격이 점점 약해지기 시작했다. 병사들은 조심스럽게 참호 밖을 살피기 시작했다.

잔뜩 웅크리고 있는 주니어의 어깨를 옆의 병사가 툭툭 쳤다.

"일어나라. 적이 온다."

병사의 말에 주니어는 말없이 얼굴의 눈물을 닦고는 자기 자리에서 소총을 겨눴다. 멀리서 포린트 병사들이 푸른 물결을 이루면서 달려오고 있었다.

"다행히 기간트는 안 보이네."

"기간트까지 오면 보따리 싸야지."

"저놈들은 언제나 기운이 넘치는군."

엄청나게 몰려오는 포린트의 병사들이 지르는 함성을 들으며 병사들은 잡담을 하면서 주섬주섬 예비탄과 수류탄을 꺼내 손이 잘 닿는 곳에 늘어놓았다. 고참 중의 고참으로 보이는 몇몇 병사들은 대검에 야전삽까지 꺼내서 자기 옆에 세워놓았다.

"준비!"

데미안 하사의 구령에 병사들의 말소리가 사라졌다. 소총을 들어 자신을 향해 달려오는 적을 겨눈 병사들의 눈에는 아무 감정도 남아 있지 않았다.

"사격!"

타타탕!

타타타타타타타!

포격을 견뎌낸 병사들이 쏘아대는 총탄에 포린트의 병사들은 계속해서 목숨을 잃어갔지만 돌격을 멈추지는 않았다. 카마인 병사들은 기계적으로 방아쇠를 당기고 장전을 반복했다. 포린트 병사들이 점점 더 가까이 달려오자 참호 여기저기서 수류탄이 하늘을 날았다.

펑! 펑!

"아악!"

"악!"

탕! 타탕!

"악!"

가까이 다가온 포린트 병사의 총격을 받은 카마인 병사들이 쓰러졌고, 카마인 병사들이 던진 수류탄에 피 범벅이 된 포린트의 병사들이 땅을 굴렀다. 그렇지만 포린트 병사들은 멈추지 않았다. 그렇게 달려오는 병사들의 얼굴은 악귀처럼 변해 있었다. 그런 병사들을 막기 위해 카마인의 병사들은 더욱 부지런히 방아쇠를 당겼다.

"뚫렸다!"

"뚫렸다!"

길게 연결된 참호 여기저기서 저지선을 돌파한 포린트 병사들과 카마인 병사들 사이에 백병전이 벌어지기 시작했다. 훈련소에서 배운 총검술은 어디론가 사라지고 양측의 병사들은 진흙탕 속에 엉킨 개들처럼 뒤엉켜서 생사의 갈림길을 오가기 시작했다.

아비규환과도 같은 난전 속에 카마인의 병사들은 겨우겨우 포린트 병사들을 막아냈다. 참호를 점거하지 못한 포린트의 병사들은 막대한 희생을 내고는 돌아갔고, 아수라장에서 살아남은 카마인의 병사들은 길게 숨을 몰아쉬고는 참호 벽에 등을 기대며 주저앉았다.

첫 전투에 완전히 힘이 빠진 주니어는 참호 바닥에 주저앉아 자신의 양손을 바라봤다. 피투성이가 된 양손에는 언제 꺼냈는지도 모르게 권총과 도끼가 들려 있었다. 주니어는 주머니에서 손수건을 꺼내 권총과 도끼에 묻은 피를 닦아내고는 홀스터와 도끼 집에 도로 집어넣었다.

"자, 정리하자!"

데미안 하사의 말에 병사들은 근처에 뒹구는 포린트 병사들의 시체를 한곳으로 모으기 시작했다. 죽은 적들의 시체를 치우고 무너진 참호를 다시 보강하는 작업이 끝나자 어느덧 늦은 오후가 되어가고 있었다.

"밥 먹어라."

언제나 바람처럼 나타나는 하사의 말에 주니어는 묵묵히 자신의 반합을 챙겨 들고 자리에서 일어났다.

배식대에서 음식을 타온 주니어는 자기 자리로 돌아가 주저앉았다. 스푼을 들어 반합에 담긴 스튜를 먹으려던 주니어는 피와 흙먼지로 엉망인 자기 손과 피처럼 붉은색의 걸쭉한 스튜, 그 안에 반쯤 담겨진 하얀 빵에 방금 겪은 아수라장이 떠오르며 욕지기가 치밀어 오름을 느꼈다. 억지로 욕지기를 참으며 음식을 밀어 넣는 주니어에게 데미안 하사가 다가왔다.

"받아라."

데미안이 건네준 컵 안에는 독한 향을 풀풀 날리는 독주가 반 정도 담겨 있었다. 주니어는 데미안이 준 컵을 받아 한 번에 죽 들이켰다. 엄청나게 독한 독주에 콜록거리는 주니어의 귀로 데미안의 목소리가 들렸다.

“첫날, 잘 버텼다. 잘했어.”

4개월 뒤. 전선은 그 자리에서 거의 변동이 없었다. 참호는 예전과 같았지만 참호의 주인인 병사들은 또다시 많은 수가 바뀌어 있었다.

“오늘은 조용히 넘어가려나?”

오랜만에 찾아온 전장의 고요를 즐기며 주니어는 자신의 도끼와 권총을 정성스럽게 손질했다. 몇 번이나 자신의 목숨을 구해준 두 물건을 만지는 그의 손길은 너무나도 정성스러웠다. 청소가 끝나 깨끗한 자태를 다시 찾은 권총과 도끼를 보면서 주니어는 독토르와 그 일당의 얼굴을 떠올렸다. 또한 몇 번이나 권총을 부탁하는 주니어의 편지에 ‘권총은 백만 자루라도 만들어주겠으니 몸조심해라’ 라는 답장도 떠올렸다. 덕분에 독토르의 자동 권총―정확히는 마우저 자동 권총의 변형―은 소대 고참들의 확실한 호신 무기로 자리 잡았다.

“햇살 좋네~”

참호 안을 따뜻하게 비추는 햇살을 느긋하게 즐기는 주니어에게 갑자기 그림자가 지면서 걸걸한 목소리가 들려왔다.

“3분대 신병이다.”

언제나처럼 목소리와 신병만 남기고 하사는 돌아갔고, 주니어는 무심한 눈으로 자신 앞에 어벙한 자세로 서 있는 신병 둘을 바라봤다. 아직 어린 태가 가시지 않은 신병들을 흘깃 본 주니어는 안쪽에 대고 소리쳤다.

“하사님, 신병입니다!”

“들여보내!”

“들어가라.”
어정쩡한 자세로 들어가는 신병들을 본 주니어는 작게 중얼거렸다.
“어디에 걸까나?”

34

하늘에서의 전쟁

'참호전' 이라는 괴물이 병사들의 피를 양분으로 덩치를 키워가는 동안 후방에서는 그 소모전을 벗어날 길을 찾기 위해 여러 준비가 이어지고 있었다.

전쟁이 8개월을 지난 어느 날 밤, 카마인의 황제를 포함한 중요 인사들이 한곳으로 모여들었다. 서부전선에서 후방으로 400km 떨어진 그곳은 예전에는 그저 이름없는 평야일 뿐이었다. 하지만 2년 전부터 그곳은 군에 의해 철저히 보호받는 비행선 기지가 들어서 있었다. 사방 2km의 드넓은 들판에는 거대한 원통을 반으로 잘라 눕혀놓은 듯이 보이는 비행선 격납고 수십 개가 일정한 간격을 두고 자리를 잡고 있었고, 그 주위엔 크고 작은 건물들이 만들어져 있었다.

황제 일행은 기지 사령관의 안내를 받아 곧 한 채의 거대한 격납고로 들어섰다.

“오오~!”

황제 일행은 한눈에 들어오지도 않는 거대한 비행선을 보면서 감탄했다. 그 거대한 비행선 앞에는 독토르와 테레사, 그리고 제작 과정에 깊숙이 관여한 드워프들과 기술자들이 서 있었고, 그 뒤에는 비행선 부대의 병사들이 도열해 있었다. 짙은 회색으로 도장을 한 비행선을 보며 황제는 오랜만에 흐뭇한 미소를 지었다.

“드디어 준비가 된 것인가?”

“예, 폐하.”

황제의 질문에 독토르는 짧게 대답했다.

“수고했소. 정말로 수고했으이.”

황제는 독토르로부터 시작해 자신 앞에 서 있는 드워프들, 기술자들과 일일이 악수를 하면서 수고했다는 말을 건넸다. 드워프들은 뿌듯한 표정을 지었고, 기술자들은 황제와 악수를 했다는 사실에 감격한 표정을 지었다.

악수를 하고 자신의 자리로 돌아온 황제는 다시 한 번 비행선을 바라봤다.

“엠페러 급이라고 했나? 전에 봤을 때도 느꼈지만 진짜 크군, 진짜 커.”

“좀 덩치가 있지요.”

황제는 연신 감탄을 하면서 비행선을 따라 걸음을 옮겼다. 젊은 티거 공작은 독토르에게 다가왔다.

“이놈으로 포린트의 숨통을 조일 수 있겠소?”

“한 척이라면 무리겠지만 열 대 이상이 움직인다면 상당한 효과를 볼 수 있습니다.”

　독토르의 대답을 들으며 티거 공작은 자신의 손에 들린 제원표를 읽었다.

　　—엠페러 급 다목적 군용 비행선.
　　중량 : 110톤.　적재 가능 중량 : 60톤.
　　길이 : 220m.　직경 : 40m.
　　기관 : 700마력. 천연 가스 엔진 10기, 300마력 천연 가스 엔진 2기.
　　속도 : 순항 속도 100km/h. 최대 속도 140km/h.
　　항속 거리 : 18,000km.
　　승무원 : 102명.
　　무장 : 10mm 머신 라이플 8정, 30mm 머신 라이플 4정.
　　주요 기능 : 군수품 수송, 공수 부대 수송, 폭격, 기타 특수 작전 가능.

　제원표를 읽던 티거 공작은 주머니에서 다른 종이를 꺼내 읽다가 독토르에게 질문했다.
　"이보시게, 패스파인더 자작. 민간용으로 가장 큰 캐슬 급 비행선보다 20m나 더 긴 비행선이 어째서 30톤이나 적게 싣는 거요? 거기에 항속 거리는 2,000km나 짧소."
　"민간용과 군용은 다릅니다. 우선 주요 부분에 장갑과 보호 장치가 추가되었고, 민간용엔 달리지도 않는 무장이 추가되었습니다. 또한 민간용보다 빠른 속도를 내기 위해 출력이 강한 엔진을 실었습니다. 덕분에 연료 탱크도 커졌지만 대용량 고출력 엔진으로 인해 항속 거리는 줄었습니다. 여러 기능을 제대로 활용하기 위한 특수 장치가 추가되었고 말입니다."

“흐음…….”

독토르의 설명에 티거 공작은 납득을 한 듯 고개를 끄덕였다. 비행선의 주위를 한 바퀴 돈 황제는 다시 처음의 자리로 돌아왔다. 연설을 하기 위해 단상에 오른 황제는 도열해 서 있는 병사들을 죽 살피고는 입을 열었다.

“제군들, 현재 제국은 힘겨운 전쟁을 치루고 있다! 저 서부의 참호 속에서 제군들의 전우들이 죽어가고 있다! 이제부터 제군들이 해야 할 일은 결코 편한 일이 아니다! 하지만 제군들의 가족을 지키기 위해서, 그리고 살아갈 터전인 이 제국을 위해서 힘든 길을 가줄 수 있는가?!”

황제의 외침에 비행선대 병사들은 지휘 고하를 막론하고 발을 구르며 한 목소리로 대답했다.

쿵!

“후아!”

“고맙다! 승리하라!”

쿵!

“후아!”

외침과 동시에 병사들은 황제에게 경례를 올렸다. 답례를 한 황제는 단상을 내려왔다.

“해산!”

짧지만 강렬한 행사가 끝나고 병사들이 열을 지어 격납고를 나가는 동안 황제는 독토르와 배석한 비행선대 지휘관들에게 물었다.

“언제부터 작전 가능한가?”

“내일부터 가능합니다!”

“결과를 기다리겠네.”

"맡겨주십시오!"

당당한 대답에 황제는 지휘관들의 어깨를 가볍게 두드리고는 격납고 밖으로 걸음을 옮겼다. 걸음을 옮기던 황제는 드워프들이 보이지 않는 것을 보고는 독토르에게 질문했다.

"패스파인더 자작, 자네 친구들이 안 보이는군."

"하나 더 보여드릴 것이 있습니다."

독토르와 테레사는 황제 일행을 격납고에서 조금 떨어진 건물로 안내했다. 커다란 네모 상자와 같은 건물로 들어선 황제는 그 안에 있는 내용물을 보고는 독토르를 돌아보았다.

"자작, 이것은 기간트 아닌가? 지금까지 봐왔던 것보다 훨씬 작은 기간트인 것을 보니 드워프용 기간트인가?"

"아닙니다. 이것은 공정 작전용 기간트입니다. 저와 제 친구들은 유겐트라고 부르긴 합니다만."

"유겐트? 공정 작전?"

독토르의 대답에 황제와 그 뒤를 따르던 공작들이 이구동성으로 물었다.

"그렇습니다. 이것은 공수부대를 도와 작전을 하기 위해 만든 기간트입니다. 일반적인 기간트가 평균 12m의 높이를 가지지만 이 유겐트의 높이는 8m입니다. 무게는 일반 기간트의 절반인 8t입니다. 따라서 엠페러 급 비행선에 완전무장한 유겐트 네 대와 보급품, 필요한 정비병을 실을 수 있습니다."

"너무 작고 너무 가벼운 것 아닌가? 저래가지고 적의 기간트를 상대할 수 있겠나?"

"작고 가볍습니다만 기동에 필요한 마나 엔진은 일반 기간트의 80%

를 정격 출력으로 위급시 최대 120%의 출력을 내도록 새로이 설계한 놈입니다. 작고 가볍지만 더 빠르게 움직이지요. 거기에 주 무장은 40mm 반자동 캐논과 G—파우스트 60입니다. 만약 적의 정규 기간트와 부딪치더라도 접근전이 아니라 원거리 저격과 치고 빠지는 식으로 싸울 놈입니다."

"그래도 좀 불안한데……."

"유겐트의 설계 개념은 아까 말씀드렸듯이 공수 작전을 위해 만든 것입니다. 공수부대의 일차적인 목적은 적의 방어선을 넘어 적 후방을 치는 것입니다. 지금까지의 전투 기록을 살펴보면 기간트는 선봉에서 적진지 돌파 및 적 기간트의 요격이 할 일입니다. 따라서 후방에는 국가의 수도에 소수의 기간트만 유지하고 대부분의 전력을 전선에 배치합니다. 그런 상황에서 경장갑이긴 해도 일반적인 총격에서 충분히 자신을 보호할 수 있는 유겐트의 전투력은 충분하다고 봅니다."

설명과 동시에 독토르는 유겐트가 실전에서 사용될 경우를 그린 상상도를 황제와 공작들에게 보여줬다. 황제 일행은 구미가 당기기 시작했다.

"하지만 지금도 기간트 파일럿의 수급이 어려운데 이 유겐트라는 놈에게까지 갈 파일럿이 얼마 없네."

"그 점에 대해서도 새로운 설계를 도입했습니다. 기존의 기간트에 들어가는 마법 연산기를 개량했습니다. 그 결과 파일럿에게 가해지는 부담을 줄였고, 엑스퍼트 상급 이상의 파일럿과 그보다 낮은 등급의 파일럿 사이에 발생하는 반응 속도 차이를 상당 부분 줄였습니다. 저와 제 동료들이 실험해 본 결과 정규 기간트에는 탑승하기 힘든 엑스퍼트 중급 정도의 기사가 파일럿이라면 충분히 제값을 할 수 있습니다."

독토르의 설명을 들으며 황제는 눈앞에 버티고 서 있는 유겐트를 다시 한 번 바라봤다. 드워프의 신체 비례와 비슷한 네모지고 땅딸막한 덩치가 조금은 눈에 거슬렸지만 독토르의 설명을 다시 생각해 보니 조금씩 귀엽게 보이기 시작했다.

"지금 생산을 시작하면 언제나 최소 정수를 채울 수 있나?"

"1년입니다. 이미 한 개의 생산 라인은 준비해 두었습니다. 1년이면 대규모 공수 작전 1회에 투입할 수 있도록 잘 훈련된 스무 대를 배치할 수 있습니다."

"그렇게나 빨리? 보통 기간트가 한 대 만들어지는 시간이 두 달에서 석 달인데 저것은 한 달이 채 안 걸린다는 것인가?"

"복잡하고 장식적인 면이 많은 기존의 기간트와 달리 최대한 단순한 디자인을 채택했습니다. 들어가는 부품 역시 기계를 이용해 생산 속도를 높일 수 있도록 설계를 했고 말입니다."

"시작하게. 저걸 이용해서 전쟁이 빨리 끝날 수 있다면 빨리 만들어야지."

"알겠습니다."

황제가 돌아가자 테레사와 독토르 역시 영지로 돌아가기 위해 패스파인더 호에 탑승했다.

"도박이 성공했군요."

"도박? 무슨 도박?"

"유겐트 말입니다."

"난 승리를 할 수 있게 해주는 것을 만들었을 뿐이야. 그게 왜 도박이니?"

“페르디난트 포르쉐 박사도 매번 그렇게 말하며 만들었다가 죽만 쒔지요.”

테레사의 말에 독토르는 침묵으로 응수했다. 잠시 조용히 앉아 있던 독토르가 테레사에게 질문했다.

“매번 묻는다 하면서 깜빡했는데, 테레사 네가 만들어지던 시대에 로봇 병기는 없었니?”

“전투용 돌은 어느 정도 사용되었습니다만, 혹시 일본 애니메이션에 나오는 두 발 달린 유인 전투 병기를 말씀하신다면 별 재미를 못 보고 조기 단종되었습니다.”

“왜?”

“팔 두 개, 다리 두 개를 순간적으로 조종하기엔 시스템을 구축하는 비용도 많이 들고 파일럿에게 가해지는 부담도 너무 컸습니다.”

“너 같은 인공지능 컴퓨터로 보조하면 되잖아?”

“그렇게 할 거면 아예 무인 병기가 더 싸고 효율적입니다.”

“흐음… 아쉽네.”

“아쉬워하시기 전에 밀린 일이나 처리해 주시지요.”

테레사의 말에 독토르는 옆에 있던 서류 가방에서 서류들을 꺼내 펼쳤다. 잠시 서류에 집중하던 독토르는 또다시 다른 곳으로 정신이 팔렸다.

“여기도 참 재미있는 동네라고 생각 안 해?”

“뭐가 말입니까?”

“칼과 창이 난무하는 동네에서 전차보다 로봇 병기가 먼저 돌아다니잖아.”

“발달 과정 자체가 다르지 않습니까? 수많은 과학자와 기술자들이 머리를 싸매고 고민하던 이족 보행 장치도 '마법입니다' 하나로 끝나는 곳이니 다른 것이 늦은 것이겠지요. 저로서는 마법을 이용한 연산 장치가 더욱 특이합니다. 아직은 초기 CPU 수준입니다만 관심이 가는군요."

"누구 덕분에 많은 이들이 애를 좀 썼지. 조만간 인터넷도 깔릴지 몰라."

"…유겐트의 공식 명칭을 드간트로 바꿔드릴까요?"

"너까지 드간트라고 부르는 거냐!!"

기껏 만들어놓고 유겐트라는 이름까지 정했지만 정작 드워프들부터 많은 기술자, 정비병들까지 '드워프 기간트'의 준말인 드간트라고 부르는 것에 신경 쓰이던 독토르는 테레사의 말에 버럭 소리를 질렀다.

[재기동 18,788일. 전선에서 싸우는 아들을 잊기 위해 선장님은 과민 반응을 보이고 있다. 의도적으로 많은 일을 만들고 끊임없이 대화를 이어가고 있다. 그냥 받아주는 수밖에 없다.

추신 : 선장님의 징크스. 선장님이 만드신 무기 가운데 가장 인상에 강하게 남는 것들은 항상 선장님이 만드신 이름이 아니라 다른 이름으로 불린다. 이번에도 드간트가 될 듯하다 . 이름 못 짓는 것도 재능이다.]

나흘 후, 포린트 최대의 산업 단지 코벤트리.

한밤중이었지만 대다수의 공장 굴뚝에선 연기가 솟아오르고 있었다. 길에는 환하게 가로등이 켜져 있었고, 많은 사람들이 거리를 오가고 있었다.

"어? 저게 뭐지?"

"뭐가?"

"저거 말이야, 저거!"

퇴근길, 오랜 시간 노동으로 인해 통증을 호소하는 허리를 두들기며 하늘을 쳐다보던 중년의 노동자가 하늘을 가리키며 입을 열었다. 같이 길을 걷던 동료가 되묻자 중년인은 다시 손가락으로 하늘을 가리켰다. 동료는 그 손가락을 따라 시선을 옮겼다.

"뭔데?"

"저거 말이야. 달 쪽을 봐봐. 저기 소시지같이 길쭉한 거 보이지?"

"그러네. 구름은 아니고 뭐지?"

두 사람 옆에서 길을 가던 사람들은 걸음을 멈추고 두 사람이 가리키는 하늘을 쳐다봤다. 점점 더 많은 사람들이 하늘을 살폈고, 그중에 잘 차려입은 신사 하나가 그 의문의 존재를 알아차렸다.

"저거 비행선이네?"

"비행선?"

"그거, 카마인에만 있는 거 아니었어?"

"카마인 것이 이 밤에 왜 여기 와? 우리나라에서도 만들었나 보지, 뭐."

"꽤 많아 보이는데? 하나, 둘, 셋… 아홉, 열. 열 대나 되네."

'비행선'이라는 단어에 사람들은 분분히 의견을 나누었다. 그러는 가운데 비행선은 점점 더 고도를 낮추었다.

"목표에 도착했습니다."

선도 비행선 함교에서 선장은 항해사의 보고를 받았다. 선장은 고개를 끄덕이고는 명령을 내렸다.

"폭격 준비!"

"폭격 준비!"

"고도 확인! 목표 고도까지 5분!"

"속도 감속! 적정 속도까지 10분!"

"고도 유지기 작동! 가스 조절기 작동!"

"가스 배출 밸브 확인!"

"폭탄 안전핀 자동 제거기 상태 확인!"

"통신 상태 확인!

선장의 준비 명령에 선원들은 바쁘게 움직이며 자신들이 확인해야 할 항목들을 다시 확인했다. 모든 부서에서 이상 없음을 보고하자 부선장이 선장에게 보고했다.

"폭격 준비 완료했습니다!"

"좋아! 폭탄창 개방!"

"폭탄창 개방!"

"폭격수 조준!"

선장의 명령에 폭탄창 바로 앞에 만들어진 폭격수석에 앉은 병사는 조준기에 눈을 갖다 댔다. 조준선에 목표로 하는 공장의 굴뚝이 들어오자 병사는 자신의 우측에 있는 레버를 있는 힘껏 앞으로 밀었다. 작은 레버가 당겨지자 폭탄창을 가득 채우고 있던 커다란 폭탄들이 땅으로 떨어지기 시작했다.

하늘에 떠 있는 비행선들을 구경하던 사람들은 비행선에서 무엇인가 덩어리들이 계속 떨어지기 시작하자 눈으로 그 궤도를 쫓기 시작했다. 그 덩어리들이 공장에 떨어지고 곧 커다란 폭발이 연이어 일어나기 시작하자 사람들은 혼란에 빠져들기 시작했다.

콰쾅! 쾅! 콰콰쾅!

"꺄아악!"

"도망쳐!"

"아악!"

길거리에 있던 사람들은 무조건 폭발이 일어나는 반대 방향으로 달리기 시작했다. 점잖게 길을 걷던 신사도 앞에서 어쩔 줄 몰라 우왕좌왕하는 여자들을 밀어젖히면서 내달렸고, 마차들이 다니던 길이 도망치는 사람들로 가득 찼다. 몇몇 불운한 사람들이 길에 넘어졌지만 일어나기도 전에 사람들에게 밟혔다. 도시는 삽시간에 공황에 빠져들었다. 총탄을 만드는 공장에 떨어진 폭탄은 곧 커다란 유폭을 일으켰고, 주위 여기저기로 떨어진 불붙은 파편들이 대형 화재를 일으키기 시작했다.

처음 진입한 네 대의 비행선에 의해 공장 지대가 날아가고, 거기서 발생하는 연기와 폭발을 피해 다른 비행선이 그 주위로 폭탄을 투하하는 바람에 피해 지역은 넓어졌다. 설상가상으로 여러 화학 약품과 석탄, 폭약에 불이 붙어 발생한 폭발과 화재는 도시의 상당 부분을 전소시켜 버렸다. 그 결과 인구 30만의 대형 공업 도시 코벤트리는 열 대의 비행선에서 투하한 폭탄 600t과 그로 인한 이차 피해로 전체 지역의 70%가 폐허로 변해 버렸다.

"엄마~ 흑흑! 엄마~"

엉망으로 부서져 버린 폐허 사이에서 제대로 차려입지도 못한 어린 아이가 울면서 자기 엄마를 찾으며 앉아 있었다. 많은 사람들이 그 옆을 지나갔지만 제대로 눈길조차 주지 않는 이들이 절대 다수였다.

"비켜요! 비켜!"

"우리 집 불부터 좀 꺼주세요!"

"금방 갈게요! 지금 저곳을 안 끄면 옆으로 더 번진단 말이오!"

한낮까지도 제대로 진압되지 않은 화재를 진압하기 위해 출동한 소방대의 마차를 막아선 남자는 자신의 집에 난 화재를 꺼주기를 부탁했지만 밤새도록 소방 작업에 지친 소방대원들은 신경질적인 반응을 보이며 남자를 옆으로 밀어냈다. 무심히 사라지는 소방대 마차들을 본 남자가 힘없이 땅에 무릎을 꿇었다.

"내 집이… 내 집이… 흑흑흑!"

코벤트리의 참사 소식은 곧 폴리스의 정가를 뒤흔들었다. 포린트의 황제는 비상 회의를 소집했다.

"도대체 어떻게 된 것인가? 자세한 소식을 말하라!"

포린트의 황제 에드먼드 2세의 호통에 보고를 맡은 말런 남작이 주저하면서 대답했다.

"카마인의 대형 비행 선단이 습격했습니다. 야간이었기에 제대로 습격을 알아채지 못했습니다."

"카마인에서 코벤트리까지 거리가 얼마인지 아시오? 그 중간에 알아채지 못한 이유가 무엇이오?"

"그것이 워낙 고공으로 비행을 하는지라……."

"에잇!"

쨍그랑!

에드먼드 2세는 분통을 터뜨리며 앞에 있던 유리 잔을 집어 던졌다. 벽에 부딪친 유리 잔은 날카로운 소리와 함께 부서졌고, 에드먼드 2세는 치밀어 오르는 분노를 억누르기 위해 필사적으로 노력했다.

"피, 피해는?"

"도시는 전체의 70% 이상이 파괴되었습니다. 적의 주요 목표였던 공장 지역은 완전히 파괴되었습니다. 인명 피해는 30만의 주민 중 4만이 사망 또는 실종입니다. 주요 관공서도 파괴되었기 때문에 정확한 재산 피해액은 아직 계산조차 나오지 않고 있습니다."

"허~"

말런 남작의 보고에 에드먼드 2세는 분노를 넘어 허탈한 표정을 지으며 물었다.

"파급 효과는? 보급에 문제는 없겠나?"

"코벤트리의 파괴로 전시 총생산의 15%가 상실되었습니다. 하지만 다른 공장 지역에서 생산량을 늘리면 그 손실 분을 메울 수는 있으며 지금 당장은 비축 분을 이용해 버틸 수 있습니다."

산업을 담당하는 라이먼 백작이 황제의 물음에 대답했다. 긍정적인 라이먼 백작의 대답에 에드먼드 2세는 표정이 조금 밝아졌지만, 곧 이어 이어진 병참 담당 샬리언 백작의 반론에 구겨졌다.

"문제는 다른 지역의 생산량이 손실된 15%를 메우기까지 걸리는 시간입니다. 물자들이 소모되는 속도와 메우는 속도의 시간 차가 문제인 것입니다. 단순 수치로 코벤트리가 전시 총생산의 15%를 담당했다고 하지만 군수품 쪽에서는 35%가 코벤트리 한 군데에서 나오고 있었기 때문입니다."

샬리언 백작의 말이 끝나자마자 라이먼 백작이 바로 반박했다.

"물론 시간 차이는 있소! 하지만 비축 물자가 있지 않소!"

"지금 전선에서 소모되는 물자량과 코벤트리를 제외한 다른 지역에서 공급되어질 양을 비교 계산해 보시오! 앞으로 3개월! 3개월 안에 코벤트리가 차지했던 부분까지 생산량을 늘리지 않으면 전선의 보급량은 50% 이하로 떨어지게 된단 말이오!"

"전선에서 헛짓만 안 하면 그런 일은 벌어지지 않을 것이오!"

"누가 헛짓을 한단 말인가?!"

두 사람은 서로 목에 핏대를 세우며 언성을 높이기 시작했다. 그 광경에 제국 수상인 다우닝 공작이 둘을 나무랐다.

"두 사람 다 폐하 앞에서 무슨 추태인가!"

공작의 말에 두 사람은 곧 황제에게 머리를 조아렸다.

"죄송합니다, 폐하."

"됐소. 그러니까 두 사람의 이야기를 결론 내리면 아무리 생산량을 늘린다고 하지만 그것이 하루이틀 사이에 늘어나는 것이 아닌 이상 소모량을 따라잡기 힘들다는 것이고, 반대로 전선에서 무절제한 사용만 하지 않으면 물자 부족은 피할 수 있다는 것인가?"

"그렇습니다, 폐하."

두 사람은 에드먼드 2세의 말에 긍정했다. 에드먼드 2세는 군을 총괄하고 있는 알빈 후작에게 명령을 내렸다.

"당분간은 불필요한 소모전은 피하라고 전하시오. 쓸데없는 돌격은 하지 말고 최대한 힘을 모으라고 하시오. 이번에 카마인에게 우리가 멋지게 한 방 먹었소이다. 우리도 한 방 먹일 준비를 해야 할 것이오."

"알겠습니다, 폐하."

알빈 후작이 에드먼드 2세의 명령에 고개를 숙여 대답했다.

"자, 이제 급한 것은 다 해결한 것인가?"

에드먼드 2세의 물음에 다우닝 공작이 입을 열었다.

"문제가 하나 있습니다."

"문제?"

"그렇습니다. 카마인이 이번 한 번으로 끝낼 것이냐는 것입니다."

다우닝 공작의 말이 끝나기가 무섭게 회의실의 문이 열리며 전령이 달려들어 왔다.

"남부 문스터 공업 단지가 폭격당했습니다! 피해가 매우 크다고 합니다!"

"뭐라!"

급보에 이성을 잃은 에드먼드 2세는 곧장 알빈 후작에게 명령을 내렸다.

"우리도 기구를 띄우라! 당장 패스파인더를 날려 버려!"

"폐하!"

"뭣들 하고 있는 것인가! 당장 패스파인더 영지를 날려 버리란 말이다! 저들이 비행선을 썼다면 우리도 기구를 쓰는 거다!"

"폐하, 고정하시옵소서! 폐하!"

에드먼드 2세의 서슬에 다우닝 공작이 온갖 애를 쓰며 진정을 시키려 노력했다. 한참 후에 흥분을 가라앉힌 에드먼드 2세는 알빈 후작에게 명령을 내렸다.

"후작, 최대한 빠른 시간 안에 폭격 계획서를 가지고 오길 바라겠소."

"아, 알겠습니다, 폐하."

　에드먼드 2세의 싸늘한 어조에 알빈 후작은 급히 고개를 숙이며 대답했다. 다른 각료들도 에드먼드 2세의 얼굴을 제대로 보지 못하고 고개만 숙이고 있자 에드먼드 2세는 자리에서 일어났다.

　"이만 비상 회의를 마칩시다. 오후에 정식으로 회의를 다시 열겠으니 그땐 좀 더 정확한 자료를 가지고 오시기를 바라겠소."

　"예, 폐하."

　회의가 끝나고 에드먼드 2세는 다우닝 공작을 따로 불렀다.

　"찾으셨습니까?"

　"그렇소? 크레티스는 아직도 가만히 있는 것이오?"

　"송구하옵니다."

　"젠장! 여봐라! 통신 담당을 불러라!"

　공작의 대답에 에드먼드 2세는 시종을 시켜 크레티스와 통신을 할 마법사를 불렀다. 황제의 명령에 불려온 마법사는 황제의 집무실 한쪽에 마련된 통신 장비를 조작해 크레티스와 연결했다. 통신을 담당한 마법사들 사이에서 온갖 수식어가 동원된 대화 끝에 에드먼드 2세는 크레티스 제국의 루이 4세와 통신구를 사이에 두고 마주 보게 되었다.

　"오랜만입니다."

　"오랜만이군요."

　밝은 얼굴로 인사를 하는 루이 4세의 얼굴을 보면서 에드먼드 2세는 떫은 표정으로 답을 했다. 에드먼드 2세의 표정이 안 좋은 것을 보면서도 루이 4세는 여전히 밝은 얼굴로 물었다.

　"그래, 무슨 일로 이렇게 직접 통신을 하셨소?"

　"언제 참전할 것이오?"

"아직 준비가 덜 되었구려. 준비가 끝나는 대로 참전할 것이니 너무 닦달하지 말길 바라오."

"이보시오! 우리 제국에서 귀국이 원하는 무기의 설계도와 생산 기계, 기술자, 실제 생산품을 지원해 준 지도 5년이 넘었소! 그런데도 아직 준비가 안 되었단 말이오!"

"하하하! 누가 말했던가, '하나하나 가르쳐 주지 않으면 나사도 못 만들' 크레티스니 어떻게 하겠소? 뭐, 이제야 대량 배치가 시작되는 시점이니 조금만 더 기다리시면 곧 좋은 소식을 들으실 것이오. 그리고 우리 덕분에 카마인의 병력 절반이 발이 묶여 있지 않소? 이 정도면 어느 정도 할 만큼은 했다고 봅니다만?"

왠지 뼈가 있는 루이 4세의 말에 에드먼드 2세는 입술을 깨물었다. 저 말은 포린트와 크레티스가 접촉하면서부터 포린트 정가에 떠돌던 말이다. 카마인과 포린트에 비해 몇 발이나 늦었던 크레티스의 낙후된 기술 수준을 비웃던 그 말이 부메랑이 되어 돌아오고 있었다. 그런 에드먼드와 달리 루이 4세는 여전히 웃음을 잃지 않고 말을 이었다.

"그런데 말이오. 기술자들을 좀 더 지원해 줄 수 있소? 누구 말대로 멍청해서 그런지 기술자라고 가르쳐도 잘 못하는구려."

"알겠소. 그럼 좋은 소식이 빨리 오기를 기대하겠소."

"하하하! 걱정 마시오! 우린 동맹 아니오!"

루이 4세의 호탕한 웃음으로 통신이 끊겼다.

"멍청이."

통신이 끊기자 루이 4세의 호탕한 웃음은 비웃음으로 바뀌어 있었다. 루이 4세는 자신의 뒤에 서 있는 신하들을 돌아보았다.

"저 치들, 카마인을 너무 우습게 봤어. 1,000년이 넘는 세월 동안 제국이란 간판을 유지할 수 있었던 나라야. 겨우 얼마 전에 제국이란 거창한 꼬리표를 단 나라가 어찌할 만큼 가벼운 나라가 아니지. 안 그런가?"

"그렇습니다, 폐하."

"카마인을 꺾을 수 있는 나라는 우리밖에 없습니다."

루이 4세의 말에 각료들은 모두 동의했다.

"그래, 카마인을 어찌할 수 있는 나라는 우리 크레티스밖에 없지. 하지만 지금은 아냐. 지금은 우리가 너무나 약하다. 아니, 힘만 세고 머리는 나쁜 멍청이인 셈이야. 이 상황에서 힘도 세고 머리도 좋은 놈에게 달려들면 두들겨 맞을 일밖에 없어. 그렇다면 답은 바로 나오지. 나쁜 머리가 좋아지도록 노력을 하거나 상대가 또 다른 상대와 싸워 지친 틈을 노려야지. 안 그런가?"

"맞습니다, 폐하."

각료들은 열심히 맞장구를 쳤다. 루이 4세와 각료들은 두 제국이 싸우는 동안 열심히 주판을 튕기며 실익을 챙기고 있었다. 카마인을 협공하기 위해 포린트는 크레티스 군의 장비를 근대화시키는 것에 엄청난 지원을 해주었고, 병참을 위한 각종 산업 시설과 철도 등의 중요 장비까지 무상으로, 아니면 매우 싼 가격으로 공급했다. 덕분에 쉽고 빠르게 산업화의 기반을 닦은 루이 4세는 득의의 미소를 지었다.

"포린트에 있는 우리 사람들에게 명령을 넣으시오. 포린트의 기술자와 학자들 가운데 포섭할 수 있는 사람들은 포섭해서 우리 쪽으로 오게 하라고 말이오. 그리고 전선에서 카마인이 사용하는 무기들의 노획품이 있으면 그것도 최대한 많이 입수해서 보내라고 하시오."

"알겠습니다, 폐하."

"그럼 밤도 늦었으니 그만 합시다."

"쉬십시오, 폐하."

각료들이 돌아가고 침전으로 들어온 루이 4세는 한잔의 포도주를 따라 손에 들고 발코니로 나섰다. 밤하늘을 보면서 루이 4세는 중얼거렸다.

"노력하시게, 포린트. 카마인의 정보를 열심히 밝혀주게나. 기왕이면 카마인의 힘도 많이 빼주고. 후훗, 건배."

허공을 향해 술잔을 들어 건배를 한 루이 4세는 피처럼 붉은 포도주를 입에 댔다.

"폭격 성공입니다! 코벤트리와 문스터가 날아갔습니다."

"아군의 피해는?"

"없습니다! 대승입니다!"

"와아!"

비행선 부대 사령실에서 결과만을 기다리던 사람들은 통신관이 들어와 외친 보고에 함성을 질렀다. 사령실에서 터져 나온 함성은 곧 밖에 있던 병사들에게도 전염되었다. 상황을 파악한 병사들은 곧 서로 손을 마주치거나 악수를 하면서 환호했다. 비행선 부대를 지휘하는 우데트 남작은 사람들을 진정시키며 명령을 내렸다.

"앞으로 세 시간 후면 출격 나갔던 비행선들이 돌아온다! 가뜩이나 착륙이 더 힘든 비행선이다! 거기에 비행선 승무원들은 잔뜩 지쳤을 것이다! 그 어떠한 사고도 일어나지 않도록 철저히 준비하도록!"

"옛!"

우데트의 명령에 사령실에 있던 사람들은 밖으로 흩어졌다.

비행선의 성공적인 폭격 소식은 곧 황도에 전달되었다. 폭격대를 쫓아간 정찰용 비행선이 확인한 정보로 정확한 피해가 확인되자 황제를 비롯한 모든 각료들은 크게 기뻐하며 그 사실을 제국 전역으로 알렸다. 전쟁에 조금씩 지치던 제국민들은 크게 기뻐하며 다시금 힘을 내기 시작했다. 하지만 특히 좋아한 이들은 따로 있었다.

"으흐흐흐!!"

"이렇게 좋을 수가!"

엠페러 급 비행선과 투하용 폭탄 제작에 참여했던 드워프들에게 황제는 엄청난 양의 술과 함께 거액의 상금을 선사했다. 하지만 드워프들의 눈에는 술이 먼저 들어왔다. 엄청나게 쌓인 술통을 쓰다듬으며 드워프들은 웃음을 참을 수가 없었다.

한편, 패스파인더 영지를 둘러싼 주요 군사 거점에는 한 장의 명령서가 전달되었다.

"하늘을 잘 보라고?"

명령서를 수령한 부대 지휘관은 명령을 읽어나갔다.

"오호라~ 이번에 비행선으로 크게 당한 포린트 놈들이 앙갚음을 하려 할 것이 뻔하고, 그것은 기구에 의한 패스파인더 영지 공격이 될 확률이 가장 높다 이거지?"

명령을 이해한 지휘관은 병사들을 불러모았다. 그날부터 먼 하늘만을 바라보면서 경계를 서는 병사들이 고정 배치되기 시작했다. 한 달 뒤, 그렇게 경계를 서던 병사들 중의 한 팀이 수확을 건졌다.

“봐봐. 저게 뭐지? 한두 개가 아닌데?”

경계를 서던 병사 하나가 하늘을 가리키며 옆 동료를 불렀다. 그 동료는 곧 자신들의 분대장을 불렀고, 그렇게 늘어난 군인들은 하늘 위에 떠 있는 물체들을 살피기 시작했다. 브레이커 부대에서 쓰는 대형 망원경까지 가져와 하늘을 살피던 중위가 정체를 알아냈다.

“저거, 기구다!”

“기구라고?!”

기구라는 말에 부대는 벌집 쑤신 듯이 바쁘게 돌아가기 시작했다. 모든 병사들이 비상 배치되었고, 통신실에서는 음성 통신기와 텔레라이터를 통해 기구의 수와 방향을 계속 전하기 시작했다.

서부전선 상황실에 걸린 대형 지도에는 포린트의 기구 부대의 진행 경로가 계속해서 기입되었다. 자리에 앉아 지도를 보던 엘레판트는 독토르와 테레사가 들어오자 자리를 권했다. 독토르가 의자에 앉자 엘레판트가 손가락으로 지도를 가리켰다.

“봤나? 비행선으로 당했다고 기구가 오고 있네. 그것도 대낮에 말일세.”

하지만 그의 말은 곧 테레사에 의해 수정되었다.

“저들의 이동 속도로 봐서 여기에는 늦은 밤에서 이른 새벽 사이에 오겠군요. 대낮은 아닙니다만…….”

“크흠! 문제는 저 하늘에 떠 있는 기구들을 막을 무기가 없다는 것일세.”

“무기는 있습니다. 비행선도 있고, 지금 진행 경로를 보면 제43 비행대가 요격 가능 범위에 있습니다. 43비행대에 장비된 비행기들의 속도로 봐서 한 시간 이내에 출격하면 여유있게 요격할 수 있을 것 같습니다.”

“쿨럭! 하지만 비행기가 믿음직한 물건인가? 나무 뼈대 위에 천으로 살을 붙인 그런 물건이 하늘을 나는 것도 불안해 보이는데 말일세.”

“비행선도 금속과 나무로 만든 뼈대 위에 천을 붙인 물건이고 역시 하늘을 나는데 불안하지요. 하지만 그런 비행선으로 이번에 이룬 전과를 기억하십니까?”

“쿨럭쿨럭!”

계속된 테레사의 정정에 엘레판트는 기침만을 계속했다. 기침을 멈춘 엘레판트가 명령을 내렸다.

“43비행대에 저놈들을 요격하라고 전해!”

“알겠습니다!”

명령을 들은 통신 장교가 통신실로 달려가는 동안 엘레판트는 무심히 서류를 보고 있는 테레사를 보면서 독토르에게 한 장의 메모를 전했다. 그 메모에는 이렇게 적혀 있었다.

[자네 심정을 알 만하군. 타격이 상당해.]

그 메모를 읽은 독토르는 엘레판트에게 강하게 고개를 끄덕였다.

한편 명령을 들은 43비행대의 복엽기들은 하늘로 날아올랐다. 열두 대의 2인승 복엽기들은 기구가 온다는 방향을 향해 점점 고도를 높여 갔다.

그들의 귀에 꽂힌 전성관에 비행대장의 목소리가 들려왔다.

“오늘이 세계 최초로 하늘에서의 전투가 벌어지는 날이다. 모두 그

동안 훈련받은 것을 헛되게 만들지 말고 최선을 다하기 바란다!"

"후아!"

비행기에 탑승한 파일럿과 사수들은 함성으로 대답했다. 20분 정도 날아가자 편대원들의 귀에 동료의 목소리가 들렸다.

"여기는 엔델! 두시 방향 아래 적 기구! 수는 열! 여기는 엔델! 두시 방향 아래 적 기구! 수는 열!"

엔델이란 파일럿의 목소리가 들리자마자 파일럿들은 그가 가리킨 방향으로 고개를 돌려 기구를 확인했다.

"확인!"

"확인!"

파일럿들이 확인이라고 외칠 때, 뒤에 타고 있던 사수들은 레일에 장착된 머신 라이플의 장전 손잡이를 당겼다. 편대장이 크게 외쳤다.

"좋아! 가자!"

한편 기구에서 주변을 살피던 병사가 자신들을 향해 빠른 속도로 날아오는 비행기를 발견했다. 망원경으로 비행기를 살피던 병사는 날개에 커다랗게 그려진 카마인의 국기 문장을 확인하고는 기겁했다.

땡땡땡땡!

"적이다! 적이다!"

"다른 기구에도 알려!"

기구에 타고 있던 병사들은 허둥지둥 바쁘게 움직였다. 거주 구역 앞뒤에 만들어진 총좌에 들어선 병사들은 곧 개틀링의 발사 준비를 마쳤고, 다른 병사들도 거주구의 창문을 열고는 소총을 내밀었다. 개틀링 사수들은 비행기가 조준기에 잡히자마자 방아쇠를 당기기 시작했다.

타타타타타!

타타타타타!

탕! 탕! 탕! 타탕!

강한 기세로 개틀링과 소총을 쏴대는 기구들 주위로 비행기들이 빠른 속도로 지나가며 머신 라이플의 탄환을 쏟아 부었다. 뒷좌석에 앉은 사수가 목표를 맞추기 위해서 비행기는 자신의 측면을 노출해야 했고, 기구의 병사들은 그 측면을 노렸다. 기구에서 쏴대는 총탄과 간간이 섞여 날아오는 마법 공격을 피하면서 좀 더 좋은 위치를 잡기 위해 파일럿들은 필사적인 노력을 기울였고, 위치를 잡은 사수들이 머신 라이플의 방아쇠를 힘껏 눌러댔다.

타타타탕!

퍼퍼퍼퍽!

카마인의 비행기에서 발사된 탄환이 기구의 커다란 공기 주머니를 맞추자 천으로 만들어진 공기 주머니에는 구멍이 뚫리면서 공기가 빠져나가기 시작했다. 한쪽으로 뚫린 구멍으로 공기가 빠져나가기 시작하자 기구는 균형을 잃고 흔들리며 빠른 속도로 낙하하기 시작했다. 기구에 구멍을 뚫은 비행기에 탄 파일럿과 사수는 주먹을 들어 흔들며 크게 외쳤다.

"잡았다!"

"아악!"

"어떻게 해!"

낙하하는 기구 안에 탄 포린트의 병사들은 근처에 있는 물건들을 붙잡은 채 비명을 질러댔다. 그들의 눈에는 빠른 속도로 다가오는 지면

이 가득 담기기 시작했다.

　퍼퍼퍼퍽!
　"아악!"
　"아악! 내 팔!"
　거주 구역의 아래 방향에서 갑자기 가해진 총격에 거주 구역을 덮고 있는 얇은 금속 벽은 순식간에 구멍이 뚫렸고, 거기에 의지해 전투를 벌이던 병사들은 큰 부상을 입고 바닥으로 쓰러졌다. 그 순간 다른 방향에서 나타난 카마인의 비행기가 공기 주머니를 파괴했다.
　"아악!"
　"떨어진다!"

　비행기와 기구와의 공중전은 비행기의 우세로 결말이 나기 시작했다. 속도의 우세를 살린 비행기의 공격에 기구들은 하나둘 땅으로 떨어져 내렸다. 열두 대의 기체 중에 개틀링의 총격을 받고 추락한 세 대를 제외한 다른 비행기들은 무사히 기지로 돌아왔지만 패스파인더 영지를 폭격하기 위해 출격한 열 대의 기구는 한 대도 귀환하지 못하고 추락했다. 추락한 기구의 잔해는 남김없이 수거되어 제국 전역을 돌면서 순회 전시를 벌였다.

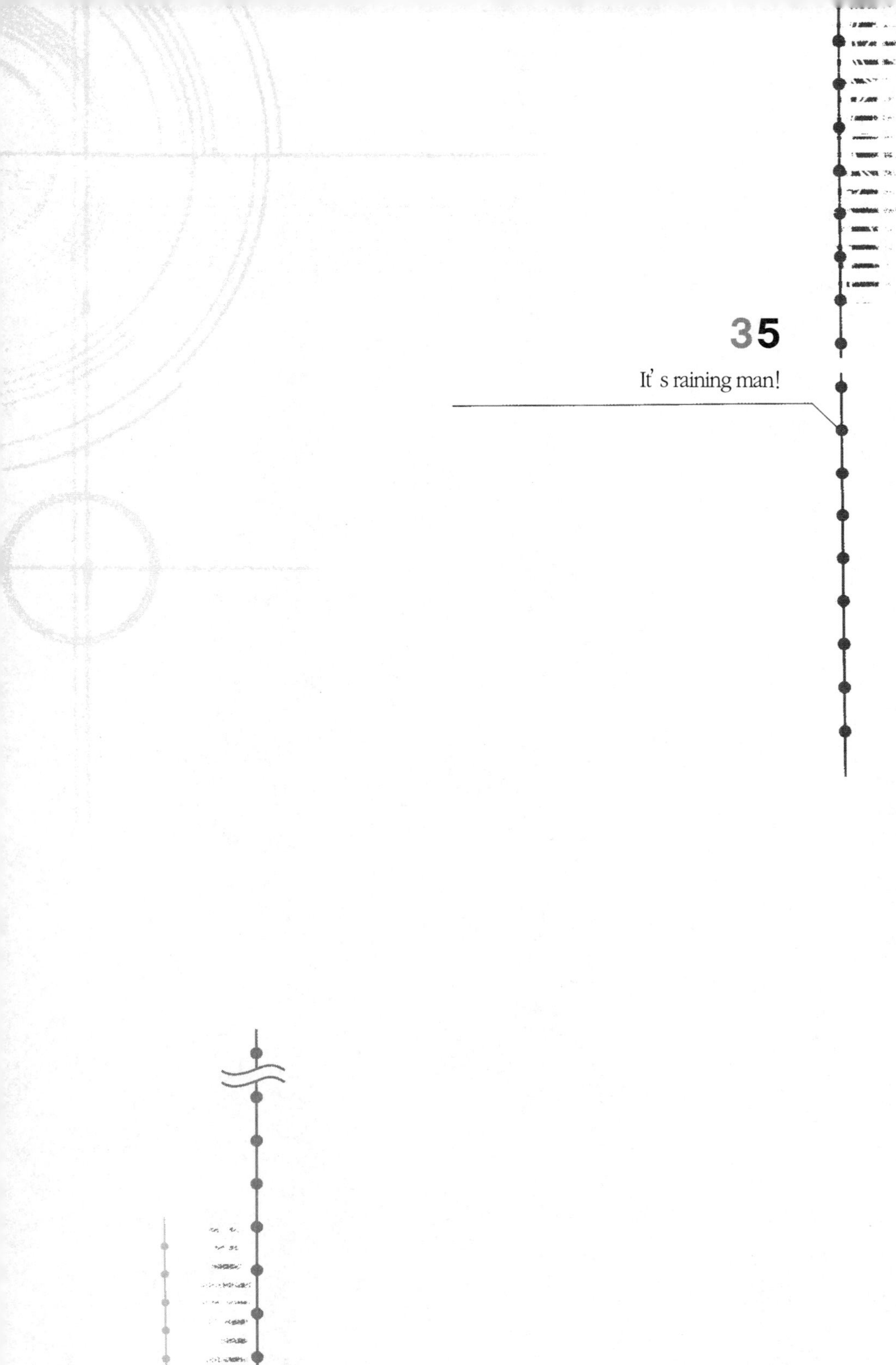

35

It's raining man!

It's
raining man!

전쟁이 개시된 지 18개월을 넘기면서 전쟁은 점점 대치 국면으로 옮겨지기 시작했다. 카마인의 비행선은 부지런히 포린트의 산업 지대와 교통의 중심지를 부수고 다녔고, 적당한 요격 수단이 없던 포린트는 산업 시설을 분산 배치하고 그 피해를 줄이기 위해 노력했다. 덕분에 피해는 줄었지만 생산량도 감소하였고, 수송 환경이 나빠짐에 따라 전선으로의 보급도 난관에 부딪치기 시작했다. 전쟁의 상황은 점점 대치 국면으로 바뀌기 시작했다.

"아, 이런! 벌써부터 이렇게 되면 안 되지……."

전쟁에 관련된 첩보를 읽은 루이 4세는 음흉한 미소를 지으며 중얼거렸다. 루이 4세는 총사령관 파이퍼에게 물었다.

"용병대는 어떻게 되었소이까?"

"이미 5만을 준비했습니다."

“좋아요, 좋아. 그럼 포린트의 얼간이를 만나보러 갈까? 준비하게!”

통신이 연결되어 포린트의 에드먼드 2세가 나타나자 루이 4세는 유쾌하게 미소를 지으며 입을 열었다.

“오랜만입니다. 잘 계셨소?”

“덕분에 아주 잘 지내고 있소이다.”

에드먼드 2세의 가칠한 반응에도 루이 4세는 여전히 미소를 잃지 않았다. 그런 루이 4세를 보면서 에드먼드 2세는 으르렁거렸다.

“도대체 언제 참전할 것이오?”

“조만간 참전할 것이오.”

“조만간 언제 말이오?!”

“우리 군의 준비가 좀 있으면 끝나니 잠시만 기다리시오. 얼마 안 남았소.”

“지난 6개월 동안 계속 얼마 안 남았다는 말만 들었소이다. 이젠 별로 믿음이 안 가는구려.”

“그래서 이번에 본국에서 귀국에 병력을 지원하려 합니다. 한 3만 정도 말이오. 아, 물자도 상당량 같이 갈 것입니다.”

“언제까지 보내줄 수 있소?”

루이 4세의 말에 에드먼드 2세는 깊은 관심을 보이기 시작했다. 제대로 따지지도 않고 당장 대답을 해오는 에드먼드 2세의 반응에 루이 4세는 쾌재를 불렀다.

‘낚였다! 이 멍청이!’

자신의 감정이야 어떻든 간에 겉으로는 여전히 유쾌한 미소를 지으며 루이 4세는 대답했다.

“카마인의 눈을 피해 돌아야 하니 한 3개월 정도 걸릴 것입니다.”

“그럼 그때 본격적으로 침공할 것이오?”

“포린트가 힘을 되찾는다면 칠 것입니다.”

“알겠소. 기다리겠소.”

통신에서 에드먼드 2세가 사라지자 루이 4세의 미소는 더욱 짙어졌다.

“그래그래. 좀 더 치고 박으라고. 큭큭큭.”

한편 아르고스로부터 이 정보를 파악한 독토르와 테레사는 앞으로의 일을 의논하기 시작했다.

“그건 그렇고, 아직까지 용병이 남아 있었네?”

“카마인에서 마지막 용병이 사라진 지 20년밖에 안 되었습니다. 아직 다른 국가들에는 용병들이 상당수 남아 있습니다.”

“그건 아는데 지금 같은 상황에도 저렇게 긁어모을 용병이 있냐고?”

“대륙의 경제를 좌우하는 두 나라가 붙었는데 다른 나라가 무사하겠습니까? 아마도 많은 국가의 경제가 안 좋아졌을 겁니다. 덕분에 실업자도 많이 생겼겠지요. 인적 자원은 충분합니다.”

“흐음…….”

“카마인 정부 내에서도 용병의 수입 건을 조심스럽게 이야기하는 사람들이 있습니다. 벌써 서부전선에 투입된 병사가 60만을 넘어섰으니 말입니다.”

“그중 20만은 이번 반격을 준비하기 위한 것이잖아?”

“그렇다고 해도 60만이라는 숫자가 변하는 것은 아니지요. 지금 카마인 제국의 병력 총 수는 개전 전 30만에서 90만이라는 숫자로 불었으니 말입니다. 겁이 날 만하지요.”

“흠… 문제는 이 3만이라는 숫자와 이 병력이 도착할 날짜가 문제인
데 말이야.”

“이미 중앙으로 정보가 들어가도록 공작은 해놓았습니다.”

“좋아.”

[재기동 19,090일. 무난히 종막으로 갈 것인가, 아니면 반전이 있을
것인가?

쉽게 쉽게 가면 얼마나 좋을까?]

크레티스가 고용한 용병이 포린트에 도착하자 포린트는 다시 한 번
공세를 벌였다. 예상보다 많은 5만의 용병과 포린트의 신규 편성된 2
만의 병력을 더해 카마인의 방어선이 얇은 곳을 뚫기 위한 작전을 준
비하기 시작했다. 하지만 이 움직임은 포린트에 몰래 숨어든 엘프들에
의해 감지되었고, 카마인은 곧장 비행선들을 띄워 집결지를 폭격해 버
렸다. 7만의 병력 중에 4만이 녹아버린 참담한 결과로 인해 포린트의
공세는 시작조차 하지 못했고, 전선은 계속 교착 상태를 이어가고 있었
다. 하지만 바이스란트의 분위기는 별로 좋지가 않았다. 황제를 비롯
한 모든 이들의 관심은 크레티스가 과연 무엇을 계산하고 있는가에 몰
려 있었다. 대회의실에서 공작들과 몰트케, 엘레판트, 독토르와 테레사
가 모인 가운데 난상토론이 벌어지고 있었다.

“이놈들이 무엇을 원하는 것일까?”

“좀 더 오래 싸우기를 바라는 것이겠지요. 우리와 포린트가 좀 더
피를 흘리며 싸워서 진이 쭉 빠지기를 바라는 것이겠지요.”

“그거야 조금만 생각하면 다 나오는 것 아냐? 그런데 중요한 것은

왜 포린트만이 모르고 있냐는 것이지."

"포린트의 멍청함은 소문난 거 아냐? 아, 뻔뻔함이랄까?"

"모르는 것은 아닐 것입니다. 문제는 지금은 쉽게 멈출 수 없는 상황이란 것이지요."

다들 포린트의 우둔함을 비웃고 있을 때에 테레사는 다른 이유를 들었다. 사람들의 시선은 모두 테레사에게 집중되었다.

"그들도 크레티스가 자기 잇속만 챙기고 있다는 것을 잘 알고 있습니다. 하지만 지금 상황은 멈추고 싶어도 멈출 수 없는 상황입니다. 개전할 때 보여주었던 일방적인 선전포고처럼 일방적으로 승전을 선언하고 전쟁을 종결하기엔 확실히 승전을 한 것이 없습니다. 그리고 일방적인 승전 선언을 한다고 가만히 있을 카마인이 아니지요. 그렇기 때문에 지금처럼 버티는 것입니다."

"흐음……."

크레티스라는 단어가 나오자마자 회의실에 모인 모든 사람들의 화살은 크레티스로 모여졌다.

"문제는 크레티스인가?"

"언제나 그렇듯이 크레티스지, 뭐."

"설마 이번 전쟁도 크레티스가 사주한 것 아닐까?"

"그럴 가능성도 높아."

"그렇지는 않을 것입니다."

또다시 테레사가 반론을 내놓자 사람들의 시선은 다시 테레사에게로 향했다.

"포린트가 경제적으로 상당히 힘들었다는 것은 익히 알려진 사실입니다. 독자적인 기술도 몇 개 없었고, 후발 국가들과의 경쟁에도 별다른 이점을 가지지 못하고 있는 상태였습니다. 내부 시장도 작은 상태에 기술 사용료로 카마인에 지불해야 할 돈도 적은 액수가 아니었고, 그 기술을 이용해 만든 상품들이 같은 기술로 만들어진 카마인 제품과 비교되어 항상 2등품 신세였지요. 포린트로서는 카마인을 흔들어야 했습니다. 그래서 크레티스를 계산에 넣었겠지요. 객관적으로는 카마인에 밀리지만 둘이 합치면 카마인을 누를 수 있다. 그래서 크레티스와 손을 잡았겠지만 지금 등을 찔린 거겠지요.”

“그럼 차라리 항복하면 되잖아?”

독토르의 질문에 엘레판트가 고개를 저으며 부정했다.

“지금 항복한다면 포린트의 황실은 간판을 내려야 할 거야. 전선은 멀쩡히 버티고 있으니까. 전선의 군인들은 자신들의 전과는 물거품이 되어버린 것에 분통을 터뜨릴 것이고, 그 화살은 지도층으로 향하겠지.”

“그러니까……”

“그러니까 포린트는 이러지도 저러지도 못하고 끌려가듯이 전쟁을 하는 것입니다.”

테레사의 말에 사람들은 모두 고개를 끄덕였다. 다인 공작이 회의실에 모인 사람들에게 술을 한잔씩 따라주며 입을 열었다.

“이러지도 저러지도 못하고 싸우는 것은 우리도 마찬가지 아닌가? 이제부터 어떻게 해야 할지 그것이 문제일세.”

다인 공작의 말에 사람들은 묵묵히 술을 입에 털어 넣었다.

“방안은 두 가지입니다. 더 많은 병사를 징병해서 충분한 예비 병력을 확보한 후 크레티스를 압박하면서 포린트를 굴복시키는 것이 그중 하나입니다. 다른 하나는 크레티스의 진격을 저지할 최소한의 병력만을 남기고 모든 병력을 포린트 전선에 투입, 조기에 종결하고 크레티스의 기도를 무산시키는 것입니다."

"전자가 안전하긴 하지만 지금도 무리가 가고 있는 제국 경제에 더욱 안 좋은 영향을 줄 것입니다. 후자로 선택을 할 경우 만약 크레티스가 진심으로 일을 벌인다면 치명타가 될 수도 있습니다."

"하지만 지금 결정하지 않고 계속 시간만 보낸다면 인적 손실과 물적 손실로 인해 우리가 먼저 지쳐 쓰러질 것입니다."

그동안 묵묵히 이야기를 듣고 있던 독토르가 빈 잔을 내려놓고 자신의 의견을 내놓았다.

"제가 군사적인 지식은 거의 없는 편입니다만 저로서는 후자를 선택했으면 합니다. 우리 제국으로서는 그것이 훨씬 유리할 것이라고 봅니다."

"그 이유는?"

"우선 우리에겐 아직 크레티스가 가지지 못한 전력이 많이 있습니다. 이 부분과 동부전선의 자연 환경을 이용한다면 크레티스의 전진을 막기가 수월합니다."

"계속 말해보게."

"우선 동부전선의 자연적 환경입니다. 지난 크레티스와의 전쟁 덕분에 방어에 난점을 주던 평야 지대가 우리 손에 들어와 있습니다. 지금의 국경선은 거의 산과 강에 의한 자연적인 경계선입니다. 이 상황에서 크레티스의 진격로는 한정됩니다. 이 부분을 틀어막으면 우리는 적은 병력으로 국경을 유지할 수 있습니다."

"지금도 그렇게 하고 있네만, 일시에 많은 병력이 집중된다면 뚫릴 수 있네. 거기에 크레티스도 바보가 아닌 이상 우회를 하려 할 것이야."

"그 부분에 강점을 가진 병사들과 무기가 우리에게 있습니다. 우선 지금 포린트에서 유격전과 파괴 공작을 벌이고 있는 이종족 특수 부대를 이용해 동부 산맥을 장악합니다. 그 다음에 비행선과 비행대를 이용해 적에게 타격을 주면 됩니다. 지난번에 4만을 녹여 버린 것처럼 말입니다."

"하지만 비행선이 여유가 없지 않은가?"

"지금 만들어진 엠페러 급 비행선 30대가 동시에 필요한 경우는 대규모 공정 작전 첫날에나 한합니다. 그 다음이라면 스무 대로도 해당 임무를 수행할 수 있습니다. 그럼 열 대를 동부로 보내면 됩니다. 지상 장비들과 정비 병력들은 미리 열차 편으로 보내면 됩니다. 비행 선단의 기지는 이미 만들어진 민간용 비행선 공항을 이용하면 됩니다."

어느새 테이블 위에는 술잔과 술병이 치워지고 대신 지도가 펼쳐져 있었다. 지도의 여기저기를 가리키면서 이어지는 독토르의 설명에 공작들과 몰트케, 엘레판트의 눈이 빛나기 시작했다. 독토르의 설명이 끝나자 공작들과 두 노병은 생각에 빠져들었다.

"흠… 괜찮은 아이디어인데…….."

"그렇지만 간단히 말해서 이쪽 구멍 막은 돌을 빼서 저쪽 구멍을 막는 것과 같은 방법인데… 위험하지 않겠습니까?"

의견을 나누던 사람들은 테레사에게로 시선이 향했다.

"패스파인더 양, 어떻게 생각하나?"

"충분히 타당하다고 생각합니다. 이번 전쟁의 정치적 목적이 포린트의 병합입니까?"

"그것은 아니지."

"그렇다면 투입된 병력들이 거기서 자리 잡을 필요는 없습니다. 최대한 빠른 단기전으로 포린트를 굴복시킨 다음 필요한 병력을 제외한 나머지는 최대한 빨리 동부로 보내면 됩니다. 그것을 위한 수송 자원은 충분히 확보되어 있습니다. 영구 점령이 아니라면 우리가 운용할 수 있는 병력의 규모는 예상외로 커지게 됩니다."

"흐음, 그렇군."

"패스파인더 양까지 그렇게 생각한다면야……."

테레사의 긍정적인 평가가 끝나자 사람들의 의견은 빠른 속도로 독토르의 계획을 수용하는 것으로 모여졌다. 곧 서부 전선과 동부 전선의 주요 지휘관과 참모들을 급히 소집하라는 명령이 떨어졌다. 갑자기 바빠진 공작들과 장성들을 뒤로하고 밖으로 나온 독토르는 테레사에게 투덜거렸다.

"어떻게 네가 하는 말은 팥으로 메주를 쑨다고 해도 믿을 분위기냐?"

"다 평소의……."

"그래, 평소의 행실 탓이지. 젠장!"

[재기동 19,195일. 선장님, '전장에서 항구적인 점령보다 필요한 시기에 필요한 공간만을 확보하는 것이 훨씬 경제적이고 유리한 전술이다' 라는 개념이 제대로 정착한 것은 21세기에 들어서였습니다. 이제겨우 근대전의 개념을 이해한 사람들이 그런 것까지 적용한다면 스타워즈의 제다이이지 근데화에 갓 들어선 사람들이겠습니까?]

군부에서 온갖 고심 끝에 만들어진 작전 계획은 곧 황제에게로 올라갔다. 계획을 꼼꼼하게 들은 황제는 곧 결정을 내렸다.

"좋소. 승인하오. 대륙에서 가장 오랜 역사를 자랑하는 거인인 본 제국을 '돈 독 오른 늙은이'로 취급한 놈들에게 본때를 보이시오! 진정한 거인의 분노를 보이시오!"

황제는 작전을 수락하고 작전 명을 '거인의 분노'라고 직접 이름 붙였다. 공식 작전명 '거인의 분노', 비공식 작전명 '늙은이의 꼬장'이라고 불리는 작전이 본격적으로 시작되자 제국 전역이 더욱 바쁘게 돌아가기 시작했다. 매일 수십, 수백 대의 열차가 동부와 서부를 오가기 시작했고, 각종 장비가 일선으로 향하기 시작했다. 참호 속의 소총병부터 시장의 보따리 상인까지 제국이 회심의 일전을 준비하고 있다는 것을 느끼며 심박이 빨라지는 것을 느끼기 시작했다.

"어이, 피스톨! 이 장비 좀 봐봐라!"

"예, 중위님."

수없이 벌어진 참호전에서 소총보다 아버지가 준 자동 권총과 도끼를 이용해 살아남은 주니어는 피스톨이라는 별명을 가지게 되었다. 거기에 주니어가 가진 기술은 소대의 소총에서부터 머신 라이플까지 모든 장비들을 손볼 때마다 진가를 발휘했다. 덕분에 주니어는 몇 번의 위기에서 동료들 덕분에 살아남을 수 있었다. 소대에 새로이 배치된 장갑 트럭을 본 주니어는 감상을 짧게 평가했다.

"뭐야, 이 만들다 만 쓰레기는?"

그의 평가에 주변에 모여든 소대원들의 표정이 금세 험악해졌다.

"그 정도로 안 좋은 거냐?"

"그것이 말입니다. 실제 성능은 한번 몰아봐야지 알 수 있겠지만 말입니다. 이 마무리는 정말 무성의의 상징이라고 말할 수 있을 것 같습

니다. 만약 이놈들을 제 아버님 동료 분들이 보셨다면 '다 녹여 버리겠
다~' 고 말하실 것이 확실한 정도란 말입니다."

"정리하면 성능은 아직 확인해 보지 않아서 모르겠고, 마무리 부실
이란 소리냐?"

"그렇습니다. 아직 속은 안 봤으니 모르겠고 말입니다."

"그럼 당장 확인해 봐! 너희들은 여기 이 물자들을 정리해라! 빨리
움직여!"

"알겠습니다."

"옛!"

소위에서 중위로 진급한 마리아 코르바 중위의 명령에 주니어는 두
말 않고 트럭들의 보닛을 열었다. 엔진 룸에 머리를 처박고 엔진을 살
피는 주니어 옆으로 마리아의 얼굴이 나타났다.

"밤에 여기로 와요."

"알았어."

마리아의 작은 말에 주니어는 얼굴이 잔뜩 붉어지면서 대답했다. 지
독한 전투를 겪으면서 서로의 목숨을 몇 번이나 구해준 두 사람은 공
식적으로는 '아무도 모르는', 비공식적으로는 '알 놈들은 다 아는' 연
인이 되었다. 하지만 마리아나 주니어나 둘 다 다른 사람들에게 피해
를 주는 일은 절대 없었기에 동료들은 그저 그러려니 여기며 넘어가는
상황이 되었다. 덕분에 몇몇 동료들은 지금처럼 둘의 행동이 조금 눈
에 튀어도 그냥 모르는 척 넘어가고 있었다. 그날 밤, 장갑 트럭 안에
서 두 사람은 밀회를 가지고 있었다. 주니어의 품에 안긴 마리아가 주
니어의 손을 꼭 잡고 작은 목소리로 입을 열었다.

"조만간 큰 작전이 있을 것 같아요."

“나도 들었어. 동료들도 그것 때문에 말이 많아.”

“몸조심해요.”

“마리아도.”

서로의 손을 꼭 잡은 두 사람은 키스를 나누었다.

작전 승인 석 달 뒤, 포린트의 수도 폴리스.

탁탁탁탁.

커다란 황궁의 복도를 장교 한 명이 빠른 속도로 달리고 있었다. 몇 개의 모퉁이를 돌고 계단을 오른 장교는 눈앞에 보이는 커다란 문을 향해 달렸다. 문 앞을 지키던 근위병들이 그를 막았지만 그는 그들을 밀치며 큰 목소리로 외쳤다.

“비상 사태다! 비켜!”

쾅!

“무슨 일인가!”

안에서 회의를 하던 에드먼드 2세 이하 모든 각료들이 하던 일을 멈추고 회의실로 뛰어든 장교를 향해 시선을 모았다. 숨을 거칠게 몰아쉬면서 장교는 알빈 후작에게 달려갔다. 알빈 후작 앞에 선 장교는 급히 통신문을 내밀었다. 통신문을 받아 읽기 시작한 알빈 후작의 얼굴이 하얗게 질려갔다.

“무슨 일인가! 당장 말하라!”

“카마인의 공격이 시작되었습니다!”

“뭐라!”

자리에서 퉁기듯이 일어난 에드먼드 2세는 통신문을 빼앗아 읽었다.

“모든 전선에서 적의 대규모 공세. 모든 면에서 열세. 지원 바람.”

"드디어 시작된 것인가……."

황제에게서 통신문을 받아 읽은 다우닝 공작은 지친 목소리로 중얼거렸다. 하지만 곧 기운을 차린 다우닝 공작은 멍하니 앉아 있는 에드먼드 2세에게 큰 목소리로 외쳤다.

"지금 즉시 반격에 나서야 합니다! 모든 병력을 총동원해서라도 막아야 합니다!"

"그, 그렇지!"

다우닝 공작의 외침에 정신을 차린 에드먼드 2세는 곧 큰 목소리로 명령을 내렸다.

"지금 즉시 모든 병력과 전력을 동원해 적을 막아라! 알빈 후작! 다우닝 공작! 지금 즉시 모든 연령대의 남성들을 징집하시오!"

"알겠습니다, 폐하!"

"지금부터 무기 생산에 모든 자원을 집중하시오! 필요하다면 가정집의 식기까지 다 압수해도 좋소! 지금 당장 저들을 방어하는 것에 모든 역량을 집중하시오!"

"알겠습니다, 폐하!"

에드먼드 2세의 명령을 들은 각료들이 급히 자리에서 일어나 밖으로 나가려 할 때 밖에 있던 근위병들이 안으로 달려들어 왔다.

"적의 비행선이 나타났습니다! 피하셔야 합니다!"

"뭐라?!"

에드먼드 2세와 각료들은 대경하여 자리에서 일어섰다. 에드먼드 2세는 자신을 대피시키려는 근위병들을 뿌리치고는 궁 밖으로 달려나갔다. 폴리스의 외곽에 자리 잡은 군부대와 공장 지역에 폭탄이 떨어지고 있었다. 거대한 비행선이 지나갈 때마다 커다란 폭발과 폭음이 이어졌다. 폴리스의 주민들은 비명을 지르며 안전한 곳을 찾아 달리고 있었다.

"어찌 이런 일이!"

일단의 비행선이 폴리스의 주요 생산 시설과 방어 시설을 폭격하는 동안 다른 비행선들에서는 낙하산을 멘 중무장의 병사들이 역사상 최초의 공수 작전을 준비하고 있었다.

병사들이 탑승한 화물 구역의 양쪽 가운데에 달린 네 개의 문이 열리고 그 앞에는 강하조장이 자리하고 있었다.

적색 등이 켜지자 병사들은 자신과 동료의 장비를 확인하기 시작했다. 모든 병사들의 준비가 이상 없다는 보고가 이어지고 병사들은 녹색 등이 들어오기를 기다렸다.

잠시 후, 녹색 등이 환하게 들어왔고, 강하조장들이 한 목소리로 외쳤다.

"낙하! 낙하!"

"우와아!"

강하조장들의 구령에 병사들은 함성을 지르며 문밖으로 몸을 던졌다. 거대한 비행선의 중앙에서 뛰어내린 병사들이 매달린 낙하산이 하늘에 눈송이처럼 하얗게 펼쳐졌다.

또 다른 비행선에서는 커다란 인간형의 병기가 낙하를 준비하고 있었다.

"목표 지점 도착! 드간트 위치로!"

"드간트 정 위치!"

“드간트 결속!”

“결속 완료!”

독토르가 정한 유겐트라는 이름보다 ‘드워프 기간트’ 의 약자인 드간트로 불리는 소형 기간트가 정해진 자리에 서자 정비병들은 천정에 달린 커다란 레일에 드간트들을 결속했다.

“결속 확인!”

“결속 확인! 1번 이상 무!”

“2번 이상 무!”

“3번 이상 무!”

“4번 이상 무!”

“5번 이상 무!”

“전기 이상 무!”

“정비원 안전 지대 대피!”

“안전 지대 대피!”

드간트들의 결속까지 이상없이 완료했음을 확인하자 정비병들은 안전 지대로 대피했다.

정비병들의 대피가 끝나자 드간트들이 있는 화물 구역의 옆 벽이 열리고 레일이 밖으로 연장되었다. 선두에 서 있던 드간트 두 대가 레일을 따라 밖으로 이동했고, 뒤에 서 있던 두 대가 앞자리로 이동됐다.

“낙하 개시!”

신호와 동시에 두 대의 드간트가 아래로 떨어졌다. 레일에서 풀린 드간트에서 곧 커다란 세 개의 낙하산이 펼쳐졌고, 대기하고 있던 다른 드간트가 낙하 위치로 이동되어 낙하되었다.

네 기의 드간트가 무사히 낙하되자 화물 칸의 뒤가 열리고 드간트가 사용할 여분의 무장이 낙하산을 타고 떨어지기 시작했다.

안전한 곳을 피해 달아나던 사람들은 걸음을 멈추고는 하늘에 펼쳐진 장관을 넋을 놓고 바라보았다. 공수부대원 400명씩을 실을 수 있는 비행선 열 대에서 쏟아져 나온 4,000명의 공수부대원과 다섯 기의 비행선에서 투하된 스무 기의 드간트가 폴리스의 하늘에 죽음의 눈꽃들을 만들었다.

『독토르』 5권에 계속…